捧起一湖星光

朱能毅 著

上海文艺出版社
Shanghai Literature & Art Publishing House

图书在版编目（ＣＩＰ）数据

捧起一湖星光 / 朱能毅著 . -- 上海：上海文艺出版社，2023
ISBN 978-7-5321-8628-0

Ⅰ．①捧… Ⅱ．①朱… Ⅲ．①散文集—中国—当代Ⅳ．① I267

中国国家版本馆 CIP 数据核字 (2023) 第 027376 号

发 行 人：毕　胜
策 划 人：杨　婷
责任编辑：李　平　程方洁
封面设计：悟阅文化
图文制作：悟阅文化

书　　名：捧起一湖星光
作　　者：朱能毅
出　　版：上海世纪出版集团　上海文艺出版社
地　　址：上海市闵行区号景路 159 弄 A 座 2 楼
发　　行：上海文艺出版社发行中心发行
　　　　　上海市闵行区号景路 159 弄 A 座 2 楼 206 室　201101　www.ewen.co
印　　刷：成都市兴雅致印务有限责任公司
开　　本：710×1000　1/16
印　　张：12
字　　数：210 千
册　　数：3000 册
印　　次：2023 年 2 月第 1 版　2023 年 2 月第 1 次印刷
ＩＳＢＮ：978-7-5321-8628-0
定　　价：78.00 元

告读者：如发现本书有质量问题请与印刷厂质量科联系　T：028-83181689

自序

一

近年来，我将 30 多年里，散见于《民族文学》《人民日报》《散文选刊·原创版》等国内 30 多家期刊和报纸副刊、书籍收入过以及新写的散文，合计 42 篇，进行了整理归类。近期，又对各篇文字做了润色打磨，才成为眼下这本 21 万字左右的集子，算是我原创散文的列队亮相吧。

散文写作很大程度上是用笔回望。一篇好散文，是丰腴、有质感的历史与地域记录，要求作者提供独到的、对读者来说具有陌生感的生活经历及个人认知。无论表达悲苦抑或欢乐，都力求展示真实的生命状态与社会图谱。而且，每个作者都与故乡有着脐带般的牵连，成为心中割舍不下的念想，同时下意识融入写作生命中。为此，集子取名《捧起一湖星光》，除了昭示洞庭湖西滨是我生命家乡，文学故乡，还想是通过自己的人生经验、辨识能力及审美视域，紧贴这片地域星光的璀璨、风云的际会。用充满敬畏、体恤、亲近之情，对她的宏阔与幽微，进行诗意的追寻和触摸，书写她的历史之厚重、地理之淳美、风情民俗之本真，感受其精神层面的丰饶。

二

全书分为五辑。

第一辑"鸿音荷韵"，是我对家乡湖泊河流的全景式书写，即生态文明建设、乡村振兴的文学呈现，如《筲箕湖上护鱼人》《雁儿贴湖飞》《江鹬如人近屋来》等篇。文字里，有对天然水域的诗意探寻，有对美好心灵的倾情观照，也不乏对人性别样审视；而《千年秋月一湖辉》中，太白湖秋月、早鸿与远逝的"白纻"，仍在我们心际萦回。借以告诉读者朋友：追求人与自然的深度交融，便可以听到湖、河的呢喃，看到万物的可亲，感受到美丽家园的烟火气，心灵由此获得充盈与富足。第二辑"湖滨'故'事"，占全书三分之一篇幅，所记之事，全发生在洞庭湖西滨各个年代。与第一辑一样，明显有了地域文化色彩，如《我在仰望那颗星》《岂为行吟来楚泽》《拉长新屋梁》等。每篇都力争做到有温度、有气息、有肌理，无论故事还是细节，皆洋溢故乡色彩和韵味。第三辑"心有千结"，尽力用至诚之心，去观照、记述本人的心路风雨，与师友亲朋的情感交往，如《龙舟划痛岁月》《"珍"文"珠"语，赋我前行》等篇。第四辑"'履'途采珍"，是我当选政协委员和搜集文史资料期间，所获得的点滴成果，如《与翦伯赞神交的日子》《我吃过一顿"嘻餐"》等篇。文风上纯属"委"娓道来，体现出履职元素。第五辑"远方风景"，则是描述洞庭湖之外的社会风情与斑斓镜像，如《积淀千年的文明》《脊梁南桥》等篇。这些于行走中收获的文字，有对历史的回放，对当下的思考。

另外，集子里有多篇纪实类散文，如《趣断减粪案》《黎蛋蔡醋：晚风记得你的香》等篇，是我有意借鉴非虚构作品的叙写手法。这一部分以人物和故事为基本构架，以时代和生活现场为背景，兼顾对美学的探索。再如《杏树招手》《蜘蛛焚屋》《这头老牛有点"牛"》等篇，则融汇了小说重在写人的笔法。

三

散文是最贴近自然万象与人生百态、也最适合倾诉和聆听的文体，作者在发现美和书写美时，应该像鹰那样，下接地气、上冲云霄：既要贴着地面走——捕获生活的果物，也要离开地面飞——构建宏阔的艺术空间。同时，散文没有小说那样丰满、吸睛的故事情节，需要读者以宽阔的体验慢慢领悟。传统散文偏重沉静平实的记叙，当代散文无论追述"过去"还是抒写"时下"，作者更多的是追求阔达清新的格局，注重思辨色彩与鲜活语境，使作品具有生命质地，能够照见山河和众生。

我跋涉文学之路40年，心心念念并坚守至今的，就是散文，并荣幸得到省内著名散文家谢璞、李世俊和彭其芳三位老师的殷切关怀与谆谆教诲。年过八旬的李世俊老师，对我的写作以及编辑这本集子，给予悉心指导。原计划请李老师、彭老师作序的，但考虑到二位年事过高、身体欠安，而且谢辞为作者写序数年，因此放弃了这一想法。我深深感到：唯有把散文当作精致的文本经营，弄出一点成果，才对得起恩师们。我虽不敢说自己做得如何出色了，但至少不会太让读者失望。看完这本薄书的朋友，如能获得些许文学上的美感，激发对洞庭湖西滨这片地域的亲近感，进而悟出一些心照不宣的人生况味，则余愿足矣！

权且为序。

2022 年 4 月于湖南汉寿县城

目录

CONTENTS

第一辑　鸿音荷韵

倾听湖河千年呢喃，
与水为邻相亲一家。

千年秋月一湖辉

一

　　某座湖泊乃至某个地方，大都有过一些文明的标记，我家乡洞庭湖西滨这座内湖就是。多年前我就想写她了，之所以未动笔，主要担忧在于：能否用不一样的家园认知与书写方式，表述出她的生命原色，还有对她的敬畏。

　　古时，这座湖拥有 5 万亩水域，属云梦泽一部分，大唐时期都还没个名字。查阅明朝《龙阳（今汉寿）县志》，书里有这样一段记述："湖中旧有巨蚌，其大如横席。深夜侧立一壳，乘风往来烟波间，中吐巨珠，与月相射。渔者百计求之，终不可得。"文字省俭，却把湖的荒朗怪异和盘托出。幸好，这座湖泊用她的母性温情和广博胸怀，拥抱过一位大诗人，诗人则用一首七绝作为回报，为她平添了人文底蕴：

　　　　洞庭湖西秋月辉，潇湘江北早鸿飞。

　　　　醉客满船歌白纻，不知霜露入秋衣。

　　追寻绝句中壮阔浑融的景象，体验大诗人那份豪放，这个愿望生根我心底已久。真正如愿，是在两年前深秋的一个月明之夜，这是我特意选定的。唐肃宗乾元二年（759）深秋的明月，也悬照于这座湖泊上空，那时它用融融光华，温润过飘零至此的大诗人。而我，却无缘与他相会。但穿越千年、摒除喧哗且清净无染的月辉，让我得以与最精彩的灵魂相遇。

　　他就是李白，湖的名字也溢满后人怀念：太白湖，亦有史书记载成"醉月之湖"。在它周边，分别有青草湖、鸭踏湖、筲箕湖。文雅被野拙包围，但能相安共处，也算是万物生灵之幸！

　　曾有作者问我：李白是少数民族吗？我说：应该推断"是"。你看，他生于哈萨克碎叶城，自述"白本陇西布衣，流落楚汉"；史料亦记述其相貌

"眸子炯然，哆如饿虎"，具有胡人特征，且精通月氏语言，对少数民族礼节也十分精通。至于具体归属哪个民族，则有待民族学家、历史学家去探究了。

唐至德二年（757），李白被判流放夜郎。流放是种长时间的生理与心理的折磨，他西行至巫山白帝城时，接到放还赦书，即于唐肃宗乾元二年（759）深秋折返岳州（今岳阳）。其间，与贬为岭南道（今广东境内）县尉的原刑部侍郎李晔、贬为岳州司马的原中书舍人贾至相遇。患难之际，昔日友谊更为珍贵，况且消退喧哗之后，彼此都需要慰藉和安抚。而远离了蜀道天险、避开了庙堂诡谲的李白，开阔平静的江湖自然成为他游历的首选，也注定他从此与水相依相融。于是三人赊舟逆水西行，没有繁花相伴，只有一轮素月高悬霜天，漫洒层层碎银；只有千顷碧水铺展脚下，荡漾道道波光。再加一船忧乐相叠的共鸣。他们为人生羁旅按下"慢放键"，且行且饮，安享湖色月辉。几分醉意袭来，欣然吟唱起《白纻辞》：

> 扬清歌，发皓齿，北方佳人东邻子。
> 且吟白纻停绿水，长袖拂面为君起……

《白纻辞》是李白此前30多年（约726）漫游金陵时所作，清丽欢快的音律，响起在这片战乱之火尚未燃至的辽阔水域。那一刻，李白挺立于船头——挺立是他一生的姿态，即使醉卧也是挺直腰杆的，虽然冷却了几分"欲上青天揽明月"的遄飞逸兴，但仍未将侵入青衫的霜露当回事。他仰望明净月辉，聆听飞鸿啼鸣，已将头顶束发松开，宽袂一拂，拎起饮尽的空酒觞，"嗖"地向着漫天月辉掷去。那空酒觞划出一道优美弧线，"咕咚"沉入水底。觞定一种陶制酒具，椭圆形，两侧有半月形双耳，唐代颇为盛行。2019年10月，我在成都杜甫草堂唐代生活遗址，首次见识到其真貌。李白似醺似醒中，吟出本文开头的七绝，即《陪族叔刑部侍郎晔及中书贾舍人至游洞庭》，简称《洞庭湖西》，地域辨识度极为清晰。

诗人的不幸，却成就了洞庭湖的大幸！

在这样平静的夜晚三人畅饮浩歌之后，踏霜露、穿月色、迎秋风，潇洒地绝尘东去，只留下衣袂飘飘，舟影渺渺。从此《全唐诗》中，多了一首飞扬道荡的七绝，李白传奇的人生大书里，亦添了无法复制的一节。如今我家乡凡识字者，都能随口诵出这首绝句。

明月、飞鸿、霜露，这些景物，曾无数次单独出现于李白作品，但它们邂逅同一首诗里，恐怕属于首次。这首七绝与他之前的《早发白帝城》，都是抒发他遇赦后欢快心境的，也印证了当代诗人余光中对他的精湛评语："酒入豪肠，七分酿成了月光……"

德国哲学家康德说："有两件事让心灵永远仰望，一是天上的星辰，二是人间的道德。"可他不知，东方这位"谪仙人"已提前千多年在仰望了。他不愿像流星那般划过天际，只憧憬如明月一样，用光华射透深邃夜空，永恒地洒向世间。他的人生轨迹，没有同时代的杜甫那样过多的情缘牵扯，在吞吐山水的行旅中，月，始终成为他相缠的恋人！峨眉山月、蜀道晓月、金陵夜月、天山明月、长洲孤月以及海底出月，被他一一阅遍。他挥舞一管灵动的诗笔，写出过见月思乡的《静夜思》、童趣横生的《古朗月行》、感叹物是人非的《把酒问月》等传世华章，使得盛唐那只玉轮熠熠生辉，也让他思想和文字特立独行地起舞。他在洞庭湖西滨望月吟句，是否联想到过去数十年间金樽对月、长安叹月、金陵吟月、举杯邀月？还是否预知生命终点时刻，会在采石矶投水捉月？难怪余光中有诗咏他："樽中月影，或许那才是你故乡，常得你一生痴痴地仰望？"

一位当代文化名人说得好，李白"如不系之舟，天天在追赶陌生，并在追赶中保持惊讶"。有月的世界，构筑出李白的精神原乡。他以豁达乐观的人生格调，将诗歌作为抒发情感的载体，写得豪情澎湃、丰饶充盈且绝世独立，为后世提供着无尽滋养。

仰望千年秋月洒下这一湖辉光，我触摸到李白祈望再图"鸿飞"的心跳。

二

其实这首《洞庭湖西》，比照唐代众多奇情壮采、寄寓了现实关怀的山水诗，它称不上"孤篇横绝"，但也算得脍炙人口，勃发出恒久生命力。对一篇作品，每个读者都可以有不同的审美评判，历史上那些经过"推敲"、沉淀、滤尽粗疏的丽词佳句，当然值得我敬重，但总感觉，他们对比站在唐诗巅峰的李白诗歌，整体上终究缺少了些自然、洒脱乃至灵气。以《洞庭湖西》为例，李白用质朴文字勾勒画面，将生命亮色融入诗行，望秋月未言愁，写霜露不表寒。更有，他骨子里相信今夜月辉西隐、明晨旭日定会东升的生存状态，构成我仰视他的十足理由。

　　曾有年轻朋友问："李白有好玩的一面吗？"我被其天真打动，于是说了两则例子：一是他被汪伦修书"骗"至桃花潭附近，在万姓酒店"款留数日"，离别还赋答谢诗《赠汪伦》；二是写过《戏赠杜甫》那样诙谐的友情诗。朋友惊叫起来："哇！果然是柔情还爱搞笑的暖男。"李白岂止好玩，他是敢于走出生命低谷的人。他生活的时代堪称盛世，文化气象云蒸霞蔚，外交气候可谓万国来朝，若论及政治气氛，朝廷权贵妒贤嫉能，容不得狂笑，只接纳媚笑；听不进真言，只偏信谗言与诡言。像他这种棱角锋利且又傲视王侯的"楚狂人"，自然难以被重用；加上"我辈岂是蓬蒿人"的秉性，注定了他只能一生襟抱在河山，用追逐自然山水的诗篇，倾泻心中块垒与苦闷。我曾思索：这位遇赦东返的"谪仙人"，首选洞庭湖西滨这片浩瀚水域漫游，必定有其缘由的。内心辽阔和直率的他，若是生活在当今，圈粉之多恐怕无人能比。他吟《洞庭湖西》尤其是飞掷酒觞的情景，时常闪回在我梦境，梦中我还曾与他有过一次对话呢，内容大致如下——

　　我：诗仙，您自岳州至洞庭湖西，沿途共吟成五首七绝，其中不乏"且就洞庭赊月色，将船买酒白云边"的佳句。而我独爱《洞庭湖西》，没有晦涩与过于自我的一面，让我这洞庭湖西滨的晚生，阅读上丝毫无距离感，唯觉亲切。

　　李：称"诗仙"折煞我也，唤师者即可。"独爱"证明你有故乡情结。清水出芙蓉，天然去雕饰，作诗为文，亦同此理。

　　我：大师出语不凡！我还猜测，您几位当时断然不会吹捧谁谁是"最著名诗人"，谁谁为"划时代歌者"，也没围绕云端话题和人世浮沉，辩得脖筋凸起。只借朦胧醉意，在舟中这种最原始、最开放的"KTV"里放歌。是这样吗？

　　李：我等全是率性为之。

　　我：确是。大师生活在大唐盛世，然而天宝十四年（755）爆发了安史之乱，盛唐由繁华渐入"霜天"，后来您也受到永王李璘"谋反"案牵连。看来，盛世也经不起折腾。您漫游洞庭湖西，因此吟出"不知霜露入秋衣"。我这样理解，是否靠谱？

　　李：研究作品亦是远近高低各不同。"不知霜露入秋衣"一句，在我生命里竟一语成谶，这可是斯时未曾料及的。噫吁嚱！

　　我：这恰好印证您作品的伟大。

　　……

　　与伟大灵魂对话是种享受。那次梦里大诗人匆匆离去，只留下衣袂飘飘，身影渺渺。我醒来正逢乡间雄鸡的头次啼鸣，后悔未问及他飞掷酒觞的细节，于是便猜测：他在天水间留下那道掷觞的优美弧线，是想让后人知晓自己漂泊的曲折么？此刻，从满湖月辉中我才明白：他要从政治泥淖中突围，让生命之船卸掉重载，变成"轻舟"从这里起程，去追赶失落的诗情甚至重涉权力场。还有，他在洞庭湖西滨飞觞望月，与他最后在采石矶飞身捉月，冥冥之中似乎有种命定的关联。至于他飞掷的那只酒觞，沉入茫茫湖水后，忙苦洞庭湖历代渔人，可惜，打捞起来的都是失望，但也引来不少文人遨游赋句。众多诗作中，我偏爱清代曾启第的《太白湖》：

> 太白湖中明月孤，月邀太白影全无。
> 我来独醉湖中月，月喜余真太白徒。

究竟是太白湖的月辉孕育出李白的绝句，还是他的绝句升华着一湖月辉？我想，或许两者相得益彰吧。

天下太白楼（阁）、太白湖、太白山实在数不胜数，能说都有值得追寻的真实故事和人文价值吗？其中某些山寨版景点，人工打造痕迹过重，加上一些拼凑的轶事，实在无法让人感同身受。而位处湘北平野的太白湖，历经1200余年烟雨，依然素面朝天，以原生状态鲜活着，无论你来与不来，她都在默默守候。

《洞庭湖西》已穿越千年流光，融入我记忆和血脉里。

仰望千年秋月洒下这一湖辉光，就是仰望我心中那座精神丰碑。

三

与我同游的，是当地"太白风诗人群"黄先生。他说，如今的会长、社长、理事长等带"长"字的，随处都能薅上一把，文友之间用随和性称呼，听起来踏实些。

我俩乘坐小船穿行湖中。月辉笼罩下，两只鸟儿浮在水面，一只正仰头注视天空，另一只在低头梳理羽毛。它们是在尽享消失了猎杀的安宁吗？突然，荷叶深处驶过来几条采藕船，显然把它们惊动了，互相发出一声招呼，翅膀带起水花，扑棱棱飞远了。起飞那一刻，它们并没有因惊扰而慌乱，身姿依然保持着优雅。我突生联想：这对鸟儿，是否就是李白绝句里早鸿的后裔？

船行中，飘来一阵清香，原来我们已经驶进一片荷海，每片荷叶都如撑开的绿伞。伞面的秋露汇聚成露珠，不知疲倦地在月辉下晶莹。

"你看那一颗颗露珠，是不是李白掉在这儿的眼泪？"黄先生有诗人的敏感，问话里浸泡着忧伤。

李白游至这片水域的时候，或许还未知晓：好友杜甫经过四年多安史之乱的颠沛流离，终于在这年携带全家入川；幸得友人帮助，在成都郊外浣花溪畔建起草堂，栖息于万家灯火中。而年近六旬的自己，却还像一只孤鸿飘零于洞庭湖，可谓志未酬，鬓已秋。但尽管如此，盛唐诗人骨子里那份特有的傲然与睥睨，又使他不愿繁华落尽，"不知"霜露入衣，依旧以诗酒为友，与行吟结伴，期待仕途嘉年华再次降临。可以说，他断然不会掉下屈服与伤感泪珠的。

"那应该是李白洒落的酒滴。"我纠正黄先生的说法，他嘿嘿笑了。

晶莹的东西，即使在长夜也不忘闪亮。

小船行至湖心时，明月愈发高升，银辉洒满湖面，水汽也晕散开来，带着丝丝清甜，沁入肺腑。黄先生特意收住双桨，说是此处深不可测。我俩天真地猜测起来：这儿，是否就是李白对月吟句、飞掷酒觞之处呢？我下意识躬下身子，手臂在船舷边湖水里划动，试图打捞发生在千余年前的故事碎片。不料我这幼稚举止遭到他的取笑："朱先生，你也想打捞那只酒觞哇？"

我只是嘿嘿一笑。

这时刻的星群，站在穹形天顶静静俯视着，俯视碧水绿树被月辉溶化，俯视渔火飞鸟被月辉溶化，俯视因船桨搅动而生的每朵涟漪被月辉融化。而我为月辉溶化的倒影，也在它的俯视之内。月辉，往往使人生发惆怅和怀想，我有意伸出双手，面向明月，极为虔诚地掬住一捧清辉，随后紧贴于胸口。我想与"谪仙人"仰望过的月辉做一次触肤之亲，我想在月辉里沉淀烦乱的心绪，感受他笔走山河的豪气，聆听那些远逝的歌吟。

与黄先生弃船登岸，便步入太白湖休闲农庄。四围云树围映，遍地花卉溢香。蓦然，我两脚像受到磁铁吸引似的，向临湖而立的乳白色李白塑像——走近！

肃立在塑像面前，我良久地仰视着。其相貌诚然与"眸子炯然，哆如饿虎"的记述有些偏差，但骨子里睥睨一切的神态，内心大济苍生的渴望，还是较好地显现了。太白湖萎缩了，他的体型也比我们当代人消瘦。皎洁月辉洒满他全身，亦如唐肃宗乾元二年（759）深秋那个夜晚，洒在他青色长衫上那样，让我忆起清代童悟盛《太白湖怀古》里的佳句："相思第一风流客，露冷青衫月似钩。"他下颌上扬，依然在将满天月华、一地霜色收入眼底，依然在搜寻掠过这片水域的早鸿后裔。那右手高擎的酒觞，会不会是从湖中打捞出来的？我借助手机的强光功能，看清了他眼神中的忧郁，是在叩问天地？叩问磨难？叩问落寞与生命终结前的孤独？隐隐约约中，我又似乎听到了他的狂笑——那燃烧黑暗与不平的笑声，那令唯唯诺诺庸辈们惊悚汗颜的笑声。他高擎酒觞的伟岸身姿告诉我：这位"谪仙人"虽然未能在宫廷立稳脚跟，却在一生中，用至真性情光亮着、用天籁之声传唱着这个世界。他于迟暮之年来洞庭湖西滨观赏秋月，在其一生行旅中只算是惊鸿一瞥，但留下的这首七绝，却让秋月的银辉播撒至今，让我家乡这座内湖，因他的点化而流传千年。即使，我在这里向他致敬一万次，亦不足以表达绵长的感念！

这一刻，我脸颊凉润起来，是夜露抑或其他什么所致？似乎无需细究了……

太白湖人没有因李白留踪而兴建殿堂，也没有附丽什么色彩去吸引外来人，只是借漫天月辉、一湖碧水与他做伴。再就是利用一面旧墙，改建成40米长的诗墙。上面镌刻着40余首旧体诗词和新诗，没有政要和名人之作，全是古今诗人描写太白湖及洞庭风光的，氤氲出的诗韵让人流连。我记起黄先生也有一首原创七绝《太白湖》：

> 将船买酒近秋分，今古同辉月一轮。
> 自有青莲赋诗后，茫茫湖水亦超尘。

这首绝句分明启示我：太白湖不只是一个地理称谓，而是今人对秋月与湖水的全新解读。有些遗憾的是，这首绝句未能刻入诗墙，但已留在当地人心里。

千年秋月早将圣洁的光辉，洒在太白湖人心中。

四

本文开头，我引用巨蚌吐珠"与月相射"的典故，然而那仅是民间传闻，能与月相射者，恐怕非李白莫属！我夜游太白湖，除了仰望李白七绝中的月辉，还想追寻早鸿和《白纻辞》，期待这位杰出的风雨故人穿越时空，潇洒踏歌而来，期待与他相拥，零距离聆听他再度"歌白纻"，感受那悠扬婉转的韵律是否依旧？然而，高照的秋月在，碧澄的湖水在，其他全然不复存在。转念一想：何须什么都去奢求呢？身处大千世界甚至逆境，心境应如"谪仙人"仰望的月辉，那临照万里、临照万古的月辉，明净、无私、拒绝尘世污染。你若越过底线、抛开理智去刻意索取，终究难以遂意，更有可能声名狼藉。

此刻我微闭双眼，在月辉里尽情沐浴，继而又伸展两臂，在习习荷风中做着深呼吸，身心逐渐澄澈，肺腑也润甜了。随后，吟出一首并非严格意义上的七绝，题为《读李白〈洞庭湖西〉有感》，交与黄先生教正：

> 浪迹天涯舟一叶，盛唐万象皆吟彻。
> 洞庭月辉入酒觞，难销秋衣霜寒色。

太白湖月辉孕育出的《洞庭湖西》，已镌刻在时光长河中，也溶入我的记忆。是它，引领我无数次走近这座内湖，置身唐肃宗乾元二年那样的月辉里。我在去年深秋的那次月夜，走近李白塑像时，曾想起有关他民族身份的事。现在想来，何须理得那么明晰呢？这位"谪仙人"，具有高标自持、不与世俗同流的孤傲，虽未实现建功立业的抱负，却成就了盛唐的诗歌高峰。

那一刻，我伸出双手，试图拂去他当年"不知"、却实在落于长衫的霜露。可他挺立得太高了，我够不着。也好，就让他在我家乡这片土地，身披霜露，作永恒的"静夜思"吧！

（首发 2019 年秋季号《桃花源》，此次选编时文字有增补）

筲箕湖上护鱼人

一

洞庭湖西滨多湖泊，我笔下这座万亩内湖就是。因形如筲箕，家乡人称它筲箕湖。

十多年前，筲箕湖人还是"两桨一根篙，常年水上漂"，捕鱼是主业。有个外号叫"多鸬鹚"的，堪称业内高手，他本名饶金多，因年轻时船上喂养的鸬鹚多，加上他捕鱼如同鸬鹚般稳准麻利，数量总比别人多，当地人便送他这个外号。算起来，他是我的远房亲戚，年过五旬，前些年响应政府号召，随禁渔运动上岸了，但与湖相连的脐带从未割断过。近年来还有个社会职务：筲箕湖水环境与资源保护协会副会长，人们又称他"多会长"。但他告诉我，喊他外号心里踏实些，当然，我也觉得亲情味浓些。

清明鱼娠子，谷雨鸟孵儿，家乡人把鱼在湖边草丛产卵称作"娠子"。今年清明前，我为观察鲤鱼产卵情景，便乘多鸬鹚巡湖的"两头忙"渔船，来到筲箕湖。他像熟悉自己掌纹一样，熟悉这座湖哪里水深，何处鱼密。他赤脚挺立船头，十只脚趾比常人的分得开点，像锚齿、也像鸬鹚的脚爪，稳稳钉住船板。我有意逗他："看你的脚趾，就晓得你外号的来历。"

他一笑："耍笔杆子的人，也蛮爱逗霸（开玩笑）。"

我知道，多鸬鹚有只领头鸬鹚叫"黑儿"，跟随了他七年，捕鱼本事超强。有次，黑儿呼唤它的手下，历时三天，捕起一条专吃小鱼的鳡鱼。这鱼长两米、近百斤重，浮出水面时，遍体只剩下残鳞和断鳍，在场所有人眼睛都直了，显然是黑儿和团队的利喙所为。这时我问他：今天怎么没带黑儿？

"还带个屁！"他愤愤甩出这几个字，告诉我有关它的一件事：三年前，有个私营老板看中了黑儿，甩出高价想买去作渔俗文化表演。头两次自己都没答应，第三次来时，你猜他玩什么花样？他带来一只发情的母鸬鹚。黑儿本来就有点贪色，当着主子的面黏着它，再无心思捕鱼啦。当时自己便让他把黑儿带走了，计划等段日子再收回来。过了一个月自己却想，如今到处都在禁渔，鸬鹚也难得派上用场了，每天还要买鱼喂养它，干脆让它找个归宿。"朱哥，还有点家丑不瞒你讲，当时儿子考上重点高中，为筹齐几千块学费，我才下那个狠心。"

二

鲤鱼产卵的黄金时辰是夕阳落水时。此刻远瞧，筲箕湖宛如一匹抖动的蓝纱。湖边水清波平，一蓬蓬嫩草自湖底袅娜向上，柔媚地摇摆不停，为鲤族铺下繁育后代的安谧软床。"静水鲤，流水鲢"，数日来，母鲤挺着"大肚子"，游至静谧的浅水区。其产卵过程是痛苦的，它将腹和尾部弯曲成弓形，继而拼力甩尾，拍击水面，发出阵阵"扑喇喇"响声，溅起水花。排卵愈难，拍击的水声愈响，水花也愈大。早已按捺不住亢奋的公鲤，紧贴母鲤追逐，用头部高频率顶撞"产妇"肚腹，嬉戏中大献殷勤。鲤族这种孕育新生命的情结，怎不令人顿生感叹？

母鲤历尽阵痛，终于，排泄出腹内卵粒。自然产出的鲤卵色泽金黄，极富粘连性，散附于草叶上，整个浅水区便缀满数以万计的小金珠，在夕阳映衬下煞是耀眼。母鲤产卵同时，公鲤也紧贴它腹部，渔家人称其为"绞盘"，排出的配种精液，称为"盖白"。至此，鲤族新生命宣告出世。接下来，腹部空瘪的母鲤围着"小宝宝们"巡视，防备受精卵被其他鱼类搅散，还得警惕水老鼠侵吞。

突然，多鸬鹚收住双桨，先前微眯的眼睛睁圆、发亮了，两耳也伸长了。他发现了什么？"两头忙"来了个急转向，冲向一条渔船。原来有人瞄准产卵鲤正在撒网，顿时，一朵倒置的喇叭花在船头炸开了，"花"坠水底，"根"攥在那人掌心。

没待我回过神来，那人已收网出水，猎物扔进船舱，才知是一对"夫妻鲤"。母鲤有十几斤，频频甩尾，卵粒才断断续续溢出泄殖腔。老渔民说，过于肥大或年老的母鲤娠子很困难，想不到，它们与人类也有某些共同点。母鲤两眼死死瞅住那人，似在哀求："亲人，你就让我当一回漏网分子吧。"公鲤也似乎明白出了大事，悔恨地挣扎。

"你把它放了。"多鸬鹚命令那人。

"多会长，我和你是饭甑里伸出的脑壳——熟人，何必较真。再说，我们都是上岸渔民，靠什么过日子嘛？"

"熟人和上岸渔民就该吃绝代食？政府已给大家安排了门路，你不去干活，还有脸哭穷？"家乡把捕产卵鱼称为吃绝代食。

那人哑口无言，只好拎起"夫妻鲤"抛归湖中。多鸬鹚跳到对方船上，蹲下身，两手刮净舱板上的卵粒，撒到水草上。那是无数尾生命啊！幸好遇上"多恩人"，才获得新生。

这一幕，让我亲睹了多鸬鹚的凛然之气。

捕鲤人的渔具，除了传统的麻钓、流钩、三齿叉、拐子网外，近些年还有令鱼类无法逃命的电子捕鱼器。这当儿来了个高长个子的人，多鸬鹚低声告诉我，他叫笔杆刁。我有点奇怪：笔杆刁是一种体型扁长、嘴翘的有害鱼，怎么会用作人的外号呢？笔杆刁瞄见水里有货，站在岸边撅通电子捕鱼器开关，只待他手上电线插入水，大鱼小虾皆劫数难逃。

"不许下毒招！"多鸬鹚字字如锚砸过去，操起一根竹质船篙，扫断他手上电线。

"你闲事管多了吧？还敢用我妹用的船篙对付我。"笔杆刁一脸的不屑，显然，这不是个善良的角色。

"我管定了！亮出准捕证我看看。"多鸬鹚下巴一颗肉痣瞬间变红，像粘贴的枸杞，显然受到情绪影响。

过去，筲箕湖渔民捕到产卵鲤，取出腹内卵团，调制成食品，很是走俏。于是，湖里遭叉杀、电击、雷管炸、迷魂阵围剿，连产在水草上的卵粒也被舀尽，使得野生鱼逐年减少。因此县湖管局出台了禁捕令，鱼类产卵繁殖期更不会发放捕鱼证，笔杆刁哪会有？他这才矮了些身子，又见我们"两头忙"舱里连片鱼鳞也没有，只好退步离开。没走几步，撂来一句话："我妹当初不该嫁给你！"

也许是那家伙戳中了多鸬鹚的隐痛，他凝视湖水，眼神痴痴的。这里，我得回叙几句——

那是九年前的夏季禁渔期间，渔民已全部上岸，多鸬鹚受县湖管局委派，整日在筲箕湖巡查。有天夜深了还未归家，妻子驾船送饭来到湖心时，陡然起了狂风，把她掀落水底，夫妻未能见上最后一面。从那时起，他上船总要携带亡妻留下的船篙，他说篙把部位留着她的手温，摸到它心里就宽慰些……此时我细瞅那根船篙，下半截破损了，一米长的篙把却锃光发亮，那可是经过了两双手千万次的摩挲啊！我问多鸬鹚："还在想她？"

"她如若还在，也能替我搭把手。"他声音里带点哽咽。

想不到，筲箕湖还有这样的汉子，用这样虔诚的举止表达思念，而且内化为歇息身心的密码。

三

明月已经升起，湖面洒满银辉，千家灯火在远处渐次闪亮。多鸬鹚捞起湖面一只纯净水瓶——刚才笔杆刁扔的，丢进专放打捞物的舱格，拨动桨片对我说："朱哥，莫理睬他，我们四处瞄一瞄，大船也怕钉眼漏。"他似乎记起什么，问我，"我刚才不喊笔杆刁做哥，你晓得原因吗？"

"什么原因嘛？他真是你内兄？"我反问。他说："在家里可以喊他哥，但在这里，我就认不得谁了。我今年是第三次在这里撞上他，有这类水耗子在，湖里哪能安宁？"

"原来如此。湖管局给你巡湖补贴吗？"我又问。

他摇摇头："不给补贴也来。你刚才也看到了，我放得下心吗？"

我明白了：他把巡湖当做义工，当得很不容易。

"两头忙"划近湖中一块"浮田"，它长十几米，上面长满植物，能减轻水体腥臭与富营养化现象，促进水质净化和生态恢复，也为鱼类和鸟类创造生息环境，想不到这里也有了。

一条鳜鱼扑哧跃出水面，击起圈圈涟漪，须臾便没了踪影。湖风吻面，多鸬鹚深吸几口，对我说："前些年筲箕湖浅水区被挖沟筑垄种植黑杨，深水区被圈为私家池子养殖珍珠。外地人就调笑我们：筲箕湖干脆改名'黑杨湖''珍珠湖'吧。人家这话多难听，想想也是，湖里缺少鱼，不愧对祖宗么？我儿子讲，湖泊不仅仅能涵养水源，还有贮存物种、保护鸟类鱼类、调蓄江河流量、调节区域气候、改善生态环境等多种功能。与江河相比，湖水流动性差，含氧量相对也低，更容易遭受污染。朱哥，这些湖呀河的，以前太累了，好比你只能负重五十公斤，强行背负百公斤，你能承受吗？"

湖河"太累了"的话，我还很少听到，除了心头震颤，还可用什么词形容呢？这些年它们确实累了、瘦了甚至一度失容了：累在万顷烟波被非法围垦、肆意种养以及无序放牧取代；瘦在被无节制地榨取，水质、泥质退化甚至恶化；失容在平湖锦帆、远浦白鸥、"表里俱澄澈"的诗意之美，在岁岁年年里一点点抹去。尽管湖泊宽容了我们，那是它拥有平静阔达的胸怀，而我们实在该为它修复了！

多鸬鹚故事不多，有个举动却让我不能遗忘：他儿子在某农业大学读渔业资源与渔政管理专业，暑假回家后，常被他带上去巡湖——正如他年少时，被父亲带上渔船一样。

四

湖波涌碧，星辉满天，"两头忙"载着我俩，驶向更宽的水域。多鸬鹚提示我：如今呀，渔火你是看不到了，听渔谣也得撞运气。我只好伸出手掌，随同他的双桨节奏在舷边划动。

> 我劝哥哥哟莫捕三月鲤，
> 万千鱼子嘞还在母腹内；
> 我劝哥哥哟莫打三春鸟，
> 巢中幼子嘞正在望母归。

或许是多鸬鹚不愿让我失望吧，他唱起了渔谣，这首渔谣我以前也听过，总觉得它徐缓悠长的音律中，含着几分忧伤。可是今天，它却有一股强大穿透力，直抵我的心扉，抵得我脏腑生疼。听着听着，我眼眶噙满泪水，想起两千多年前孟子那句话："数罟不入洿池，鱼鳖不可胜食也。"庄子也说过："天地与我并生，而万物与我为一。"人类与动植物，组成这个世界的共同体，都拥有自己的生命价值。敬畏自然，友善万物，我们才能与之共生同处。某些只顾用山珍水鲜野味，填饱自己胃口的人，是否意识到已对他人、对自然、对社会，带来了危害？还有，近些年筲箕湖野生鱼资源正在回升，无论给多鸬鹚记多大的功，都在情理之中。

这样想来，我心底涌起愧疚：对比多鸬鹚，我为这座湖做过什么呢？

耳边似乎又传来他的渔谣：

> 我劝哥哥哟莫捕三月鲤，
> 万千鱼子嘞还在母腹内；
> ……

只是里面没有了忧伤，更多的是期盼。

（首发 2020 年 4 月 22 日《人民日报·大地副刊》，收入《人民日报 2020 年散文精选》）

雁儿贴湖飞

一

洞庭湖经过千百年瘦身，不再有"带天澄迥碧，映日动浮光"的浩渺气象，倒是留下数以百计的内湖，我笔下的青草湖就是。从空中往下看，青草湖恰似巨镜打破后的一块碎片，遗落在我家乡北部。它没有江河的奔腾浩荡，难比海洋的汹涌澎湃，但格局绝非波澜不惊的港汊可比。它不奢望像山岭高拔于大地，只平静地偎在洞庭湖西滨，守望着岁月，温润于世间。我飘零在外多年，每当面对较大的水域时，青草湖便荡漾在眼前，挥不去，忘不掉。它拥有近万亩水面，湖名很早就有记载，从描写它的诗篇便可看出，有南北朝阴铿《渡青草湖》、唐杜甫《宿青草湖》、宋黄庭坚《过洞庭青草湖》、元代唐温如《题龙阳县青草湖》等。

我来了，是夏末一个下午。乘坐的双桨式小船，俗称"双飞燕"，是当地大学生村官小叶巡湖用的，小叶兼任青草湖湖长。此前已听说，为保持青草湖风清水绿，她提出取消机动船，只允许桨划或篙撑的原木色小船入湖，今天眼见为实。小船上放一支筀竹船篙，听说是三年前她父亲移交的，篙尾有些破损，篙柄部位却焕发亮光，可见经过了父女俩千万次的摩挲。她用这支船篙撑起了太阳，也撑远了寂寞。今天她为了陪我，请来一位船工摇桨，算是给船篙放个小假。小叶本名叶至雁，属九五后，秀发皓齿，双眸如湖水般清澈，肤色如吸足阳光的稻谷黄，让人感觉亲切、成熟，只是如今已难见这种肤色。胸前垂挂一条橘红色薄丝巾，活力四射。她说，自己更愿别人喊她小叶或雁儿，心里踏实些。

是的，我们都只属于天水间某个点，实在无必要自我膨胀。

小叶笔立船头，不摇不晃。她告诉我一诀窍：两脚拇趾扣紧船板，把持住重心，身子自然就平稳了。我一试，果真管用。

闲聊中我问："为什么选择回家乡工作？"她却反问我："有个问题想

请教您，多位古代诗人都把目光投注到青草湖，尤其是杜甫，他历经山高水长，为什么还在病逝前一年（769），来这里吟出五律《宿青草湖》？"

我明白了几分她的话意，想了想，说："峭拔的山岭固然有风景，但难免让人视野逼仄；相比之下，辽阔澄澈的水域，或许才是诗人的至爱，才会让眼光远眺千古，心灵排解疲惫。"

"超级棒！"小叶为我的回答鼓掌。

不能不说，是青草湖的人文景观，很大程度上诱引了小叶。人生有多种选项，每个人也有各自的定位，找准才是重要的。

二

船行中，我问小叶："哎，你这大学生村官兼湖长算什么级别？"

"大学生村官不是职务，湖长也只算普通干部，零级别。哎，我现在是一人吃饱，全家不饿咯。"

"这后一句怎么讲？"我望着她，有些迷惑。

她说自己谈过一个男朋友，男方在县城工作，见她一门心思偎在乡下，两人便分了手。"有时候呀，我在微信群调侃爱嘚瑟的同学，你们晒车晒房晒爹妈甚至晒爱情，姐只在青草湖晒太阳。"

小叶的逗趣让我放声大笑。想想也是，尽管情感的打开模式有多种，如果对对方的恋乡情结都不理解，还何谈爱情二字？

我知道小叶除了湖长一职，还分管和协管乡政府环保、乡村振兴、文化甚至义工联等多块。当然不仅是她，乡村干部都是两手抓几条鱼。她身上谷粒般的肤色足以说明这些，这种发散健康密码的亮色，窝在城里或办公室的人很少有的。

我把目光移向远处。小叶瞅着我说："我知道您在想什么。"

是的，我在想另一座湖。那是四公里外、同处北纬29度的百鹭湖。湖中有截钢筋混凝土残礅，如同停止狂舞的魔爪，是邻县一名白姓私营老板的"杰作"。前几年白某包揽了百鹭湖5000亩水面，擅自修建矮围，以自己的姓命名"白家湖"。他还兴建节制闸，水涨时开闸，退时关闸，百鹭湖的野生鱼，便堂而皇之流入他的私网。后来环保部门推平了矮围，炸毁了节制闸，但闸的残礅至今凝固在那里。它带骨灰色的形态，实在难以形容。

"我记得一位当代作家的话：'我们留给自然的应该是无痕，而不是伤口和疮疤，甚至是罪恶。'每当有人提到百鹭湖的残礅，我就有锥心的痛！我常想，那种事如果发生在青草湖，我该怎么应对？最差湖泊的名声，我可背不起，我不愿受忧伤二字困扰。"小叶聊起这事，眼神透出几丝沉郁。

"行不得也咯咯，行不得也咯咯！"我们正聊着，空中甩下一连串清亮的鸟啼。这声音我再熟悉不过，是洞庭湖区常见的鹧鸪，以前总觉得它在牵动人的离愁，然而今天似乎另有暗示，它在警示谁家"哥哥"呢？鹧鸪声似乎触动了小叶，她谈起一桩旧事：三年前她刚来青草湖上任时，有个老板想承包部分湖面，也像百鹭湖白某那样，修建矮围经营。她摆摆左手作为回复。对方明白其中潜台词：我没权力做这种交易。

"老师，您说，这样做了，我能不被群众唾沫淹死吗？"

湖泊静默如谜，她不单纯是鸟、鱼等生物的庇护所，还是一面单向镜，观照着人们生命的日常和灵魂的原样。我想起上船时，小叶说要"把持住重心"的话，是啊，只有把持好自己的重心，才不会被行程的颠簸所摇晃，被五光十色所迷失。记得泰戈尔有两句诗："世界以痛吻我，我要报之以歌。"我敢肯定，小叶是读过泰翁作品的，她知道生活需要自己去诗化。人生原本如湖面，没有风，便会镜一般平静，然而，我们依旧期盼有风拂过，有波翻浪涌的日子，才叫人生。

三

"双飞燕"行至一处芦苇丛，船工告诉我："这儿洒过叶湖长的血。"他见我脸带疑惑，趁小叶接听电话的空隙，轻声抖出了真相——

小叶前年有次巡湖，睃见有人躲在这丛芦苇中，用自制猎枪对准湖面两只红嘴雁。"砰"的一声响，一只雁中弹了，头一歪，倒在水面。出乎意料的是，另一只没有受惊飞走，而是凑近遭难的同伴，发出"嘎啊、嘎啊"的呼叫。小叶飞步蹿向那人，右手拽住他再次瞄准的枪口，往下压去，子弹射入了水底，她右手拇指和食指被削去上半节。她忍住伤痛，又换上左手去抓，并怒斥那人："我要把它（死鸟）埋在你家门前，再立个牌，看你安宁不！"那人一慌乱，撒腿溜了。

小叶用左手听完电话，接住船工话尾说："老师你不知道，那天我把死鸟捞上来后，它的同伴跟随我，叫唤了好久。真叫揪心呀！"

我突然想起初见小叶时，她与我相握伸的是左手。残缺了右手拇指和食指，对任何人而言，身心都带几分敏感，何况正值芳年的姑娘。小叶似乎猜出我的心事，淡淡一笑："我其实很坦然了，之前没有伸出右手与您握手，是怕吓坏您。"停了一下，她换成调侃语气，"十几年后，我如果真成了剩女，又跟不上乡村节奏，就申请去县残联上班，残联工作毕竟单纯一点。您看行不？"

我心里咯噔一下，涌起几分酸楚，眼睛因湿润而显得模糊，油然间想起一句话：当大多数人关注你飞得高不高时，只有极少数人关心你飞得累不累。

我们沿浅水区的荷海边沿穿行。青草湖退养还湖后，浅水区植上湘莲。荷花扬起笑脸迎接我们，有粉红、深红，也有白色，冰清得让人心痛。一色墨绿而圆润的荷叶，像撑开的万柄绿伞，荷风拂过，褪去了午后的暑气，天地也浸满芬芳。此时节正逢采莲旺季，从荷叶间钻出两条采莲船，船舱里堆着熟透的莲蓬，多少暗香浮动。头一条船上，三十多岁的女子手持长篙，篙尖有节奏地在船舷起落，把湖中斜阳搅得摇摇晃晃。"木兰舟上如花女，采得莲房爱子多"，小叶触景生情，轻声念出两句古诗。不是吗，那女子分明把"爱子多"的甜蜜挂在了脸上。女子抛来一束莲蓬，让我们品尝，我学小叶将莲蓬贴在鼻尖吸吮，霎时，便有清香钻进肺腑。细瞧这些莲籽，都像约好过的，鼓圆清一色绿眼睛打量我们。

小叶对女子说："李姐，如果采到了并头莲，记得给我留着。"

"你上次交代过的，我哪会忘记呢？"女子爽快地一笑，"不过，采到它只有十万分之一的可能。"

"就是百万分之一，我都等着！"小叶那份渴盼，令人心弦震颤。

"姐儿哟你一到了那四十岁，就像娠过子的鲤鱼呐少滋味。……"

另一条船上，与女子大约同龄的男子唱开渔谣，看来，他属爱插嘴的"响蚌壳"。

"你是纳鞋底的锥子——出风（锋）头，丢不丢人呀？"男子刚唱出两句，女子就把话劈头盖脸砸过去，"叶湖长是文明人，还是红花姑娘，听不得你没上品位的老词旧调，你不害羞她害羞。"

"蚌壳"闭嘴了——他把下句咽进肚子里。

小叶抛去一串笑声："没事，这歌谣有鱼的腥甜味，难得听到。"

似乎为应和小叶的赞赏，从密匝匝绿荷间，飘来一阵熟悉的鸣叫："哇呱、呱、哇呱呱！"这种叫声并非源自人工养殖的石蛙，更不是外来牛蛙，而是洞庭湖的本地泥蛙。鸟、蛙等动物的嗅觉、听觉、对大自然的感知与求生本能，高于人类几十倍，它们在用自己特有的言行，感念青草湖的赐予啊！从这种天籁般的鸣叫中推测：它们在宣泄求偶的愉悦？还是感念生存环境的惬意？我想都可以。但愿这种声音不再消失，毕竟，能够供我们和一切生灵栖居的环境，已经在减少。

"您看了，也听了，是不是感觉到点湖的味道了？"小叶问。

　　我当然频频点头。一阵荷风拂来，肺腑都被清凉沁透了。小叶胸前的丝巾经荷风一吹，快乐地飘拂起来，她对我说："等会儿您就能见到'湖雁双双起'啦。"

　　来到湖心，我问小叶："这深水区怎么没利用？"她没有正面回答我，而是把目光从远处收回，理了理丝巾，说，"在洞庭湖西滨，像青草湖这样几千到万亩水面的天然内湖，已经很少了，多数湖泊成为零星的小片水洼或是港汊，还不包括过去截断河道形成的人为湖。湖泊原本是让我们观渔火、听桨声的地方，有它自己的心跳。可是前些年追求'湖泊经济'，使得它负担太重了！写文章都讲究留下空白，每页纸写得满满的，看的人能喘过气来吗？老师呀，我时常想起一位湘籍诗人的几句诗：'一千万公顷死亡的波浪，翻耕出腐烂的桨声，洞庭湖只剩下一种表达。'您想想，即使有千诗万赋，又怎能治愈湖泊带病的躯体？它不会向我们呻吟，只渴望喘息调养。"

　　她的讲述，如桨桡在我心湖拨动。我们受过湖河滋养的人，除了还它一个鞠躬，一个九十度的追悔，还应耐心调养它，让古人描述的"带天澄迥碧，映日动浮光"景象常现，供我们洗涤尘俗，安歇心灵。

　　"您看。"顺着小叶伸出的左手望去，我果然看见湖东面两只鸟儿在嬉戏，似乎要让这片湖水、要让我们，见证它们的风月之情。小叶说，那两只正是红嘴雁，早已列入《世界自然保护联盟》濒危物种红色名录。它原本在九月末才开始南迁洞庭湖越冬的，可能恋上了这片天水吧，今年提早飞来了。

　　显然，这两只与小叶前年出手救护的那种，都属同一家族。

　　这当儿小叶手机又响了，她说了句"是乡长打来的"。我不便旁听，就俯身船舷捧起一把湖水，慢慢贴近胸前，这可是杜甫等大诗人涉足过的水域啊。我凝视这捧水良久，感觉诗人千年前的吟哦并未远逝，还氤氲在满天霞辉里，荡漾在一湖碧水上。从杜甫诗行中起飞的双雁，早已栖落在我记忆里。看着湖水从指缝逐渐滴落，我分明听到青草湖细碎的呢喃。

　　小叶接完电话，脸上现出少有的凝重。我瞥见她残缺的右手指攥成了拳头，我猜测，定是与新的工作任务有关。

　　此时，那两只红嘴雁亮开双翅，贴着湖面向北飞去，洒下长串水滴。看雁儿贴湖飞翔，正是我的期盼，于是对小叶说："杜甫诗中'湖雁双双起'的景观，总算见到啦！"

四

上岸前，太阳已经西斜，晚霞像熔化的金水倾泻湖中。随着船工拨动桨桡，湖面就漾开了金黄的微澜，我倏然腾起梦幻般的感觉。小叶提起船篙，沿船头的拴船孔插进湖底，把"双飞燕"泊在岸边。她见我好奇地抚摸船篙，便说："笎竹比楠竹修齐轻便，适合我使用。不瞒您，我爱有蓝天绿水、有竹木相伴的生活，待在城里能享受么？呃，我是不是扯开了？那就为您朗诵一首我原创的诗：'如果你哪天瘦了，那是我倾洒的血汗不足；如果你不幸病了，只怪我未能用身心守护。我不愿看见你老去，消失成一颗泪珠。在湖一方，只求与你共赏归来的雎鸠……'"

小叶深情的吟诵，句句戳中我的泪点，心海随之涌起波澜。是为她率真可亲且冰雪聪明而涌动的吧？我分明看见有只雁儿，不是杜甫五律里的"双"雁，更不是一掠而过，而是贴着这片湖水飞起。这里，有其翱翔的梦！

《说文解字》对湖的注释为："大陂（千顷之池塘）也，川泽所仰以灌溉也。"从这种定位，可见祖先对湖泊怀有的尊崇。与湖作邻，与湖为友，敬之畏之，是人类几千年的持守，可是我们很多时候，是以暴戾行为作践她。当今许多东西都在改变，我们能看到的原生态湖泊，能品味出的渔歌互答的诗意家园，究竟还有多少？我们来到这世间，有如鸿雁般飞过，雁过尚且留声，面对每座湖、河，我们该交出怎样的答卷，才算无悔无愧？而且，对比年青的小叶，我却没有为青草湖做过什么。

离开青草湖回到县城，我脑海常常浮现小叶伤残的右手、摩挲得发亮的船篙，耳边响起她可能成"剩女"的笑谈、深情吟诵的诗歌。她"讨要"并蒂莲的情趣、有关湖泊累了的感慨、巨蚌吐珠的传闻，也一幕幕回放着。我几度提笔，又几度放下，心底有如被强风刮过的湖面，久久难以平静。倏然，我心底升腾起一座湖泊：有雁儿贴在它上面飞舞，有鱼儿偎在它怀里畅游，有清风围在它四周吹拂，还有芬芳的荷莲，深情的歌谣。它虽然静卧在大地，而我却要仰视……

（获第四届"罗峰奖"全国非虚构散文大赛优秀奖）

江鹳如人近屋来

身为洞庭湖西滨人，前往西洞庭湖湿地，数不清多少次了。

每年进入 3 月，是湿地最美且最富生机的季节。这时，大自然施出魔法，将温煦绵甜的春光，黏贴在这片水云间，天空洗尽灰蒙，湖面荡漾清波。无论行走在水草覆盖的洲渚，或是驻足嫩苇摇曳的港汊，我遇见的，除了绿色，就是鸟儿。鸟情，最能体现湿地原生态风景，鸟们或是成百成千只聚集水面，激起圈圈涟漪；或是成双腾空欢舞，留下道道倩影。在湿地青山湖大堤，几只鸟落在浅滩，也落进我的视线，它们双腿修长，嘴、腿均呈红色，上体羽毛黑色，在光照下，变幻出绿色与紫色光泽。这些鸟儿时而低头觅食，时而交颈嬉戏，把娴静与暖意拉至满格。

"那是什么鸟？"我问陪行的湿地保护区干部。

"它们是黑鹳，国家一级保护鸟类。"他见我好奇，又说，"我们已经见惯啦！"

我是初次见鹳，湿地人却已见惯。有时候，人们相遇同一景物，感知、意趣却迥然不同。

"空中发出'嘎啊、嘎啊''喔——呜、喔——呜'叫唤的，是白鹤与天鹅。"这位干部随后补上一句。

真可谓"鹅鹳相酬鸣"。油然间，元代王冕那句"江鹳如人近屋来"的诗，蹦出我脑海。如果说，西洞庭湖湿地是一首意蕴丰厚的诗，越冬候鸟则是灵动的诗眼。它们少了觅食的苦恼，没有遭受污染的伤害，也远离被猎杀的惶恐不安，在这里放飞着天性。

一

让我流连的这片湿地，归属湖南西洞庭湖国家级自然保护区。她以每条水流宛转的臂弯，给我们慈母般的拥抱；她以每座湖洲常青的绿荫，让我们浮躁的心绪回归大自然。每年 11 月，鹳与众多候鸟，从北方甚至西伯利亚飞来，落脚在越冬地半边湖、安乐湖。我在退田还湖的青山垸，还看到另两只鸟，像两团飘落的白絮。经提示，才知道叫东方白鹳，与黑鹳同属珍稀濒危鸟种，为国家一级保护鸟类。一只正用长翼拍击湖面，另一只单腿伫立，那姿态用优雅形容，是可以给满分的。有人说它像个思想者，是不是在把往事追忆？

过去，这里曾因毁坏植被、猎取候鸟食源、个别小微企业偷排"三废"，加上更早时期的围湖造田，使得她遍体鳞伤，鸟群数量减少，鹳，更是绝尘而去。轻风拂过，唯有芦苇垂下头颅，倾诉着对它们的愧歉。近 20 年里，湿地所在的汉寿县，以利斧劈柴的果决，细针绣花的耐心，开展大手笔的生态修复。

自此，喧闹多年的湿地逐步回归宁静。2015 年 1 月，大批回"家"候鸟中，竟然有 50 只黑鹳！那年，保护区管理局获全国"保护森林和野生动植物资源先进集体"称号。随后，他们在黑鹳活动的半边湖，建立全国首个民间"黑鹳守护站"。从候鸟飞来的 11 月起，守护站李赋、叶定友等 6 人，顶风踏霜，对鸟儿密集的半边湖、北洼等区域，每天分两组巡护观察，春节期间也放弃与家人团聚。也许是不辜负他们的执着吧，2016 年 2 月 6 日下午，守护人员用高倍望远镜，监测到 78 只黑鹳（2010 年仅 25 只），飞舞在半边湖上空，似乎正赶赴一场约会。同时还监测到近百只大天鹅，更有约 3000 只燕雀，织出"燕阵惊寒"奇观。

二

欧美黑杨作为造纸原料，从 20 世纪 90 年代引进西洞庭湖湿地，高峰期曾达 15 万亩。这一外来速生物种，虽带来一定经济效益，但导致湖体水质下降，土壤板结，加速湿地旱化，严重侵占鸟儿家园。当地渔民讲："有黑杨的港汊里，小虾米也难遇到，更莫谈鸟的影子。"

短期经济收益与长远生态效益孰重孰轻？汉寿县选择了后者。2017 年 11 月 10 日，该县打响黑杨清理战役。

一雁领头，万雁跟飞，种植户纷纷动手清理自家黑杨。保护区提前 40 天，完成湖南省规定的任务。

生态修复需要雄厚资金作后盾。"舍不得米，逗不来鸡。尽管我们财政吃紧，还是确保了黑杨清理的品补到位。"保护区管理局领导说。最近 4 年，清理保护区黑杨 12 万余亩，恢复退化湿地 10 万余亩，改造越冬候鸟生境面积 1000 公顷，湿地生物多样性得以恢复。同时，由县财政整合资金 7000 多万元，"以奖代补"给众多黑杨种植户。经济品补敏感且棘手，但这里没有一起纠纷。

鸟安宁，人也安宁，西洞庭湖湿地的暖春自此到来。保护区管理局资源保护科工作人员告诉我，清理黑杨和修复砍伐迹地后，黑鹳与众多候鸟，携带家族新成员归来了。2020 年起全面禁捕退捕，越冬候鸟由 2010 年科考时 205 种，增加到目前 226 种，其中包括 14 种全球受威胁的鸟儿。候鸟来越冬的 5 个多月内，稳定在 3 万只左右，黑鹳种群数量稳定在 50 只左右。最后他盯住我："听说你把黑鹳摄到了，怎么抢我们饭碗呢？你照相机'咔嚓'一声，真是神仙放屁——不同凡响。"他的逗趣，引得众人开怀大笑。

管理局工程师谢志辉也说："我们在湿地封沟育洲、新建小岛和碟形湖，使冬季退水后，洲滩仍有一部分水源。水草丰茂了，植被丰沛了，鸟儿爱吃的鱼虾螺蚌也多起来。远来的鸟，本土的鸟，不落脚这里才怪呢！"2021 年 4 月，保护区实施的"湿地生态修复工程"，被湖南省自然资源厅评选为"首届国土空间生态修复十大范例"。

三

如果鸟儿有灵智的话，还得感恩一个人——西洞庭湖湿地保护协会会长刘克欢。我遇见他时，他正带领 10 多名志愿者，清理湖面漂浮物和洲滩废弃品，一辆摩托车停在堤上，后座备置有"鸟类救护"医药箱，写有联系电话。

> 鸟儿也把自己的草窝爱喽，
> 哥你莫把路边野花儿采吜……

不远处，一名穿环保服的志愿者唱起民歌。

"县政协的同志在这里，莫哼老掉牙的调调，行啵？"刘会长嘴里虽嗔怪，脸上却挂满喜悦。

"没事，这东西原汁原味，难得听到呐。"我笑着回应。

"多留意水里的废旧渔网、竹签，好让鸟儿放心找食。"刘会长叮嘱另几名志愿者后告诉我，这些兄弟全是农民和上岸渔民，嘴里老不离鸟，每周轮流清理湿地垃圾两次。"除了我，都是师字少一横——帅。"听得出来，调侃中带着自豪。

这片湿地的特点是水涨成湖，水落为洲，她涵养水源，净化水体，为洞庭湖输送丰沛的水脉，也为鸟儿提供一方家园。"朱委员你看。"刘会长指着不远处的浅滩，那里有两只鸟儿，赤色长嘴，毛色灰白。一只在低头梳理羽毛，另一只将寻到的野菱送到同伴嘴边，有意让我们欣赏它们共享美餐。

"这种鸟叫冠雀，书名鹳雀，属鹳科亲戚，我们也见得多。"刘会长停了停，又说，鸟儿虽是寻食的血肉之躯，其实也是性灵之物，遭遇危险时，会昂起头颅，大张翅膀，让对手看见它的强硬。

他掌握着各种鸟的常识，还洞悉它们的情志。雨果有言："善是精神世界的太阳。"是啊，有了这轮不落的太阳，才有温暖常驻天地间。

此前我了解到，刘会长的护鸟之路充满艰辛。这位洞庭湖民间湖长，获过"湖南省鸟类保护优秀志愿者""常德市最美绿色卫士"等称号。但他过去以捕捉野鸭闻名，爱吃野鸭炖萝卜，早些年与人在半边湖投资近百万元，围网养殖大闸蟹。哪知收益没盼来，却迎来保护区环境整治。他开始也很抵触，不久就明白这是大势所趋，便拆除了湖中围网，后来还动员亲友收起打鸟工具。2015 年 7 月，他开始华丽转身，每周用 2 天时间，吃过早餐即背上望远镜，围着半边湖行走 10 公里，做着监测记录。随后又自购铁船、皮卡，白天组织志愿者清理垃圾，夜间经常配合保护区执法队员，打击电捕鱼、药毒鸟等违法行为。有次为救鸟，他和队员陷入齐腰的泥泞中，拼尽力气才爬上岸。至今仍有人笑他："老刘被保护区招安了。"他坦言，自己已 57 岁，只为协会起个箍桶篾作用；志愿者们也不图利，只愿候鸟"常回家看看"。

四

保护区人视鹳为"百鸟之冠"。湿地西端有个老鹳树村，传说古时有两只鹳，落在村口樟树上筑起大窝。有个调皮小孩爬上去，取下窝内 6 只蛋，回家煮在锅里，中途被大人发现了，马上送回窝中，想不到几天后，竟出现幼鸟的欢叫。以后便有鹳常年栖于树上，村名因此而来。地上有荫护，鹳鸟才有归宿属感。再说当今吧，2020 年 12 月 6 日，黑龙江省哈尔滨市志愿者，将 200 多只"掉队"野生候鸟，用房车运来西洞庭湖湿地放生，里面有几只鹳，提升了他们的兴奋值。12 月 7 日，在保护区举行的第十一届洞庭湖国际观鸟节常德分会场，他们特意举行了宣教动画片《黑鹳小西的一天》首发式。

我在青山垸大堤，还拍到壮观的一幕：上万只天鹅、灰雁、罗纹鸭、野鸬鹚以及白鹤，在天空飞舞回旋，发出清脆的欢叫。正是这种景观，使很多

"头回"游客成"回头"游客。令人痛惜的是："黑鹳守护站"站长李赋，却看不到这种奇观了，他因身患绝症加上常年劳累，于 2020 年 9 月永别了他挚爱的鸟儿……

美的东西有了守护的加持，就有别样的风景。我又想起"江鹳如人近屋来"这句诗，你与鹳亲和，鹳便如人一样走近你，走近像屋宇般安逸的屏障。黑鹳、东方白鹳已走近西洞庭湖湿地，约会苍鹭、白额雁共舞，加入卷羽鹈鹕、中华秋沙鸭的合唱，演绎着和谐共鸣曲。"鹳如人近屋"，也是对志愿者们的最高褒奖！我们见惯日升月落、风来雨往，见惯季节的寒暑轮回、人世的烟云聚散，我愿生命中见到的每个人、每种物，都能相亲如一家，相鸣贯时空。

离开保护区时，刘克欢对我说，到了 3 月底，这里草青树绿，鱼虾也多起来，可是越冬候鸟却要返回北方繁育去了。声音里满含恋眷。我的思绪也随着万鸟，在这片天水间飞舞起来。若干年后，我愿成为一根供鹳和它的鸟伴们栖息的芦苇，白首在湿地温润的胸怀。

（首发 2021 年 11 月 12 日《湖南日报·湘江周刊》头题，文中第三部分以《见鹳啦》为题，发表于 2022 年 1 月 19 日《人民日报·海外版》）

谁植满湖荷香

  流连一个地方，大凡与那儿的湖光山色有关。当然，还得先有故事。

  我的家乡有座万余亩水面的内湖，宛如一颗绿宝石，镶嵌在洞庭湖西滨。公元 759 年（唐肃宗乾元二年）深秋的一个夜晚，她用莽阔胸怀拥抱过大诗人李白，留下绝句："洞庭湖西秋月辉，潇湘江北早鸿飞。醉客满船歌白苎，不知霜露入秋衣。"

  清乾隆年间，百姓将这片水域围成内湖，取名"太白湖"。以前，我曾写过感怀太白湖的文字，去年 8 月初，为了调查县域绿色农业发展，我又一次来到这里。此前已获悉：为这座内湖"换容"的，是当地一位叫周总的民营经济能人。老周熟悉哪儿鸟多荷密，何处水深鱼肥。他曾目睹 3 只小白鹤为了觅食，在珍珠养殖池的黏稠气泡里挣扎，待他捞救起来，还是全部丧命了。这件事让他痛心了好多年！1990 年，他与人联包太白湖，将浅水区退田还湖，压减珍珠养殖，改植湘莲；深水区养殖鳙、鲶等家鱼，这是太白湖经营史上的首次调整。荷之叶、花、果同体共生，夏有碧荷红花，秋有成熟莲子，冬有泥下莲藕——它一生都在奉献呢！到了 2008 年，老周组建太白湖生态农业发展公司，将 3000 亩深水区养殖生态甲鱼，7000 亩浅水区种植本地玉臂藕。听说，之所以进行第二次调整，是为了遏制长期养殖造成的湖水退化，经济效益倒在其次了。

  我乘坐"双飞燕"（双桨式）小船，沿浅水区仅两米宽的荷廊穿行。这种小船，作为无污染的承运工具，如今大多卸载使命闲置了，此时它现身太白湖，委实让我生出欣喜。

  此时的湖面，千百朵粉红、紫红和白色的荷花，在碧水绿莲映衬下争相斗艳，冰清得让人心醉。红荷娇羞欲语，白荷意态迷人，和风拂过，荷花用点头向我们致意，用清香将我包裹。阳光下，接天莲叶一色墨绿，错落有致，宛如湖水撑开的万柄绿伞，圆润得让人心痛，引诱群蝶将其当作舞台，悠闲地在叶面做着免费表演；有些蝴蝶落下后就纹丝不动，似在聆听荷花竞开的声音。"惟有绿荷红菡萏，卷舒开合任天真"，我觉得，李商隐的诗句，就是特意为眼前景象写的。

据陪同的当地镇干部介绍，20多年来，老周在县、镇扶持下，逐年注入资本，用于改变湖的基础设施和生态环境。昔日仅供皇宫膳用的"贡品"玉臂藕，如今这里年产上万吨，端上了百姓餐桌，成为国家地理标志保护产品，这座湖也被农业部纳入第六批健康养殖示范基地。"周边群众反映说，太白湖这么一弄，味道就足了。"镇干部用这句话作结束语。

习习莲风，拂绿天地，阵阵荷香，甜彻心田，这就是太白湖的味道，改换面容后的味道，浸透着乡愁的味道。

小船驶出荷廊的当儿，钻出来两只鸟儿，浮游于湖面，双双在安享岁月的静好。由于我们的小船惊扰，它们相互打个招呼，扑棱棱飞远了。它们是否为李白笔下早鸿的后裔？我不敢断定，但我清楚，相比远祖，它们更爱亲近这片温馨多味的湖水。

小船拐向种养示范区，这里种植有荸荠、茭白、香芋和水芹，养殖有中华鳖。我特别注意到，这个区块还有不少"生态浮岛"。陪同的太白湖生态农业发展公司人员说，这是他们利用无污染水生植物的根系，吸收、降解水中的COD、氮、磷等，减轻水体腥臭与富营养化现象，大幅提高水体透明度。

船靠码头，我终于见到年过六旬的周总，他正在指挥工人，把一篓篓龙虾装车外运。他笑起来，眼睛像芦苇叶划过的两道痕，只是，秋霜提前盖满了头顶。他抓住一只伸着长钳挣扎的鲜虾说："这家伙当了俘虏也不安分。"

怎么养这东西？他见我一脸疑惑，解释说："我们不能把一世的饭一口吃光。"原来，长时期、大面积种植荷藕，也会使水质和泥质退化，需要有个修复期。因此，根据上级政府的部署，他们暂时压减了植藕面积，引导经营主养殖龙虾，因为湖中水草、螺蛳、湖底微生物等天然饵料丰富，适合龙虾生长且无污染。他说，这是为两年后复植荷藕蓄势。我们今天穿行的荷海，就是压减后的面积。

"蓄势"才会"待发"啊。

算起来，这是太白湖经营史上第三次调整了。从传统种植养殖跨入生态式种'智'养'智'，这岂止是品种、方式的单一置换？只有血脉中流淌荷香的人，才会铺开如此手笔。谁植满湖荷香？答案是明晰的，老周等太白湖人，已将绿色农业这一生态理念植入经营全程，开发中更注重呵护。在洞庭湖区，这样的内陆湖泊数以百计，如果都能保护性地利用，实在是造福后人的幸事！

今日太白湖是否在启示我们：她不只是一个地理称谓，而是经营者对生态农业的全新解读？借用老周的话就是："珍惜太白湖这个文化符号，让这里有好风、好水、好味，才是我们该做的。"

我穿行太白湖全程，几乎都在习习荷风中做着深呼吸，肺腑早润透了。不仅是我，这里，碧水绿树被荷香润透，渔舟飞鸟被荷香润透，连每声笑语亦被荷香润透。和风拂过，总有荷香入袖穿肠。身处尘世间，何须什么东西都去奢求呢？心境应如眼前这一湖绿荷，清纯脱俗、拒绝污染，散发绵长的香韵。

满湖牵风的荷香，在洞庭湖西滨萦回，在我的肺腑氤氲。心系家园的太白湖人，正用锦心绣手，种植着新时代的"诗篇"，让人常"读"常新。

鸭踏湖寻"怪"

鸭踏湖，三大怪：
鲤鱼蹦到锅里来，
野鸭叼走绣花鞋，
女人玉镯男人戴。

这首渔谣里的前两怪，新奇有趣，也在过去渔家生活的情理之中，而第三怪却令人费解。为了探寻谜底，气爽物华的仲夏时节，我来到鸭踏湖。它位于洞庭湖西滨，《常德府志》记载它是"鹤汀凫渚，雁（野鸭）阵惊寒"，20世纪60年代初，这儿还是野鸭王国呢。

我随鸭踏湖村的经济能人老马，驾上一条渔船去巡湖。这船首尾相同，湖乡俗称"两头忙"，周身刻满沧桑。"两头忙"穿行在一片吊满珍珠蚌的浅水区时，老马瞅着他的劳动硕果，眼睛笑得像眯成一条缝，我也陪着他傻笑起来。

我知道他拥有资本大笑啊。35年前，刚出校门的我，第一次来鸭踏湖体验生活时，正值"农业学大寨"，这片湖的浅水区相继围成了田。然而，它并没有收"金"获"银"，借用当地群众的话讲，种的梨子是涩的，橘子是酸的，栽的杨树是弯的，大批劣质稻也卖不出好价。年轻气盛的老马多次向上反映："要想糊口，退田还湖。"却被人斥责为"走老路"。他憋着一肚子怒气没处发泄，只好朝闲搁在家的"两头忙"时不时地擂上几拳。改革开放之后，老马戏言："要想致富，退田还湖。"那时仍被不少人视为怪人怪话。老马忿忿不平地说："洞庭湖少水无鱼，俺愧对祖宗呀！"前些年他揭榜承包了鸭踏湖，将千亩低洼农田还成湖泊，在深水区养殖珍珠、工程鲫、巴西彩龟等特种水产；浅水区种植香芋、玉臂藕、西洋菜等无公害水生蔬菜，变过去低效的单一农业为高效的综合型产业。去年，被县里定为综合开发湖泊资源示范点，老马成了全县风云人物啦！

　　"两头忙"驶入植满湘莲的水域，正值荷花盛开季节，莲荷送香入袖，水鸟贴波腾飞，真叫人赏心悦目！置身这满湖鲜活中，我想起此次要探寻的第三怪，禁不住问老马："'女人玉镯男人戴'是怎么回事儿？"

　　不料他身子一抖，笑容"哧溜"从脸上消失了，默默将"两头忙"划至湖心。老马停桌凝视湖水，眼神痴痴的。此处清波长涌，深不可测，相传唐代大诗人李白遭贬后，与友人泛舟至此，对饮赏月时，失手将酒樽碰落湖中。为捞樽，忙煞历代渔人……

　　我盯着神色黯然的老马，打趣道："是不是也想捞酒樽？那可是珍贵文物呀，要是得到了，你真的马上就金玉满堂啦（他本名马金堂）！"

　　"乱弹琴！俺可没得你们作家的雅兴。"

　　闲聊中，我竟然获知了一段凄美的情感往事。原来，老马承包鸭踏湖后，整日在湖里忙乎，有一天深夜了还未回家。他的女人心细，晓得"两头忙"中舱有条缝渗漏，隔两小时就得往外舀积水。白天有她在船上协助老马，可是夜里谁会替她去舀？于是她撑上小划子寻到湖心，哪知一阵狂风陡起，她沉入湖底，再也没有上来……自那时起，老马脾性有些怪异了，常常揣上女人留下的玉镯子，独自在这湖心翻来覆去地瞧，最后才把镯子戴到手上，他觉得这样心里才平静一些。

　　鸭踏湖第三怪的谜底总算寻到。我瞅瞅老马，他沉默了一阵，从怀里掏出那只玉镯子，戴进手腕。

　　这个世界有着太多的喧嚣和势利，恪守一份内心的本真与淳朴，才是难能可贵的！

　　其实，每个人心灵深处都流淌着一片诗意的故乡，生命历程中都有一份痴恋的亲情，即使含有几分怪诞，只要它对经济发展和社会进步有益，就该得到理解和尊重。而且，正是这些人，创造出那个地方童话般的山水面貌，传承着生生不息的地域文明，有精神的，更有物质的。不是么，在整个洞庭湖区，像鸭踏湖这样古老的淡水湖泊有数百甚至上千个，它们像一只只饱经风霜而满含期待的眼睛，等候我们去改变它的容貌。庆幸的是：鸭踏湖这只秀目，没有因历史泥沙淤积而荒废，在老马这样的乡村经济能人巧手装扮下，它的生命依然焕发出春的魅力，秋的神韵。这是沧桑与创造交织的不朽诗篇，是自然和人文辉映的壮美景观。如果每个湖泊的资源都能被我们开发利用，将为国家增添多少财富啊！

　　告别湖心时已近黄昏，苍茫天水间，惠风拂面，湖水涌碧；鸿雁虽已稀声，渔火依然闪烁。我庆幸鸭踏湖一行不虚，因为我目睹了一方湖乡巨变的亮色，探寻到一道新奇的人生风景。

我还会再来的！古老而又生机勃勃的鸭踏湖……

（首发 1995 年第 1 期《桃花源》，再发 2002 年 11 月 9 日《常德日报》；获 2006 年"常德市农村现实题材文学作品大赛"二等奖，入选优秀作品集《乡情》）

湿地：永远的鲜活与感动

是谁？将一幅巨大的风光油画铺展在我面前：绿涌蒹葭，鹤舞平沙；垂柳临水弄影，渔舟泊岸唱晚，氤氲出浓厚而恒久的诗意。此刻的我，置身这少见的清雅宁静里，触摸到的唯有熟稔与亲切。

这就是湿地！她，位于汉寿县东北部境内西洞庭湖自然保护区。

烟波浩渺的古洞庭，历经千年阵痛，孕育出这块美丽而神奇的湖沼地貌，其鲜明特征是：水涨是湖，水落为洲。湿地是中华文化里最接近"故乡"意象的地方，她以丰饶、温润的胸怀，给我们生命以滋养。因此，注定了她有个沉甸甸的称谓：地球之肾。对当今的我们，透射出无穷的诱惑。

南国四月，丽日送暖。我和几位朋友一进入湿地，便置身万亩青纱帐——面积5.4万亩的芦苇荡。蒹葭苍苍，苇波荡漾，它是全国最大的芦苇群之一，在世界上也是罕见的。南宋初年农民起义军首领杨幺，曾率水军在此击溃官军的围剿；当代女革命家帅孟奇，在这里躲过反动派的追捕。此时的明媚春光里，洲滩上的青苇，就像亿万名披着绿色绫罗的怀春少女，向人们展示它的千般妖媚；那凭风摇摆的苇叶，是在舒展长臂迎宾吧？几只白鹤在上空飞过，天水间顿时留下多道洁白的划痕。如果在秋冬，则是候鸟翔集，芦花飘香，洁白的芦花雪一般悠然飘落。凝望那份绚丽归于平淡，你心底的感动必定翩然而至；待到来春，苍穹下依然会有它们华美的绽放。

我们登上湿地保护区设置的观景台，极目眺望，近处港滩纵横，"一曲溪流一曲烟"；远方层岚叠翠，千里沅江穿越百代烟雨夕照，迤逦流来，宛如为湿地裙边添上长长的一笔，洁白而又婀娜，可谓自然景色与人文风光俱美。我的思绪不禁飞向公元759年，一个月朗露白、烟轻水寒的秋夜，有几位仕途落魄的文人在东洞庭湖相遇后，乘一叶扁舟西游至此，畅饮高吟。其间有一首诗尤为脍炙人口，那就是李白的《洞庭湖西》。

遥想当年诗仙吟罢，捧酒樽、穿月色、踏清波，仍携众文友东去，只让后人将这不朽华章代代传唱，只将一个叫"太白湖"的地名留在这片湿地的北端。西洞庭湖湿地虽不如泰山、西湖有绵厚的文史积淀，但上面提到的这个典故，也足以让我们物质的、精神的田园变得丰裕，继而成为现代都市人的寻梦处。可见，西洞庭湖湿地不仅属于当代，也属于古时；不只属于湖南，也属于世界！她梦幻般的自然景观，独特的人文底蕴，吸引着络绎不绝的旅人来此，观水天共色，赏鹤鹭齐飞，体验"湿地景色，泽国一绝"的美丽与神奇！

忽而，几只苍鹭落在湖面，激起一圈圈涟漪，追逐着、嬉戏着。鸟儿是湿地最富动感的生灵，它象征宁静祥和。此刻，我顿然觉得自己已是一只自由的水鸟，翱翔于这片青葱领地与蔚蓝天空，体验出真实的温暖与平和。不想离开，也不忍离开……

我们一行，从城市的辐射污染里脱身，从世态的喧闹暗争中走出，漫步在湿地的怀抱，让惬意的绿风拂过，任湿润的水气洒过；静听鸟语渔歌，笑看波平云舒，在这天水之间，疗治几近于疲惫的视觉与听觉，感受亘古不变的洞庭之魂，所有烦恼和不快都随风逝去。苏东坡说："此心安处是吾乡。"这"心安处"不单纯指你出生的祖籍地，更多的是指可以让你心灵安顿、情怀寄托之所在。我们的祖先没有吃过三明治、汉堡包，更没喝过威士忌、可乐，而是靠像湿地原产的丰饶食物和清澈水源，世世代代繁衍生息的。即使在洋食品充溢生活的今天，湿地仍然像慈母一样，源源不断奉献原生态乳汁，新鲜着、也健康着我们每天的生活。

阅尽千帆，走遍世界，唯有湿地，才有生命永恒的鲜活，才让我们长久地感动。这是镶嵌在祖国脖颈的一颗珍珠，走近了，才会领略到她的光彩；拥抱了，才能品味到她的气息。她延展出的绿色与诗意，明丽、壮阔着我们的心怀。

西洞庭湖湿地，给我们营造出一个梦幻般的水乡桃源，是我今生对原生态家园的不变向往。请在岁月的漫漫流光里，守候我的再次归来吧！

注："蒹葭"，每年四月长出的嫩芦苇。

（首发 2020 年 9 月《常德日报》）

第二辑　湖滨"故"事

湖滨往事依旧鲜活，
人生况味心底沉淀。

我在仰望那颗星

但凡一个地方，如有值得回味的文明贮存，大可计入当地幸福指数，这对滋养民众心性，也注定是有益处的。

三年前，汉寿县易世安君，向我出示了一份易氏宗族图，并说："左爷爷（指易君左）在世时，我就想寄给他，可是一直没能寄出。"我从图获知，明嘉靖年间，易氏先祖由江西丰城迁来洞庭湖西滨汉寿，定居生息至今。易氏近、现代辈分为：国正天心顺、家齐世泽长。而被世人津津乐道的，则是该宗族里一个连续四代、活跃百年的"文学世家"。从19世纪末叶至20世纪末叶，这个世家投身风起云涌的民族独立和解放运动同时，也留下大量瑰丽的诗文书画。近代爱国诗人易顺鼎、现代著名作家易君左（易家钺），便是这个世家中，最为耀眼的文星。

今天，这道独特的文化景观已渐行渐远。探微他们的诗文，感受流溢的气息，能让我们触摸中国近现代社会的脉动，获知文学先辈笔走山河的姿态与品格。

一

易氏文学世家的第一代，应从易佩绅算起。按他自己的记述，自爷爷起"始以文学显"，即播下文学种子了。旧时的"文学"，其外延比如今要大，包括所有文化知识。易氏四代文武兼备，簪缨相续，都是从少年起，即显露珠玑满腹、锦绣盈肠的才华。有必要依其辈分，梳理其中几个重量级人物——

易佩绅1826年出生，清咸丰八年（1858）举人，提倡文教，治军察吏颇有才干。他1906年离世，作品有《诗义择丛》《函楼文钞》《诗钞》《词钞》等20余卷，记录从求知求名到救国救民的心路历程。他有篇传记，描述胞兄易书绅对他的关爱，文情并茂，震撼着子女尤其是孙子易君左幼小的心灵。易佩绅诗文中的风骨、"民饥民寒政有失，民顽民愚教有失"的民本思想，对易氏几代作家产生不可磨灭的影响。

第二代核心应推易顺鼎。他是易佩绅长子，1858 年出生，清光绪年间举人。他生有神童之目，诗才横溢，3 岁时诵读《三字经》。大半生奔忙于军旅和官场，足迹行至十几省，有诗集 72 卷逾万首，词集 10 卷，杂著 29 卷。其诗意象开阔，词作蕴藉深厚，与晚清另一闻名诗人樊增祥并称诗界双雄，与宁乡程颐万、湘乡曾广钧称"湖南三诗人"，《中国近代文学大系·诗词集》选其诗 50 首。1920 年 8 月 30 日，这颗近代文星陨落于京城寓所。得到过他相助和推崇的梅兰芳，为他扶尸入殓，出重资治理丧事。

易顺豫为易顺鼎胞弟，1864 年出生，清光绪三十年（1904）进士。历任江西吉安知府，辅仁大学、中国大学和山西大学中文系教授，著有《琴意楼诗》《湘社集》《仿建除体分句诗钞》《周易讲义》《孟子发微》等，《全清诗》收有其诗作。按当今说法，他与父、兄均称得"诗官"了。

易莹是易顺鼎大胞妹，孀居易园。她蕙心兰质，其诗清丽凄婉，技巧娴熟。因英年早逝，作为侄子的易君左没有见过她，但从父辈为她编选的《玉虚斋集》里，已经读出这位不幸大姑母的超群才华。

易瑜是易顺鼎二胞妹，1867 年出生，精于诗文。尤为可贵的是：在晚清民族危难之际，易瑜走出深闺，接受新知，1909 年即捐资创办女子学堂，使闭塞的乡村逐渐开化，随后又投身妇女解放运动。1932 年逝世时，留有诗集《湘影楼诗钞》《十索诗》、传记体小说《西园忆语》、散文集《髫龄梦影》，诗文中可见她的才华与节操。"谁将天地空灵气，酿作才人笔上花"，将她本人读诗的两句感受移赠于她，实在精确不过了！

易君左是易氏文学世家第三代翘楚，易顺鼎次子。1923 年获日本早稻田大学政治经济学硕士学位，回国后投身新文化运动，被鲁迅划入京派作家范围。1926 年开始漫长的军旅文人生涯，1949 年后避居港台，从事编辑和教育工作。一生著书 60 余部，题材广泛，体裁多样，艺术上多精美之作。

易氏第四代作家是易征，易君左第四子。他 1949 年参加中国人民解放军，转业后历任《花城》《旅伴》编辑部主任、广州《现代人报》总编辑。有新诗集《红豆集》、小说集《南海渔家》、散文集《多伦多来客》、评论集《诗的艺术》等 14 部，系中国作协会员。1997 年在广州逝世。

二

作为汉寿人，我一直在打捞易氏文学世家的往事，哪怕只有点滴信息都欣喜若狂。八年前的暮春，我特意选定一个星朗月明的夜晚，流连在县城小南门的易园旧址。百年前的星月，也曾高悬在这方天空，并用融融光华，温润过这座"名园十亩锁芳菲，树色山光碧四围"（易瑜诗句）的庄园。据几位易氏老人回忆，这里曾经绿树婆娑，月池照影，芳草缀幽墙，苍苔点奇石。由青方砖、黛色小鳞瓦、褐色木质壁柱构成的屋群格局，廊径迂回，气韵频生，那些飞檐无不指向无边的云天。放眼南望，一华里处有座菱水湖，暮春时节，新荷田田，清风送香入袖；渔舟点点，白鹭贴波腾飞。这样一种自然和人文环境，已在易氏几代人作品里留下了光影。1938年7—8月，这里还是尚未被侵凌的安宁后方，易君左陪同前来避难的郁达夫，在菱水湖采菱并即兴联句。当时，两位血性勃郁的中国现代文豪并不知道，他们已为一座县城的家园文明陡增了亮色。只是，近几十年不断"长"大的城区，覆盖了这里的自然生态。

八年前那次，我在易园寻找"明月浴池"旧踪——该池多次出现在易氏作家们诗文中，是原龙阳八景之一。我希图见到池中新荷与倒映的星月，还想捧一把泥土，感受这座庄园远去的气息，然而如今全成了水泥地面。我只好肃立一角久久思索：易氏文学世家前三代人，身处中国社会内忧外患年代，为什么会有惊世成就呢？后来悟出：这个家族原有区别于一般家庭的育人理念与方式，即：从启蒙教育开始，便对后代有意识地进行资质练习，包括观察与想象、语言表达、文化积累等。这种方式甚至融化在与孩子们的游乐中，铺就一条育才之路。

易佩绅为启发孩子想象力，在1863年易顺鼎5岁生日那天，他出句"鹤鸣"，小顺鼎不假思索对曰"犬吠"。随后，他用富有意趣的"鱼咬尾"方法诱逗："又可用什么对'犬吠'？"小顺鼎相继对出"猿啼""凤舞""龙翔"，答得天衣无缝，并以手指蘸水画字。全家人惊喜不已，因为小顺鼎学一字对才3个月，学二字对仅2个月。若是乡间孩子，恐怕仅在学唱"马马嘟嘟骑，骑到嘎嘎（外婆）ti（去）"之类地方儿歌，或是念诵"背坨坨，讨茶喝；茶茶冷哒，伢伢不喝"等无甚意味的童谣。

同一年，小顺鼎在一次逃难中与家人失散了，先被太平军收养，后被清兵王爷恩送回家。他依据此事，在父母指导下写出一篇《述难》短文，于是神童之称传遍全国，以至1894年冬月二十一日，"老佛爷"召见他时，头一句便问："你就是当年5岁神童易顺鼎吗？"

易佩绅夫妇在一次星月融融的雪夜，唤醒易顺鼎等3个孩子，指导他们如何观察眼前景物特征，体味其空灵清幽境界。于是易顺鼎写出《园居雪夜》："积雪已满林，天寒睡初醒。月华如水流，老鹤踏梅影。"稍大，父子们便共商文学问题，或以某一事物为题，相互唱和。易佩绅即使在四川、江苏任职期间，也常带上易顺鼎，参加当地的社团活动，拓宽孩子的生活视野，提高他的审美能力。

易佩绅这种育人理念同样使用在了女儿身上。易瑜年幼时，有天晚上陪父亲在庭中纳凉，父以"团扇如圆月"试对，她正构想时，一只萤火虫飞过，她脱口而出："流萤似朗星。"这种最初的训练，不只是声调平仄和词性的相对，更在于让孩童的想象力飞腾起来。

易顺鼎对易君左的培育，也秉承了父亲言传身教、潜移默化的方法。1899 年易君左在长沙出生不久，即被易顺鼎带回易园，在文化氛围异常浓郁的环境中抚养，让妻子和家庭成员诱导他。小君左 3 岁时，易顺鼎夫妻便和他练对字，如说"人间清暑殿"，小君左即答"天上广寒宫"。易君左 10 岁那年，易顺鼎把他带至任职的广东端州，在公务之余教他学诗。有一天，易顺鼎以《猛虎行》为题命他吟句，易君左很快吟出："怒目如铃，张尾如旌。列齿如锯，转喉如钲……苛政如虎，残害百姓。敢告有司，须全民命。"诗里灵活运用典故，题旨深刻，忧愤之情跃然纸上。易顺鼎欣喜异常，凡参加文学活动、文酒盛会或游山玩水，必把他带上，将自己写的佳句念出，让他揣摩品味。有一次父子坐船游罗浮山，易顺鼎像当年父亲教诲自己那样，指着两岸景致教易君左如何观赏，如何抓特点。最后父子都写下诗句，互相交流。易顺鼎当时描写江岸景色和远眺罗浮的佳句，易君左几十年后仍记忆犹新："欸乃一声绿，荔枝千颗红""云外山如笠，天边塔似簪"。后来易君左就读北平（北京）公立四中时，常随父亲去江西会馆，参加寒山诗社的诗钟集会，有机会周旋于严复、梁启超等名公之间，得到古典文学熏陶，两次夺得诗钟状元。

易瑜作为易君左的二姑母，她的多才多艺和现代气息浓烈的诗作，无时不在浸润小君左的艺术心灵。这位姑母师长常常采取娓娓动听的传授方法，我有幸听一位八旬青姓老人讲起："易（瑜）老师讲《孟子》时，把原文编成汉寿口语，譬如她说'梁惠王嘴喳喳，晋国天下赫麻大（很大），不料传到我手里，国家屡次受糟蹋。东边打一仗，大媳妇守了寡；西边打一仗，地方丢了一 pa la（一大片）。南边又被蛮子骂，寡人脸上像鸡虱子爬'。"至今记忆犹新。这种教学方式不仅让孩子记得住内容，也在影射腐败无能的朝政。

尤其值得提及的，是易佩绅对孙子易君左的谆谆告诫：在散文写作上，要学司马迁、郦道元平实简洁的语言风格，叙述以细节取胜，描写以传神为要，以情感作为推动语言的动力。我读《闲话扬州》时，看到易君左继承古人平易简洁文风的同时，亦不乏轻松机趣的细节描写，让人常常忍俊不禁。例如：扬州人"起床后第一件事便是'皮包水'（喝茶），三三五五或独自一人到茶馆里，坐下，这就生根了！……一个下午就只有'水包皮'（泡浴室），这一天就完了！"

易君左有篇散文《楚天辽阔一诗人》，记述郁达夫避难汉寿的事，可谓平实简洁的典章。允许我引用文末两段吧：

西湖的月色富春江上的云霞织成了一幅爱的屏风，我们希望这一双嘉宾永远居住在汉寿。希望达夫像苏东坡买田阳羡、王摩诘筑室辋川，希望达夫心身康健安静，多写几篇东西煽动南国抗战的热情。希望映霞惩治大都市的罪恶而鼓励乡村的清气，希望这斗大的城池中，永远有一个长身玉立的康健女郎提着篮儿买鱼。希望那三个小朋友（指10岁的郁飞及郁云、郁荀）永远离不了母亲替他们洗澡，一直洗到生出很长的胡子。

当晚霞流丽的时候，展开了我们的离宴。……郁达夫陶醉在啤酒的氛围中了。雨后的宇宙好像泪洗过的良心，创后的灵魂好像花裹着的裂口。人生原像波纹，没有风，便会镜一般的平静。

我每每读完，心头都生出莫名的震颤，作者平易风趣、富有张力的语言和诗性的表达，冲击着传统散文模板式的写法，给阅读者带来美的享受。而我，还格外仰慕文学前辈那份淳厚情谊。

正是良好的易园环境、理性与感性交融的练习方法，加上他们与生俱来的禀赋和喜好，造就了易家一代代文学人才，形成罕见的家族作家群。

当今文化娱乐圈，这星那星多如牛毛，摆姿弄态、自我膨胀者更不在少数，我只愿仰望、贴近自己心中的"星"。

三

易氏文学世家中，还有一道值得我们瞩目的景观：拥有一个挚爱文学艺术的巾帼群体。如果说，易氏文学世家的男性诗文，风格多为高古雄浑，那么女性则显出宁静温情。而光彩飞腾则是其共性。

易君左的祖母陈夫人饱读诗书，文学功力厚实，是地方闻名的才女。易君左的母亲王仲柔知书达理，文学修养颇深。再如易君左的姆母张夫人，堂姐易孟美、易仲瑾，姐姐易娴、易倩，表妹（后为妻子）黄学艺等人，她们或擅长诵诗吟对，或工于诗词书画，或喜爱音乐戏曲。易君左长女、1920年出生的易鸥（鸥儿），曾师从国画大师张大千习画，尤以牡丹驰名。她们成为这个文学世家不可分割的部分，营构出浓郁且持久的创作氛围。

这个巾帼群体呼应易氏前两代作家们，经常采用各种形式聚在一块，以写诗吟句相互交流为乐事。易君左在散文《大湖的儿女》里，曾追忆先辈在易园的情景："母亲告诉我，往年祖父母登易园内假山螺蛳山，以望见真一子（易莹）在湘真馆凭楼栏为乐，常用彩鸽口衔诗笔往来飞去和诗，不啻人间仙。"有一年重阳易顺豫久赴山西，全家人甚为思念，易佩绅召集众人，以此为题作和韵诗，排遣心中牵挂之情。他们在这次活动中反复唱和，易莹一口气竟吟成 32 首。易瑜亦写出《重九日忆五兄（顺豫）》："又值茱萸插帽时，天涯归客尚无期。黄花白酒愁中泪，红树青山画里诗。"最后易佩绅挑出几首寄往山西。易顺豫收阅后，即作和诗寄回家中。这种家庭关系中的切磋，类似当今文学沙龙活动，使他们在相互鉴赏中扬长避短，在娱乐中维系亲情。

易氏文学世家几乎人人都喜爱绘画、书法、音乐和戏剧。易君左从小就知道母辈和姐妹辈都是绘画能手，他这样记述过二姑母易瑜："幼时即聪颖绝伦，善画花卉。我记得老家乃至有些亲族，以前惯用的帐帘，多半是二姑母所绘的牡丹图。"她们这种禀赋无疑影响到易君左，他年少时也在北京拜名家学过画，后来向张大千求教，与徐悲鸿更是来往频繁。有一桩趣事值得一提：在抗战前夕某天，易君左游览扬州平堂山，写下"夕阳颜色最适鸦"诗句后，寄给当时在桂林执教的徐悲鸿，请其依据诗意作画。不久徐先生寄来画作，可惜信封被雨水浸湿。但易君左异常高兴，感觉斜阳经水染后一片红光，画中之鸦也"变"为多只。满纸尽为乌鸦斜阳，为原作平添了更多意味。

易君左晚年说过："我一生写诗经常写到斜（夕）阳，也爱写鸦。"的确如斯，如"写尽秋容余一雁，泼残墨色是群鸦""寒鸦数点秋风里，好趁斜阳看六朝""斜阳颜色最适鸦"等等。易君左选择这种意象，将画家感官与诗人情思融合一体，由此发掘其中的美学意蕴和哲理。

正是易家巾帼群体博采各门类艺术之长，丰富了易氏几代作家创作的美感领域，使他们没有拘泥具体事物表象，更注重述写上的"神似"，也增强了他们敏锐的观察和感受能力。另外，易氏家族函楼藏书为湘北第一，都是形成家族文学氛围的重要一点。

四

文学不能一味行走在大街小巷、瓦舍柳荫，即使在阴霾漫天的时日，也要让她照亮人的精神世界。易氏文学世家无论做人作文为官，守持的是家国为重，这是能够绵延百年文脉的根基。

易佩绅在光绪初年任贵东兵马道时，创造性提出治理苗疆的纲领：整纲纪、申教化、问疾苦、安民生。他由四川布政使调任江苏布政使时，成都百姓在门前摆出一碗清水，一块明镜，焚香恭送不舍，寓意他为政清廉如水若镜。

易顺鼎 15 岁参加科试时，学使出一上联："安得广厦万间，洗破屋秋风？"他随口对上："是赖中流一柱，挽大海狂澜。"令满堂考官惊叹不已。那年他即有诗、词两卷问世，传诵一时。1894 年中日甲午战争爆发，他极力主战，虽正值母丧，仍请求赴前线杀敌。因清廷腐败无能，致使中国战败，拟签订《马关条约》，割让国土赔偿白银。易顺鼎上书朝廷，陈述辽东、台湾位置的重要，要求"罢和议，筹战事"，然而未被采纳。当时朝野一片怨愤之声，连光绪帝皇后隆裕，也对慈禧肆意抛掷民脂民膏强烈不满，她出一上联"金掷民膏两万万"求对，哪知宫廷内外无人能对。当年底易顺鼎因事进京，有知情人禀告给皇后，于是皇后召见了这位昔日"神童"，让他对下联。易顺鼎早对清廷割地赔款痛心疾首，他望了望皇后忧郁的眼色，当即对道："珠含天泪一双双。"其意为：皇后娘娘眼珠里饱含痛心的泪水，双双流下来了。皇后见易顺鼎对得无懈可击，愁闷已久的脸上荡开了笑纹。

1895 年，台岛军民掀起抗倭浪潮，易顺鼎请求当局援台，并冒着违旨风险，筹饷求兵，两次赴台，力助抗倭将领刘永福收复全台，并赋诗"两河忠义旌旗在，万福威名卓木知"赞颂他。1913 年 3 月，爱国志士宋教仁被袁世凯派人暗杀，易顺鼎书写挽联数副，其中一副集句联是："既生瑜，何生亮；卿不死，孤不安。"此联出自《三国演义》中的句子，妙在借袁世凯口吻说出，用语犀利，讽刺独具一格，将袁的阴暗卑劣心理揭露无遗。

1909 年，易顺鼎调任广东高州巡道。有天他到高州城内名叫"双渚渔歌"的地方巡视，在西江渡口听到渔民正唱民谣。他听不懂粤语，请教同行的三位当地举人，方知内容全是反映高州民情的。他再下到老渔民屋里访问，记下所唱的民谣，回府后顿生感慨，创作出《高州谣》：

先飓风,后淫雨,城中水深数尺许。

谁将海水搅上天,又把天河翻入土?

有盗满山兵不捕,日戕老父掠儿女。

有民患饥官不哺,又见淫霖害禾黍。

……

劝君莫做高州官,高州官多无肺腑。

……

谣中洋溢清朗方正之气。易顺鼎身处那个时代,能够体恤底层百姓,痛斥官场腐败,已实属不易。

易君左从小受祖父和父亲家国情怀影响,他在《大湖的儿女》开篇写道:"我的小故乡是汉寿县,而大故乡是洞庭湖,再大的故乡是湖南省,更大的故乡是我们祖国了。"他从祖、父辈学到最重要的一点,就是做人作文要并行,不可偏废,尤其是德才兼备;再是以天下为己任。他曾言:"一个有学问有修养的人,必有一副仁慈心肠和一种淡泊的志趣,凡事以国家人民为重。"他一生写有旧体诗词 2000 余首,贯注其间的,正是爱国恋乡情怀。这里,仅举 20 世纪 30 年代的《返汉寿故乡》为例:

金牛山色郁葱葱,洗墨池前忆旧踪。

六代豪华鸦背冷,九边烽火夕阳红。

花姑草圣仙人态,鹤子梅妻处士风。

道左小儿多识我,湖荷犹自爱乡浓。

直到今天,这首格律严谨、气势飞扬的诗,汉寿诗文爱好者大都能诵出。

五

星辉,往往使人生发怀想。此文动笔时,我忆起八年前春夜置身易园旧址的情景。那一刻,有几只杜鹃鸟从一棵树上飞起。这种鸟儿在洞庭湖区较常见,俗称布谷、子规,发出"割麦插禾、割麦插禾"几声鸣叫后,飞向夜幕深处。我虽无法看清其去向,但依旧凝望了很久,总觉得那声音是催促我去耕作。

1972 年 3 月 17 日,易君左在台北市寓所病逝,台岛汉寿同乡和文友合挽联云：

> 三代擅才名，早有文章惊海内；
>
> 千秋成绝响，更无闲话到扬州。

　　这是对易氏文学世家的最高评价，也是对易君左期望的"文能报国，诗可传家"这一辽阔声域的形象解读。这个文学世家，没有像流星那般划过天际，而是将光华恒久地留在世间。

　　中国近、现代文学天空群星闪烁，像易氏这样的文学世家却寥若晨星。忠于自己的国家民族，为之披肝沥胆；用贯注气血的诗文，书写百年风雨岁月。这一家族留给我们的精神财富，已镌刻在时光长廊中，也融入我的记忆里。那一颗颗昨夜星辰，让我终生仰望……

岂为行吟来楚泽

1938 年 7 月初，大地流火，万方多难。

侵华日军每天空袭武汉，国民政府下令紧急疏散人口。知名作家、时任军委会政治部第三厅设计委员的郁达夫，巡视浙东、皖南前线后回到武汉，便辞去职务，于 7 月 11 日偕带岳母、丽妻和幼子，自武昌辗转来到湘北小城汉寿，承蒙汉寿籍作家、时任湖南《国民日报》社长的易君左关照，避居在城内蔡天培醋铺，随带的 40 木箱书籍，占去房间很大一角。这儿位于洞庭湖西滨，楚国时期为梦泽属地，屈原曾行吟到此；这里地不当冲，生活水平也低，适宜避难度日。

然而，国命垂危，民众流亡，日寇又集结重兵逼近荆楚大地，使得郁达夫眼睛里写满两个字：忧郁。可贵的是：他用一名进步文人的良知与血性，用"怒吼的雄声"，辉煌着生命旅程中那段特有的时光。

富春江伉俪爱上洞庭湖鲥鱼

郁达夫刚定居下来，易君左就从长沙皇仓坪报社赶回汉寿老家，带上长女鸥儿看望这位创造社时的老朋友。十年不见面，郁达夫还是从前那样天真烂漫，嘴角带一点儿微笑，头发尚是青色的。

"君左弟，我们喝啤酒！"这是郁达夫迎候朋友的头一句话。夫人王映霞给孩子洗完澡，即进厨房去了。郁达夫往赤膊上套上一件小褂，随后从水桶中、堂屋角落里搬出十多瓶烟台啤酒。

"怎么能喝这么多？"易君左了解郁达夫私下里很放松，就随意地问。

"没有关系的，喝到半场，跑出去小便一次，又可以再喝了。"

"是不是从汉口带来的？"

郁达夫摇摇头，嘴角现出诡秘的笑，说："这啤酒在汉口买两块钱一瓶，就说长沙也涨到一元五角，在汉寿还只卖六角四分，汉寿商人真是再本分没有了！"原来汉寿县城仅两家南货店卖啤酒和罐头，汉寿土著不太光顾这些洋派食品，被郁达夫发现，一股脑儿收购来了。收集啤酒，是他来到该地后第一件得意之作。

王映霞开了一罐青豆端上来。这位《达夫日记九种》里的女主人公，依旧轮廓婷匀，风韵端丽，秀发烫得蓬松，身着淡湖色旗袍。易君左脑海窜出清代黄仲则的诗句："晚霞一抹影池塘，哪有这般颜色做衣裳？"心想若将此诗赠予映霞，再好不过。难怪郁先生当年为她倾倒，真是富春江上神仙侣啊！

是的，西湖的月色富春江上的云霞织成了一幅爱的屏风。郁、王堪称郎才女貌，王映霞是郁达夫生命线上的一个据点，虽然前不久她有过红杏出墙的传闻，郁达夫因此报以过激言行，闹得武汉满城风雨，几乎导致"劳燕临歧路"。但事情过后，双方心境依然是清澄的，眼下夫妻相处甚安，郁飞、郁云、郁荀三个孩子依绕膝下。这些易君左当然知道，于是他打趣道："达夫兄，我介绍你们住醋铺，嫂夫人往后该不会吃'醋'吧？"

郁达夫、王映霞和作陪的醋铺老板蔡仲炎都笑起来。

由于郁达夫与易君左、蔡仲炎都是留日时的同学，此时便无话不谈了。

郁达夫对衣、住、行不大讲究，尤其是衣着方面，堪称落拓不羁的文人，并且也不赞同王映霞过分装扮，但在处理"食"字上可谓大手笔了。因郁家注重吃，鲁迅、许广平、田汉、丁玲、沈从文等人常去就餐；特别是姚蓬子，有段时间几乎每日都去光顾。郁家对他们是来者不拒，一律欢迎。郁达夫喜食鳝丝、鳝糊、甲鱼炖火腿，他胃口特佳，每餐能"收容"一斤重的甲鱼或一只童子鸡。由于吃得好，他1932年10月复发的肺病及痔疮，竟然不治而愈了。

不一会儿，王映霞端上来一大盘鲥鱼。原来汉寿最大的特产是鱼，郁达夫来到这个小城后，同王映霞每天早晨提篮上街买鱼，夫妻俩同声交赞："汉寿的鱼，是这样好，这样便宜！"郁达夫吃遍所有鱼后，居然发现了鲥鱼；这种鱼由长江入口，相传只游到小孤山就回头的，或许是长江封锁了不能回头入海，抑或乘兴游入湖南，便流亡到了汉寿。汉寿因好鱼太多，没有人注意它，在长江下游卖几块钱一条，这里仅卖5分钱一斤，被郁达夫夫妇慧眼识得，成为郁家席上珍。鲥鱼虽然埋没了名声却结识了知己！

见到鲥鱼，郁达夫顿生感慨：眼下自己的处境与它竟有几分相似！

闲聊引征联，借酒抨时弊

易君左见老友默然无语，便问："达夫兄对小县的印象如何？"

"我刚来两天就发现：贵地人在这年头真真会打发日子。"郁达夫说话坦率得惊人，褒贬毫不含糊，还引用了"打发"这句汉寿方言，显然是刚学会的。

"你能讲具体点么？"易君左又问。

"我把近几天观察到的马马虎虎凑成两句，诸位别介意——

白天皮包水（坐茶馆），晚上水包皮（泡澡堂）。"

尽管郁达夫对某些混日子的汉寿土著语含揶揄，众人仍会意地微笑着。郁达夫的友善揶揄，出自易君左 1934 年出版的《闲话扬州》，易在那本散文集里，以客观冷峭的用语描述当时扬州人上午"皮包水"、下午"水包皮"的慵懒生活。不料勾起易君左的心事，他感慨地说："达夫兄，这个素材你只能写进小说里，才不会惹火烧身的。四年前我就是因《闲话扬州》出语欠当，咭（湖南方言：吃）过苦头的哟。"

郁达夫一笑，他知道，易君左那些描写扬州风情的游记发表后，引起了扬州人的公愤，易君左当过被告、在新江苏报登过致歉声明，该书也被销毁。连鲁迅在答袁牧之关于《阿 Q 正传》的回信中，也提到了此事：

"假如写一篇暴露小说，指定事情是出在某处的罢，那么，某处人恨得不共戴天，非某处人却无异于隔岸观火，彼此都不反省。一班人咬牙切齿，一班人却飘飘然，不但作品的意义和作用完全失掉了，还要由此生出无聊的枝节来，大家争一通闲气——《闲话扬州》是最近的例子。"

这时蔡仲炎接上腔："真是个易君左呀！"

郁达夫似乎记起什么，两眼一亮："君左弟，你倒是因祸得福、名声远扬呐。"他见易君左丈二和尚摸不着头脑，只好说，"你忘了《中央日报》那时登出的一副征联上句么——易君左闲话扬州，引起扬州闲话；易君，左矣。"

易君左这才记起，《中央日报》重酬征对一事，确因自己那本小书引发，至今回想起来，仍旧感慨万千。

郁达夫略作思忖，说："获首选的下联是——林子超主席国府，连任国府主席；林子，超然。"

这下轮到众人齐声叫好："只有这个对句才珠联璧合。"

郁达夫端起大家敬的一杯酒，一饮而尽，说："作者是四川籍诗人叶古红。叶先生的续联，在字面上是无可挑剔的，只是有趋炎附势之嫌，我是断然不会这样对的！"

郁达夫这番实话，使大家惊愕得张开了嘴，还想听听这位对新文学运动作出过巨大贡献的名作家的高见，可他离席踱往窗边。透过屋宇空隙，可以眺望远处的洞庭湖。此时，千顷碧水银光频闪，百羽白鹭贴波腾飞。他想到了故乡的富春江，那景致也是澄碧如染、仪态万方的。可愤的是：那里如今已成沦陷区，父老乡亲正在遭受日寇铁蹄的蹂躏！郁达夫回身，猛然将一截未吸完的香烟"啪"地甩向痰盂，借助酒兴，他侃侃而论："叶（古红）君的续句在字面是无可挑剔的，但是，林森（子超）他主席得了国府么？谁不晓他幕后有人拉线？还有，不管是过去还是往后，他能超然么？"

易君左记起数月前，郁达夫发表在武汉日报上的《闻鲁南捷报》诗，便即兴咏出其中一联句："怜他傀儡登场日，正是斜阳欲坠时。"达夫忧国情思常萦心头啊！

郁达夫猛地喝下一大口酒，趁兴愤愤地说："陈公博，汉奸也，丧品侮国，何足挂齿！相比之下，王子壮先生倒是有血性有骨气的真男儿！再凭心而论唐（生智）将军，此公在野多年，却能在国难当头之时慷慨承担抗战重任，其精诚应予赞许；至于南京失守，不能完全归咎于他。这也是我认为后两句对得好的原因。"

郁达夫说到激愤处，脖子上的青筋一根一根凸出来，从鼻翼延伸到嘴角的两道长纹也变得坚韧了："一个国家的政治，假如真正是彻底清明的话，当然内乱也不会起，外侮也不能入，战争是决不至于发生的；即使受到了侵略，防御也自然有余。"

这番话，是他对抗战以来国内政情的深切体验，大家为他抨击时弊的胆气和超凡见解所折服。

主、宾在鱼香豆味里各喝下两瓶啤酒。王映霞长身玉立，秋水般的双眸望着客人含笑道："才喝了这点儿就红脸啦？"

易君左打趣说："恐怕是'映'的一点'霞'光吧？"

大家一起笑了，郁达夫嘴角的长纹也舒展开来。突然，蔡仲炎神秘地说："忘了告诉各位，我这醋铺里还藏有一佳对呢！"众人催他快亮出来，一睹为快。蔡仲炎指着郁达夫和王映霞说："才子配丽人，算不算佳对？"

大家再一次大笑起来。

离开之时，晚霞流丽。有不少想看王映霞丽姿的汉寿人站在院篱外窥视，或夸她生得匀婷，一口好牙；或赞她眼睛明亮，也有羡慕她的衣履的。鸥儿更是向易君左赞扬："郁伯母真精明能干啦！"

《西方的猴子》跳出笔底

7月14日，郁达夫不顾高温，头戴礼帽，身着长衫，应县内第一高等小学邀请，向两百多名师生演说文艺性政论《政治与军事》："一个国家的政治，假如真正彻底澄清的话，当然内乱也不会起，外侮也不能入，战争是决不至于发生的。即使受到了侵略，防御自然有余，准备哪里会得不足？"

他大胆抨击时弊的胆识与勇气，引发全场共鸣与阵阵掌声。

随后，郁达夫被汉寿县教育科特聘为小学教师暑训班国文教员，演讲了《国与家》，阐明"皮之不存，毛将焉附"的二者关系，开导听众为抗日救亡奋斗。之后，应当地"抗战后援会"邀请，介绍时局，倡议为前方将士募捐。此外，就是撰写御侮救国的杂文——

7月29日，撰写《轰炸妇孺的国际制裁》，对日寇轰炸中国妇女儿童的暴行，进行义正词严的声讨："正义、人道，终于是决定胜负的楔子，疯犬们的乱噬乱咬，流毒必将反至于自身。"

接着整理演说稿《政治与军事》。郁达夫是抗战时期最早用政论形式，揭露抗战阵营中黑暗面和国民政府极端腐败现状的。他在该文中指出：目前战争没有取得胜利的原因"不在武器的不足，不在士兵的不勇，也不在国际助力的缺乏，根本问题，总还是在政治的不良"；"贪污、不公、虚浮、腐败到绝顶的一段，当从国民政府分共以后算起，直到现在为止的一个时期"。此时，他补写进国民党中央大吏至各级将领、地方官员的种种罪恶："官纪不正，赏罚不明。真正想为国家效命的忠良分子，大批都被摈而不用；当道的、负重任的，多半或全是一党一派的私人，或是出卖狗皮膏药的贩子。"最后指出"木不自腐，虫何以生"；"抗战必胜，建国必成的努力，只在于我们自己"。

8月13日，撰写《苏日间的爆竹》，预言日寇侵华的结果是"丧钟已经挂起，坟墓也已经掘好"，玩火者必自焚！

8月17日，撰写《西方的猴子》，揭露希特勒在步日本法西斯强盗的后尘。他辛辣地讽刺道："东方的矮丑，已经演出了一出名剧《三上吊》，自己把颈项送上了树枝间的悬绳去了；不知这一位希特勒所表演的下一个节目，又是什么名堂？"指出他们都是一丘之貉，将自取灭亡。

8月18日，撰写《地大物博，人口众多》，他自豪地宣称："中国人民所暗藏以及含蓄着的富庶，就是抵抗的力量。""中国如果是一只睡狮的话，现在已经在张眼睛，振精神，预备怒吼了；中国若真是一个病夫的话，现在也已经离病榻、断药饵，在试浴、试步的时候了。"他坚信民众在抗战中的觉醒。

8月23日，撰写《财聚民散的现状》，揭露当时社会财力"集中于几个不劳而获的私人，集中于中央或都市"。之后疾呼："我们要争取最后的胜利，得先培植这最后胜利所依附的养源，即农村、小都市、山区以及湖乡僻壤。""光是舍本逐末的几个慈善机关分发的一点小款，是不济于事的，何况更有善蠹的侵蚀呢？"

上述这些笔锋犀利的文稿，均发在当年 8 月 5 日至 9 月 8 日香港《星岛日报》"星座"副刊，在国内引起很大反响。易君左曾言：郁达夫"是一个最有骨气的文人"。他成为我国"第一批 300 名著名抗日英烈"，也是实至名归的了。

赋诗游景，未忘救亡使命

作为一代诗豪的郁达夫，初来汉寿的水途中，想起那位"行吟泽畔，形容枯槁"的屈左徒，便口占过一首：

> 国破家亡此一时，侧身天地我何之。
> 同林自愿双栖老，大难宁存半镜差。
> 岂为行吟来楚泽，终期结绶到南枝。
> 月明三径垂杨下，元白传杯各记诗。

避难汉寿期间，他与易君左等友人游览县境名胜，写出多首因景言志的诗作，彰显出"戎马间关为国谋"的文品。

7 月 31 日，头戴铜盆帽、身穿白制服的郁达夫，在易君左夫妇及易家众多女士陪同下，泛舟城郊南湖，展墓采菱。脚下湖水的澄碧，远方小山的浓黛，齐扑眼底。楚天辽阔，景物悦目，采食鲜嫩的菱角，两位文豪欣然联句——

> 郁：戎马余闲暂息机，易：南湖清露湿荷衣。
> 采菱儿女歌清越，郁：展墓渔樵话式微。
> 十里波光流暑去，易：两船欸影载香归。
> 鲁阳戈在能挥日，郁：为吊张颠款寺扉。

郁达夫虽是游玩赏景，仍未忘记神圣的反法西斯使命，"鲁阳戈在能挥日"一语双关，既有挽留时光之意，更有驱日寇出国门之寓。

郁达夫还与汉寿籍画家刘寄踪，同游三国时李衡种过木奴（柑橘）的氾洲，随后在刘家做客，即席赋成《戊寅秋避地汉寿，赋示家人之作》：

并马汜洲看木奴，粘天青草覆重湖。
向来豪气吞云梦，惜别清啼陋鹧鸪。
自愿驰驱随李广，何劳叮嘱戒罗敷。
男儿只合沙场死，岂为凌烟阁上图。

郁诗多沉雄郁勃之作。此诗字行间逼人的民族气节、为救亡不惜捐躯的壮怀，溢于言表！他还将后两句书写成两幅单条，赠予了刘寄踪。时至2001年，这首诗被刻入"中国常德诗墙"，此为后话。

9月的一天，郁达夫回忆数月前，政治部第三厅厅长"郭沫若氏自长江战线归来，谈及（战士缺）寒衣与文人少在前线事（服务）"，即赋两首，抒发忧郁愤世情怀：

一

洞庭木落雁南飞，血战初酣马正肥。
江上征人三百万，秋来谁与寄寒衣？

二

文人几个是男儿，古训宁忘革裹尸。
谁继南塘征战迹？二重桥上看降旗。

（南塘：明代抗倭名将戚继光的别号；二重桥：日本东京皇宫外的御河桥。）

郁达夫与易君左交谊深厚，又都擅长诗词，为易书赠过多首律诗。现仅录一首，题为《避地汉寿赋寄君左》：

敢将眷属比神仙，大难来时倍可怜。
泽国尽多兰与芷，湖乡初度日如年。
绿章迭奏通明殿，朱字匀抄烈女篇。
亦愿赁春资德耀，虞廖新谱入鲲弦。

郁达夫在诗后有注："因易君左兄亦返汉寿，赠我一诗，中有'富春江上神仙侣'句，所以觉得惭愧之至。"由此可见此诗为回复之作。诗境哀怨凄婉，表达出他在家国遭难时的悲凉心境；同时借助典故，说明在离乱之秋与王映霞的情感逐渐疏离，亦为两年后夫妻离异埋下伏笔。

此外，亦有《赠曾梦笔氏》的绝句：

> 不合携家事远征，漫天风雨听鸡鸣。
>
> 南行几断杯中物，此夕何妨尽醉倾。

次年，郁达夫从新加坡寄回此诗的手书，可见其虽远在重洋异国，仍在怀念汉寿友人！1999 年，笔者见到曾梦笔后人家中还挂着这幅墨迹，只是此诗极少收入各种版本的郁达夫诗集里。

在湘北小城《回忆鲁迅》

郁达夫避居汉寿期间，还开始了生命中重要文稿《回忆鲁迅》的撰写。

他早在 1923 年 2 月就结识了鲁迅，据其妻王映霞后来回忆："郁达夫一生中最尊崇最可信赖的朋友，可以说就是鲁迅。"郭沫若亦言："郁达夫之于鲁迅，更有点近于崇拜。"1936 年 10 月 19 日早晨，鲁迅在上海病逝，郁达夫当晚 10 点才在福州获悉，他觉得"犹于血色在黑暗中退去，呐喊在夜气里消散，一个民族失去了一把不屈的匕首与一颗倔强的灵魂"！他的悲痛也是所有国人的悲痛，当时他仅写出 400 字的《怀鲁迅》，一直没写长篇回忆文字。来汉寿后，他接到知名编辑人、香港《宇宙风》期刊陶亢德约稿信，于是想起应该拿笔追忆鲁迅了。8 月 14 日，他开始这篇文稿的写作。

在《回忆鲁迅·序言》开头是这样写的——

> 但我却偏有一种爱冷不感热的特别脾气，以为鲁迅的崇拜者，友人，同事，既有了这许多追悼他的文字与著作，那我这一个渺乎其小的同时代者，正可以不必马上就去铺张些我与鲁迅的关系。在这一个闹热关头，我就是写十万百万字的哀悼鲁迅的文章，于鲁迅之大，原是不能再加上以毫末，而于我自己之小，反更足以多一个证明。因此，我只在《文学》月刊上，写了几句哀悼的话，此外就一字也不提，一直沉默到了现在。

在"序言"部分，郁达夫还叙述了"骤闻鲁迅噩耗"的经过与惊愕，继而写出"鲁迅的葬事，实在是中国文学史上空前的一座纪念碑"，以及全国民众对鲁迅的哀悼之情，最后，以沉痛的声音作结：

而全国民众，正在一个绝大的危难底下抖擞。在这伟大的民族受难期间，大家似乎对鲁迅个人的伤悼情绪，减少了些了，我却想来利用余闲，写一点关于鲁迅的回忆。若有人因看了这回忆之故，而去多读一次鲁迅的集子，那就是我对于故人的报答，也就是我所以要写这些断片的本望。

在写完上述内容后，郁达夫特地在文稿里注明"廿七年（1938）八月十四日在汉寿"，这就为文史研究者提供了铁一样的证据。

接下来的正文开头，郁达夫以质朴真实的细节、细腻且浇满深情的文笔，将鲁迅先生描述得入木三分，置其于读者面前——

他的脸色很青，胡子是那时候已经有了；衣服穿得很单薄，而身材又矮小，所以看起来像是一个和他的年龄不大相称的样子。

他的绍兴口音，比一般绍兴人所发的来得柔和，笑声非常之清脆，而笑时眼角上的几条小皱纹，却很是可爱。

房间里的陈设，简单得很；散置在桌上、书橱上的书籍，也并不多，但却十分的整洁。桌上没有洋墨水和钢笔，只有一方砚瓦，上面盖着一个红木的盖子。笔筒是没有的，水池却像一个小古董，大约是从头发胡同的小市上买来的无疑。

见其文，实如见到有血有肉有骨有魂的鲁迅其人！

"序言"与正文，仅写了 4000 来字便停笔了，直到 1939 年 7 月，郁达夫南下新加坡后，才最终完成 15000 字的《回忆鲁迅》全文。

赴闽从戎，"我且把爱情放大"

郁达夫曾在 1923 年寄郭沫若、成仿吾的组信里写道："在目下的中国，想以作家立身非但干枯一线，没有希望，即使雨果、狄更斯、霍普特曼等来，也是无望的。"流寓湘北小城，他颇感有力使不出，油然记起韦应物名句"邑有流亡愧俸钱"。当闻知福州处于抗战前线，即致函福建省主席陈公洽，告以目前行踪，等候回音。9 月中旬对方复电，催他去福州共商抗日大计。至此，郁达夫"决定为国家牺牲一切了"。9 月 22 日，他不顾局势严峻与旅途艰难，乘客轮只身奔赴闽土。是日傍晚，乘轮在湖南沅江县停泊时，郁达夫给王映霞寄了一张明信片，倾诉斯时心境：

临行前，颇觉依依。晨发汉寿，水上略有风波，然亦行百余里，今晚泊沅江，到长沙须后日上午。

野阔天低，湿云与湖水相接，阴阴瑟瑟，颇与此次行旅之心境相像。出门多年每以远游为乐事，此番独无兴致，亦不知是何缘故？

湖乡多风，早晚祈保重，到长沙后再以书告。

收信地址是"辰阳（今汉寿）镇北门外蔡天培号　郁王映霞先生收"。

郁达夫曾在《无产阶级专政和无产阶级的文学》中说："茫茫来日，大难正多，我要活着奋斗，我且把我的爱情放大，变作对世界、对人类的情和爱吧！"赴闽从戎，正是他用一腔热血在复写这诺言。

至此，郁达夫结束了在汉寿71天的避难生涯，洞庭湖西滨炙日古桑的浓荫下，消失了一位出色诗人的身影，消失了一位反法西斯战士的声音。

（首发1995年3-4期《湖南统一战线》月刊，次发2005年6期北京《传记文学》，再发2007年10月16日《常德日报》、2012年5月3日《人民政协报》）

"藕"遇也甜润

初识"贡品"藕

在中国现代作家中，郁达夫是一位富于传奇色彩、也极具争议性的人物。在他短暂的生命里，有过烂漫烟花般的倜傥，更有遭受世人误解的落寞。用语言文字咏吟抒怀，成了他精神世界的燃放和愉悦。他一生写下过逾千首旧体诗词，然而，他避难洞庭湖滨的汉寿县期间，与文友口赋的一首散曲，却鲜为人知。

那是1938年7月中旬武汉失守前，郁达夫为躲避战乱，偕妻携子从汉口流寓到了汉寿。8月初的一天，他应时任湖南《国民日报》社长、汉寿籍文化名人易君左之邀，同游县城西郊的花姑堤。此堤长二里，每至盛夏，堤内藕田遍布，荷香四溢。正在赏景的郁达夫，突然凝视着几十步外一处数十亩水面出神。

原来，那儿正是出产玉臂藕的西湖洼，有七八个农夫插篙停舟，置身水中，伸臂沿着已显枯黄色的藕尾荷叶，探入淤泥内，采掹出一条条鲜藕。藕农们收获玉臂藕时，无须拿铁锨掘开泥土，更不必用脚去采，而是将手臂直接插进稀软的肥泥里，稍稍施力拖出即可。一对少女收拢父辈递过来的藕，放入旁边水塘内洗刷；清水波动中，藕也洁白，臂也洁白，简直分不清哪是藕，哪是臂啦。此刻，在郁达夫眼中，这简直就是一幅扫除寂寞、陶冶性灵的奇画！

易君左见状，介绍道："那就是形同少女手臂的'玉臂藕'，我家乡汉寿的特产，曾经是朝廷贡品呐！"郁达夫连忙用浙江话夸赞："啊啊，真真不错的！"

他俩的话被耳尖的洗藕少女听到，见堤上站着穿长衫的陌生人，误以为是无聊看客，便不屑地唱起了采藕歌：

长衫哪知短衣苦，

消闲无聊乱谈藕。

郁、易二人一听歌句，顿时浓了诗性，遂模仿对方腔调吟道：

只因不解其中味（易），
方来宝地问花姑（郁）。

两少女还欲对句挖苦他俩，同游的易家小姐连忙解释："姑娘切莫误会，他俩都是大文人。这位戴铜盆帽的郁先生，还是浙江省的远客，才从抗日前线过来，头一次到我们汉寿来的。"

"啊？！"两少女惊讶不已，急忙洗手上堤，请郁、易一行人进她家避阳喝茶。

品藕吟散曲

她俩是冯氏姐妹，姐姐叫青莲，妹妹叫玉莲，都系汉寿县爱国青年发起组织的"抗战慰问团"成员，今天挖玉臂藕，是用来慰劳附近西竺山战时陆军医院的伤员。姐妹俩洗净一支茶碗粗、五尺长的藕，折成几段，询问客人是尝甜藕还是品麻辣藕。易君左说："听便，听便。"

一方水土生物华，万物都有其生长节奏，洞庭湖水乡进入8月，莲叶、荷花渐次褪去风光，藕，就出淤泥而亮相了。说到玉臂藕的名字起源，清朝康熙年间纂修的《龙阳县志》初版就有记载：明朝万历皇帝朱翊钧，在品食龙阳（今汉寿）县贡奉的湖藕后，见其鲜嫩脆甜，外形酷似年青宫女的玉臂，洁白圆润，他喜爱之际，赐名"玉臂藕"。因这名字形象、易记，于是流传至今。这大自然的美好馈赠，虽委身淤泥，却陪伴我们百年千年，带给我们听觉的愉悦，视觉的享受，味觉上的甜美乡情。

玉臂藕自采挖出泥水就令人心动：它体大、节长、壮实，每根长达1米，重3—4公斤；无丝无渣，水分充盈，含丰富的淀粉、胡萝卜素，营养丰富，生食起来芳透齿颊，满口生津，深受百姓喜爱，成为颇具特色的农产品。有史料可查的是：清朝嘉庆年间，玉臂藕与县城的蔡天培七（食）醋、黎氏松花皮蛋、株木山乡茶家园的白鹤茶等土特产，正式被列为贡品。有位当代作家说，万事有缘，凡自然之物形有所异者，必是上天情有所寄、理有所寓。这话用于形容玉臂藕，实在太恰当不过了！

郁达夫平生头一次见到这种洁白似玉、鲜嫩欲滴的藕，真不忍心吞咬。

易君左打趣他："达夫兄是心疼这泥中娇物吧？"郁达夫怕他继续取笑，只好咬下鹅蛋大一口，哪知藕汁顺嘴角流至白衫上，他吞不是，吐也不是，一副尴尬相。易君左见状，吟出《庆东原》调侃他："拔山力，举鼎威，何愁似铁咬成泥。禽蛋大小，水流如注，吞咽休管别的。今日尝新藕，惹人醉。"

易君左对郁达夫初次品尝玉臂藕的有趣描绘，引得众人捧腹大笑。郁达夫放松些了，说："君左弟的散曲还应该有下阕吧？我来凑合几句——入境没问俗，怨我莽无计，笑柄竟落君手内。登花姑堤，进新茅扉，漫道君作东，实作西。"

易君左心中明白：郁先生不但检讨了自己，也含蓄地批评了老同学我事先未挑明玉臂藕的特点，没有做一个合格的东道主。

临走时，冯氏姐妹赠送他俩每人一支藕，说："二位大先生为国效力，难得来一次，我们慰劳是应该的。"郁达夫见乡下少女都有可贵的爱国精神，面对这方尚未迷漫硝烟的净土，一时感慨不已。

即兴再联句

几天后，汉寿县名士刘梅村宴请郁达夫和易君左，他俩再次路经花姑堤时，想起品尝玉臂藕的情景，唇齿犹留清甜味，于是联句唱和——

> 郁：西竺山前白鹭飞，易：花姑堤下藕田肥。
> 　　柳荫闲系瓜皮艇，茅舍新开杉木扉。
> 郁：藤蔓欲攀张网架，牛羊亦恋钓鱼矶。
> 　　桃源此去无多路，易：天遣诗人看落晖。

此处诗中的"藕田"，即西湖洼盛产玉臂藕的几十亩浅池。

郁达夫在汉寿县口赋的这两首散曲与联句，留下了他对玉臂藕永远的挚爱！庆幸的是：最后这首联句诗，被收入各种版本的《郁达夫诗集》里，20世纪90年代，还被刻录于"中国常德诗墙"。让汉寿玉臂藕、花姑堤及西竺山得以传世，更让后人在漫漫流光里，因品读到这些诗句，去追忆那段特殊的岁月，缅怀郁达夫这位现代作家。

倘若郁达夫在天国有知，我想他也会为之欣慰的。

（首发 2017 年 8 月 18 日《湘声报》，原标题为《郁达夫结缘玉臂藕》）

散作龙阳百里春

我生活的汉寿县城东郊，有一座墓园。蓝天下，绿树掩映数块碑文，河塔伴护一代英魂。墓内安息者名曰"青惠烈公"，即被汉寿百姓代代传颂的明代廉吏青文胜。

青文胜，字质夫，元至正十八年（1358），出生于四川夔州大宁（今巫溪县城厢镇），体貌清癯。明洪武十八年（1385），以贡生起任湖南龙阳（今汉寿）县典史。何谓典史？就是元朝起设置的吏职，在知县手下掌管缉捕和监狱的官员，属于八品，接近今天的县公安局长一职。

青文胜上任不久，发现龙阳"人多鹄面，民尽鸠形"；狱里囚犯也多为因受灾而欠赋税的农夫。他几经摸底后方知，从明朝初年起，承袭元代苛政，田赋极其繁重。龙阳县地处洞庭湖西滨，西南高峻，易遭干旱；东北低洼，连年洪水泛滥。许多障垸田废赋存，总额已浮至37000石，百姓无力交纳赋税，拖欠数额越累越多。州县逼税甚急，百姓有的被鞭笞致死，有的被关进监狱，有的则逃往异乡。青文胜见此惨景，痛心疾首，力请县里长官奏报朝廷，可是县官惧怕上司责怪自己失职，便有意不报。好在明朝前期的吏治还较清明，湖南地方官也能为民请命，为穷苦百姓减轻负担的事例，时有所见。于是，青文胜冒着越级呈诉的罪名，于洪武二十四年（1391）初春，慨然向洪武皇帝连奏两道疏章，请求减免龙阳县赋税。疏中直陈龙阳灾情，声泪俱下：

> ……人多鹄面，民尽鸠形。……月明五夜愁天旱，雨落三朝被水淹；獐走郊原，二岁莫能再稔，鱼行陆地，三年难获两丰。……地本弹丸，赋如大邑；田非肥美，税重膏腴。欲救饥而纳赋无资，欲纳赋而救饥莫措。民命难堪，天鉴惟聪！诚惶诚恐，谨以上闻。

然而，两道疏章寄呈出去后，如石沉大海。青文胜不顾同僚好心劝阻，毅然告别妻儿，带上仆人青霖，由水路远赴南京。到京后的次日五鼓时分，他趁早朝之机，尾随百官来到宫廷外面，不料，自己官卑职微，被侍卫挡在宫门外。第三天四鼓时分，青文胜又候在通衢大道，待御史轿子经过，跪于对方轿前，递上第三道疏，恳求代奏，亦遭拒绝。他不禁仰天长叹："半途而废，何面目归见父老！"

那一夜，青文胜辗转难眠。自己三疏而不用，唯有以一死相随——尸谏了！他遥望南方，想起远在川蜀的年迈父母，想起相濡以沫的原配青谭氏、萍水相逢的妾室青郑氏，想起不到七岁的大儿子青霄和五岁多的小儿子青日兴。自己今日一走，他们靠谁生存？自己为人子的孝心、为人夫的爱心、为人父的慈心何在？转而，他又想到龙阳后土（古代对大地的称呼）遭受水灾，百姓流离失所的一幕幕惨景，想到有一户七口之家，虽田土遭废，但赋税仍存，因寻不到食粮糊口度日，用绳索系在一起自缢了。自己今日为苦难父老来京城呼吁，倘若畏难而退，如何归乡面见他们？自己的忠心何在？忠孝不能两全，自己必须以特殊举动来感动当朝！

古历五月初一凌晨，青文胜只身来到殿门口登闻鼓旁，拿起了鼓槌。登闻鼓系宫廷外所悬之鼓，唐代刘禹锡任朗州（今湖南常德）司马时，巡察龙阳县城后写的《龙阳县歌》里，即有"寂历斜阳照悬鼓"一句。古时朝廷规定：凡有重大冤情而无法申诉者，可击登闻鼓，但击鼓之后必死无疑。青文胜将疏章插于头上发髻内，斯时，他除了一心为龙阳百姓请命，已别无杂念，跨向登闻鼓前，昂然击鼓三下："咚、咚、咚！"随后飞快解下袍带，抛向登闻鼓上方的梁枋，系牢，自缢于鼓下。

那时，他年仅33岁！天地为之叹惋……

鼓声响彻朝殿，震动文武百官，有官员取下死者发髻上的疏章，奏明洪武皇帝。"帝闻大惊"，下令钦差赶往龙阳查实。钦差飞赶龙阳县，果见境内遍地洪水，房倒田废，民不聊生，于是携回几蔸已经腐烂的禾苗，回朝禀告了灾情。洪武皇帝感悯青文胜为民杀身的烈举，下诏：每年减免龙阳赋税24000石，"定为永额"，同时免掉历年欠税；并派遣朝廷吏员扶青文胜灵柩，南归龙阳安葬。因拖欠税粮而被打入县狱的300余名囚犯，也获准释放，龙民得蓄息，龙土得安宁。不久后，洪武帝赐青文胜谥名"忠烈"。

青郑氏闻知心爱的"官人"为民杀身成仁，在家祭祀七天后，洒泪告别与青文胜所生的幼子青日兴，于灵前房檩上自缢。青文胜生前为吏清廉，无所积蓄，青谭氏与幼子无法回归四川故里，龙阳当地启用百亩公田，供养她们母子，使其落籍在该县。如今，县内龙阳街道青家湾组的青姓人家，都为青文胜公的后裔。如今，该县共有青姓2万人左右。

龙阳百姓深感青文胜恩德，捐资为他在县城东郊建祠塑像，历代祭祀不绝。明代有无数文人为青祠题诗撰文，本文仅录两首，一是朱廷声《青尉祠》：

> 不为身家只为民，誓将一死感吾君。
> 寸诚真切弥天地，散作龙阳百里春。

二是史汉《吊青公祠》：

> 英雄义气薄云天，见义分明敢直言。
> 乌发一时甘白练，赤心千古照青编。
> 乾坤重担双肩负，沟壑生灵一死全。
> 岁岁春秋供报祀，黄昏溪雨泣流年。

明朝监察御史莫抑巡视至龙阳县，亦提笔为青祠题联曰：

> 一点丹心全赤子，
> 九重红日照青祠。

以上诗、联，总能让人读出弦外音，沉浸到当时社会人文环境里。尤其是"散作龙阳百里春"一句，其磅礴的语势、清丽的画面、宏阔的意境，是当下每天船装车载的新创诗词无法相提并论的。我实在要向先辈文人们致敬！

明成化初年，某提督到过龙阳，认为青文胜"于民有惠，于君未忠"，具疏当朝，将其谥号改为"惠烈"。而百姓，则一直尊称他为"龙阳青天"。

近代北洋政府国务总理熊希龄，亦为青文胜撰写了墓表，其中，有这样的赞誉之辞："杀一身以活百千万人，薄千百世利，成仁取义，公诚不朽哉。"

执政爱民为民，是历代官员应有的品德与修为。青文胜为民舍身后，对当朝乃至后世官吏皆有很大触动。清代任过常德知府的王叶滋，曾坦言自责："昔公（指青文胜）癖于爱民，而今民癖于爱官，余愧斯民，益愧公矣。"据史料记载：自青文胜离世后，出任龙阳知县的170名官员，没有一例在任上贪污腐化。为官能为百姓造福且舍生取义，壮哉青文胜公！

2019年3月，青文胜墓入选湖南省第十批省级文物保护单位名录，今日龙阳天地,春色百里流溢。我想这些,就是对他的告慰。

"民者邦之本,民穷应可怜。青公伟丈夫,自任何惓惓。"我曾多次前往青公墓地凭吊,肃立墓碑前,我除了想起"散作龙阳百里春",还有明代马希龙这首绝句。我告诫自己:记住我家乡这位明代廉官,才是最好的纪念!

活着,不一定要如何鲜丽,但一定得有自己的颜色。

2022 年 4 月写于湖南汉寿县城

净照我心

　　洞庭湖区虽是水乡，寺庙却四处可见，只是规模有大小，气势存差异。我家乡就有座净照寺，位于县城西郊西竺山。"西竺"系印度古称，是佛祖释迦牟尼诞生地，称"山"，则是此处比别地略高一些，且竹木葱郁，花鸟繁多，具备了山的特征。可见古人见缝插针、利用资源的心智。

　　20世纪60年代中期，我就读汉寿一中初二时，学校组织我们游历过一次。有些景物看过一辈子，却忽略了一辈子；有些景物只看了一眼，却铭记了一生。对净照寺，我早已铭刻在一生的记忆里。

　　该寺始建于东晋，原名香积寺，相传为印度沙门金色头陀初建，宋淳熙年间赐名"净照禅寺"。寺里原有两座庙，称为"老庙"和"新庙"，老庙于1935年拆除了。新庙气势雄伟，在全县庙宇中首屈一指，有山门一座，大殿三起。山门外有对联一副，上题"古今明月沧浪水，新旧桃花西竺山"。是本县名士黎丙寿撰写的。门上方有长方石刻一块，上刻"西竺山"三字。

　　进山门后，前行30余步，便是关羽殿。殿檐下悬"义冠古今"木质匾一块。中柱上有对联一副：

　　　　赤面秉赤心，赤兔嘶风，千里常怀赤帝；
　　　　青灯对青史，青龙偃月，一生不愧青天。

　　据说，这副对联其他地方也曾有过，因而没有题款。关羽塑像南向坐，文静中仍显威壮，右手捋须，左手执书一卷置膝上，右脚向前，左脚微缩，双目微睁。关平含笑捧印立右后侧，周仓怒目持刀立左后侧，层次分明，令人肃然起敬。

　　第三进是"大雄宝殿"，相传此四字为唐朝金吾长史张旭书写。迎面三尊大佛，必须仰面才能看到他的眉目，莲台下十二尊黄巾力士，栩栩如生，个个赤膊披巾，裸露处肌腱突起，从这点上就可以说明，他们是名不虚传的力士。其面部表情怒目蹙额，似嫌莲台太重，不得已而肩此重任。我现在回想起来，仍然历历在目。同殿面北，塑有观音像一尊，法像是千手千眼，背后上、左、右三方，众手层出，有持幡幢宝盖的，有拿兵器乐具的，凡百种物件，莫不具备；没有拿物件的手，各有眼一只，明亮有神。凝视的时间一久，令人眼花缭乱，无法数清那些像孔雀羽尾似的手，究竟有多少。外地游人无不称奇："第一次看到！"同殿的十八罗汉，坐立俯仰，虽各具神态，相比之下，只能说是一般化了。

大雄宝殿后面，还有两处建筑，一座是卧佛殿，另一座是众僧的祠堂。房屋高大宽敞，里面供着开山以来在寺中圆寂的和尚，上书"临济正宗上 X 下 X 大和尚"（X 系不清晰字样，下同），说明这里是中国佛教临济宗传戒修行之所。大雄宝殿之前、关羽殿两旁，还有东西长廊，西廊是和尚打坐参禅的地方，东廊是斋堂和知客僧住房。斋堂内有长桌一方，可坐四十八人，据说和尚最多时达百余人。斋堂上方楹柱间，有两块大木匾，一书"唯舌不烂"四字，字态俊秀舒展；一书"X X 古刹"四字，笔力雄浑劲拔。匾的正中有两方金印，像是篆刻的"乾隆御笔之宝"字样。

由东廊经过嵌有"云烟深处"石刻的小门，就到了西竺山的园林区了。园内有亭、有池、有塔；树高、竹密、花多，互相掩映，又互相衬托，构成一幅望不到边的园林画。亭有两座，一在平地，一在五六米高的土基上，它叫"来鹤亭"。亭呈等边六角形，六柱承顶，六柱内约一米处，砌有砖墙，五窗一门，形成亭内室，六柱间连以栏杆，游人可以凭栏倚窗，欣赏亭外景色。迎面的两根亭柱上，悬有一副对联：

> 江上回龙，似尔几时腾爪甲；
> 亭前古鹤，知我平生惜羽毛。

上联指的是寺内"回龙井"，传说很早以前，有一条龙来去不定，栖息井中，因此这口井就叫"回龙井"。下联指的是"来鹤亭"上的白鹤。以龙与鹤抒写作者情怀。亭内室的门口，也有一副木质对联：

> 洗砚鱼吞墨，
> 烹茶鹤避烟。

据说在这副对联以前，还有过一副："草圣已寻人去后，林亭几见鹤归来。"那时我虽年少，对上述几副对联，倒也读出了几分现场感和独特语境，这也是我至今对古联文化情有独钟的起源。另一座亭琉璃碧瓦，六角飞檐，空无一物，游人很少到那边去。不过，亭前的桂花树在金秋时节，香飘数里。亭四周有兰、菊等植物，按时开花，疏密有致。

来鹤亭下有池一方，用大块方石砌成，上有石栏，约占地 40 平方米。西南角有竖石一块，上刻"洗墨池"三字，字体端正，惜无题款，从字的间架和运笔的功力上，看得出是名家手笔。池水已不十分清湛，却还是能映出天光云影。关于这个小池，说来你可能不相信，它还有一个争论了长达千年的归属问题：有的说是东晋伍朝（zhāo）的遗迹，有的说是唐朝张旭的洗墨池。揆情度理，伍朝是本县人，喜临池学书，守静乐道，来这茂林修竹的古寺内，是极有可能的；而草圣张旭身为金吾长史，又是富庶繁华的江苏人，一未贬官，二未出使，要来到这里题字，就有点牵强附会了。此处除了两座亭子，一方墨池以外，点缀园林的还有多座石塔，大小高低，各得其宜，隐现于竹林中。

凡名胜古迹处，我们当代人总要牵扯一点历史典故、文人韵事进去，达到"相得益彰"、老幼皆知的目的。不过，1938 年夏末，现代作家郁达夫、易君左，曾来此游览，并受"刘（梅村）院长招饮西竺山"，留下诗句"西竺山前白鹭飞，花姑堤下藕田肥"，倒是真实的，只是不见书籍详记。

在汉寿西竺山净照寺看到的，是巍峨的庙宇，精美的雕塑，亭亭塔影，翠翠竹丛；听到的，是暮鼓晨钟，红鱼青磬，叶间鸟语，村邻犬吠。我们一生中，会行走很多地方景点，没有闹市的喧嚣，也会忘却人生的不快，还能够铭记于心的，则不是太多。净照寺，这块曾经风华过 1700 年的佛教圣地，不幸毁于 20 世纪 60 年代中期，令人生出无尽惆怅……

回忆中的景物固然美丽，但是，从幽深的历史长廊中走进滚滚红尘，拥抱时代的璀璨春光，享受富于诗意的现实生活，不是更为美好么？

（本文部分内容，参照了汉寿籍黄绍文老人的笔述资料）

楚月照过的堂屋

每当见到这种旧式民居，总有一种莫名的感怀。

黑色鳞瓦落满安详，褐色木壁遍布烟尘，粗大梁柱表面，刻着岁月的缝褶。地面铺砌的麻石条上（也有铺设防潮木板的），踩出大小不一的凹点，那些远去的足音，似乎就录藏在凹点内。更有意味的是，民居正中那间，没有装设大门和板壁，当然也就无门槛、无窗户可言。门似拦挡外界的"手掌"，窗如窥视外界的"眼睛"，然而屋主都选择了省略。可见，它日日夜夜、岁岁年年都袒胸露怀，清风可以拂进来，明月可以照进来，鸟音在堂中和鸣，竹涛在屋内回荡。它迎送着春秋，也把四海接待。

夜不闭户，别具一格，这样的纯木质建筑，唤作敞口堂屋。它们携手组成群落，掩映在湖南汉寿丰家铺镇境内，与山光溪色、云烟竹树一道，成为当地十里竹海国家森林公园的一抹亮色。

相传春秋战国时期，楚国被秦国灭亡后，600名楚王室成员中，大部分逃逸到这里，过着远离权势争斗的农耕岁月。他们选择背倚青山、面朝田畴的地势，建成这种房屋。另有一说则是：汉末曹操起兵之初，有次战败后，带领残余兵将流落至此，建起这种方便操练的堂屋。但当地人断言，后者实在不靠谱。堂屋颇像缺失门牙的长者，不吐露只言片语，只用平静目光俯视千年风卷云舒，回应人世的真伪虚实。

敞口堂屋宽敞亮堂，屋主可在里面接待宾客，从事家务劳作。消息传开，当地百姓便普遍仿建，于是世代相传下来。堂屋格局为穿斗式，四柱五骑，有四缝三间的，也有六缝五间的，一律使用纯榫卯结构，不用一根钉、一寸铁。有些人家还在正屋两头配上小横房，使整幢呈倒"凹"形。讲究文化品位的大户，还在堂屋挑檐刻上麒麟纳瑞浮雕；廊柱和木板上，则依次刻着神话传说、远古故事等浮雕。雕刻工艺精细，古色古香，散发出悠远的古典气息。堂屋没有大门，人就可以任意出入，寓意心怀敞亮，行事堂正，亦可印证民风淳朴。当地镇干部对我说，查遍各个姓氏的族谱乃至县志乡录，这里没有失盗、斗殴、邻里不和等记载。"荷叶包不住菱角，贼名瞒不过乡亲"，他用一句本地谚语作结。

无论富庭抑或贫户，敞口堂屋上方正中位置，必定设立神龛，供屋主叩拜，这与楚人远祖重祭祀有密切关联。神龛上，是大号毛笔竖书的6个繁体字——"天地国亲师位"。我在一幢有130年历史、保护序号为"030"的堂屋内，与编竹器的81岁屋主曹彦初闲聊。老人抑或就是楚王室后裔也未可知，他说：写这些字时，与正常结构略有区别，即"天"不冒头，"地"不分家，"国（國）"不开口，"亲（親）"不闭目，"师（師）"不带刀，"位"不离人。这种书写上的特异，旨在训导家人与后代尊崇忠、孝、仁、义礼节，使沉淀在时光深处的道德内涵，以清晰的物像呈现出来，折射出民俗文化的恒久魅力，堪称堂屋灵魂，它亦使当下某些另类字体相形见绌。值得一提的是：一般人家堂屋中是"天地君亲师位"，而敞口堂屋主人用"国"替换了"君"，是否因天高皇帝远而藐视君权呢？贴在左右屋柱的对联，当地人不叫它门联，唤做"屋联"，如"030"屋联是："堂容日月地天阔，屋见松竹清气长（cháng）。"对仗工稳，意境宏阔。

每当休闲或来了客人，老爷子便在堂屋内聊开往事，小媳妇则端出擂茶，让人畅享满堂温馨。春天到来时，燕子双双衔泥飞入，将爱巢垒于屋梁上，也给屋主脸上衔来喜庆吉祥光彩。主妇往往将腌制的蔬菜、熏烤的鱼肉，摆放屋角或悬挂屋梁。几乎家家堂屋一侧都挂有吊罐，屋主对外出子女、异地亲友的绵长思念，就在罐内煮至浓稠，随同炊烟飘出屋顶，飘向远方……还有个趣谈：有户人家18岁的姑娘，望见堂屋前的山路上，走过一支娶亲队伍，便盯住前头大红花轿久久发呆。被邻家二嫂瞥见了，便说，只等一二年，也会让你去坐那轿、去尝那甜滋美味的。姑娘满脸绯红，慌忙躲进了房间。再说嫁进来的新媳妇，她得先进堂屋，与新郎拜堂后才可入洞房。"堂屋板凳轮流坐，媳妇也要做婆婆"，这句当地俗语，正是敞口堂屋人事更迭、生命繁衍的表征。

当地人信奉"肥土要栽姜，好汉要离乡"，致使十有七八的年轻人外出务工；加之风雨侵袭、拆旧建新、屋主外迁等原因，近30年来，敞口堂屋数量由过去上千幢，减至目前400余幢。有些久不住人的"空壳"堂屋，也面临蚁毁自倒危局。所幸，当地省、市住建、文物和文旅部门，投去了关注目光，常德市将其列入物质文化遗产名录，公布为市级文物保护单位。各幢堂屋木壁上，钉有县文物局编出了保护序号的小铜牌，如"敞口堂屋359"，还对部分濒危堂屋拨付了维修经费。2018年，有汉寿籍的常德市政协委员，用提案呼吁重视堂屋的文物、艺术、民俗及旅游价值，推动了保护修缮工作步入常轨。2019 年 6 月，国家住房和城乡建设部等六部门，将敞口堂屋集中的丰家铺镇铁甲村，第五批列入"中国传统村落名录"。

近些年，当地不少村民将敞口堂屋修旧如旧，办起擂茶室、农家餐馆和旅店，接待日益增多的游客。

敞口堂屋群迎送岁月，拥抱稻香，也守望花开。置身其间，我仿佛返回时光深处，看到楚时明月照过的余晖，享受吹拂进来的清风，触摸到屋主崇尚和谐、祈盼安宁的宽阔胸怀。

我想人世间，倘若没有专设的门槛，也少一些为窥探外界而安置的"窗眼"，正如这敞口堂屋一般，敞亮、堂正，该有多好！

龙池一脉百年芳

百年承一脉，天地留芬芳。

教育，是一个民族赖以生存强盛的血脉，它具有坚韧的生命力和鲜明的传承性。从先秦的诸子百家到今天的教育家们，无不把教育视为浸润着诗经、楚辞、汉赋的文化滋养，当成经典着上下五千年的精神积淀。正是先哲前贤们用智慧、用心血、用汗水，点亮了一代代学子心灵暗夜的薪火，才使多少仁人志士、良将名臣破茧成蝶，劲舞长天。

让我们探寻的目光透过时空的故道，返回到 1798 年（嘉庆三年），去见证一段特有的历史吧——

在龙阳（今汉寿）县城东，有一所书院，名曰"龙池"，即我年少时就读过的汉寿一中前身，为公元 1798 年兴建。院内，经常奔忙着一位长辫齐臀、青衫覆身的中年智者。面目清癯的他就是龙阳名宦黎学锦。黎公秉承其父黎家丞遗志，捐出白银万余两，与胞弟黎学雅、儿子黎崧寿、黎子寿合力创建龙池书院，建筑面积达 2000 平方米，修有讲堂、进德斋、修业斋及厅、亭、祠等近百间。与当时县境内的龙津、石潭、沧浪并称为"四大书院"。而且，黎公为确保书院的日常经费支出，他带头捐出腴田 600 亩，其数目位列全县捐助芳榜之首。随之各方响应，共捐田地 3200 余亩，致使龙池书院规模宏大，经费富裕，为常德府各县之冠，官府也为其题赐"乐善好施""乐育英才"等额匾。

据同治年间的《龙阳县志》记载，龙池书院创办初期，便公示了七条"经制"，如：规定收录生员（招生）名额和考核时间；为寒门学子设立膏火（膳食、灯火费）；为优生设立奖赏钱；惩处违纪违章者。尤为世人称道的是：龙池创建者将"士行以立品为先，读书以潜心为要"作为兴院育人要旨，体现出他们把道德品行的培养视为人生的终极追求。学子们正是先有这种内省于春风化雨的素养，才有修身养性治国平天下的己任。也正是这一兴院育人要旨，才使当时作为四大书院中后起之秀的龙池"致力育人，学风兴盛，人文蔚起"，走出一批又一批治国安邦、造福黎民的人才，如晚清龙阳县的 3 名进士皆出自这里，18 名举人中有 7 名是从这里走出去的。

让我们溯源的镜头聚焦龙池创办人黎学锦，去感受这位先贤丰富博大的内心世界吧——

1776 年，黎学锦出生在龙阳县大围堤一富豪人家。清朝嘉庆、道光年间，他先后任川北兵备道、河南粮储道、布政使等职。黎公不是理想主义的守望者，更非明哲保身的旧政客，他所到之处廉洁为官，颇有政声。更为可贵的是好为义举，捐俸兴建书院，振兴文教；倡修堤渠，防止水患；培护名胜古迹，构筑同乡会馆……蜀人为他树"黎青山"碑，以彰其德；豫人为他编《憩林雅韵》诗集，供学子永吟。黎公的高品懿德，为龙池书院的发展奠定了坚实的根基。

黎公在川北任职期间，曾捐建"云屏书院"，并作《云屏书院落成四章》，其中佳句如"自昔扶轮归大雅，振兴先要树英材""最喜风清月明夜，读书声里芰荷香"，令人心动神驰，耳目一新。嘉庆时代是清王朝由康乾盛世走向咸同衰期的一个转折点，斯时，境外列强虎视，蠢蠢欲动；国内危机四伏，民不聊生。集智勇仁义于一身的黎学锦，发出"振兴先要树英材"的呐喊，实在是石破天惊！这是一种秉笔直书，折射出中华民族遭受苦难与屈辱之后的心声；这是一种诗的宣言，引领世人在黑夜中寻求光明，在无路的绝境中拼搏；这更是一种彰显湖湘文化的精神高度，昭示着人类生存史和教育史上的另类追思与抵达。

求实、向善、寻美、树人的龙池教育文化，让龙阳人受益千秋——

任何一种文化都是千年历史的积淀，如果将文化比作一棵参天大树的话，它不老的根系就盘扎在我们脚底下，它浓郁的脉香就氤氲在周围空气里。文化与教育有着血脉相连的依存关系，文化对龙池创办人的办学善举亦有深远的影响。

任何文化都必须依靠传播和继承才有生命力，才能走向更为广阔的层面，进而让更多世人了解它的存在，感受它的魅力，认同它的价值理念。正是黎公及龙池书院创办人求实、向善、寻美、树人的生存风范、气节修为与品格情操，才形成具有地域特征的龙池教育文化底蕴，丰富着湖湘文化的精髓。

龙池先行者们求实、向善、寻美、树人的文化理念，亦是圣者的修为与伟大之处，它与现代教育一脉相承，密不可分，它让一代代龙阳儿女、让后来的龙池领办人经世致用，受益千秋。

如梦的"沧浪夜渔"，诱人的"看灶残烟"，构成古龙阳大地一幅幅独特的风景。我欣喜地看到：今天的龙池领办人，正在新一代教育文化的滋养下，秉承龙池先贤的厚德雄才，描绘着"龙腾盛世、池育英才"的绮丽景观！

（首发 2007 年 7 月 31 日《常德日报》，原标题为《振兴先要树人材》）

黎蛋蔡醋：晚风记得你的香

　　从一枚新鲜的鸭蛋开始，从一片葱绿的春茶开始，从一勺纯净的食盐开始，甚至从原生态的生石灰、草木灰开始，这家蛋坊对制作皮蛋所需原材料，近乎苛刻地讲究。

　　从一粒纯白的糯米开始，从一粒金黄的小麦开始，从一粒溢香的高粱开始，这家醋铺对制作食醋发酵所用原材料，同样这么讲究。

　　两家讲究的，更有几代人虔诚的用心，精湛的技艺，恪守的信誉。因而，其食品赢得八方口碑。

　　这就是"黎蛋蔡醋"——汉寿两样著名的特产。1938 年 9 月，汉寿籍现代作家易君左，在其散文《楚天辽阔一诗人——记我的朋友郁达夫》里提及过。

　　时下流行"打包"一说，我也将"黎蛋蔡醋"这两样食品，打包在一起记述吧。

　　"黎蛋"即"黎氏松花皮蛋"，为汉寿县名宦黎学锦家创制。

　　清朝嘉庆年间，黎学锦出任四川川北道一职时，他的家人从官厨手里学到了制作皮蛋的技术，其原始配方与工序是：将木炭净灰、碱水、食盐及石灰等原料搅拌后用来包裹选取的上好鸭蛋，再用缸密封月余即可。食用前无须清洗，蛋壳易剥，且不沾灰。因蛋内呈现松枝纹，故名"松花皮蛋"。

　　黎学锦晚年归乡后，每年都要腌制几千个皮蛋，用来自食、赠送亲友和官宦人家。自此，"黎蛋"名声逐渐传开，品味过它的人，一致将它与当时县内另一知名产品"蔡醋"相提并论。到了嘉庆末年，地方官员将黎蛋与蔡醋、白鹤茶、玉臂藕等龙阳（汉寿）土特产列为四种贡品，黎蛋的名声便家喻户晓，驰名两湖了。只是当时木炭灰少，限制了黎氏从事大批量生产，其配料和制作工艺也秘而不宣。

　　黎学锦辞世之后，其亲属蔡隆昌从黎家内眷中觅得制蛋秘方，与县城的童秋生、彭则悌联手，开始规模生产。但因蔡隆昌只知依"方"复制，未能革新工艺，加上境外优质皮蛋冲击市场，黎蛋几乎难以维持经营。好在童、彭二人颇具创新意识，毅然与蔡分道，并总结过去教训，广征客户意见，还分赴益阳、岳阳拜师，学得了糠蛋和灰蛋的制作方法。如灰制的配料是：以一万个蛋为一作，每作配隔年风扬过的陈石灰 64—76 斤，冷减热增、炒细盐 30 斤，碱 30 斤，搅和拌匀，置于兰盘内为料，再泡茶膏（浓茶）调和金刚泥于缸内，浓稠度以鸭蛋放下去能上浮一半为宜。然后将蛋取出，放在兰盘料子里，轻轻筛动，让鸭蛋均匀地裹上原料，最后进坛，密封月余即可售食。

后来，彭则悌的亲属又去汉口学会了泡蛋（水蛋）制作法。用这三种方法制作出的皮蛋，较之原始的黎氏皮蛋，蛋清更是透明锃亮，"松花"活灵活现，尤其是泡蛋，将其放于盘内，光亮碧绿，拨弄一下便颤颤悠悠，逗人喜爱，最有卖相。年产量达 30 万个，远销上海、北京、广州及南洋，黎蛋的发展进入鼎盛时期。

到了民国初年，童、彭的后人开始分店经营，虽然挂上"童永义和""彭永义和"牌号，但客商和市民仍旧冲着"黎氏皮蛋"这个传统品牌而来。这里值得重书一笔的是："童永义和"店铺有个王姓青年学徒，发现皮蛋有冲头问题（即蛋内大头部位出现黄硬现象），便建议皮蛋进坛后，遇高热宜启封散热；并主张在灰蛋和糠蛋配料中适量配上一些氧化铅，以增加皮蛋光泽。这一建议果然提高了皮蛋质量，该店年产量逾 50 万个，经营效益长盛不衰，直至新中国成立。

然而令人遗憾的是：自引入来自天津的加氧化铅制蛋工艺后，皮蛋开始含有毒物质——铅了，也即失去了传统黎蛋那份天然味与洁净度，这怎能不值得世人去追思和回味呢？

往下再说说蔡醋。它指坐落在汉寿县城北黄龙街的蔡天培醋铺，俗称"酱园"。其制作的食醋，是该县最早扬名于世的地方特产，已有近 600 年历史，成为湖湘饮食文化的精华。

相传明朝永乐年间，蔡氏祖先蔡天培、蔡景元兄弟，随母亲由河南上蔡逃荒到了汉寿。母子三人有以小麦为原料生产食醋的技艺，来汉寿后重操旧业，改用大米为原料试制，获得成功。蔡醋品种分夹醋、单醋、糯醋。夹醋呈茶色，酸度适中，甜软可口，质量胜过麦醋。单醋是由一斤夹醋兑一斤水制成，呈淡黄色，供一般人食用。糯醋则以糯米为主料酿成，色白，爽口，食后仍觉甜软清香，回味绵长，且有开胃的功效。因糯醋价格较贵，多为官商之家和地方富户使用，贫苦百姓是望醋莫及。

真正使"蔡天培醋铺"醋名远播，则源于一件偶然的事。明末一支农民起义军攻克龙阳（今汉寿）后，士卒因干渴饮了不洁之水，患上腹泻症，四处求购乌梅，一位老人问明缘由，便给他们介绍了蔡醋。因士兵们不懂龙阳方言，询问醋铺伙计每杯醋的售价时，伙计伸出一根手指。士卒有的掏出一两银子，有的用一颗珍珠或玛瑙争相购买，服醋后果然痊愈了。后来官兵镇压了起义军，也将蔡醋带至京城，朝廷便以贡奉当地名特产为由，指定蔡天培醋铺每年上贡 10 坛，由地方官府转运。为了回报蔡家，某翰林书写"蔡天培铺"字匾相赠，铺门外挂上"醋"字招牌。

民国初年，蔡天培醋铺已有醋缸 200 余口，每年古历六月下作（即下料）一次；每缸需大米原料 60 斤，出醋 500 斤，年产醋 1000 担以上，除满足省内各地，还远销湖北、河南、江苏、上海等地。至此，蔡醋进入鼎盛时期。

尤其值得书写一笔的是：1938 年 7 月，现代作家郁达夫为避战乱，携带一家六口人从武汉流寓汉寿，在蔡天培醋铺住了三个月。接待他的文友易君左打趣他："达夫兄，我介绍你们住醋铺，嫂夫人（指王映霞）往后该不会吃醋吧？"郁达夫抿嘴一笑，算是作答。只是那笑容与他的满脸愁思极不相称！正是在醋铺内"一间古色古香的正房里"，郁达夫动笔写出著名散文《回忆鲁迅》的前半部分，这在前文已有记载。同时，他还撰写出《轰炸妇孺的国际制裁》《苏日间的爆竹》《财聚民散的现状》等多篇杂文以及诗作，为全民抗战发出呐喊的"雄声"。郁达夫在提前离开汉寿去长沙的客轮上，寄回家中的明信片上亦写着："汉寿北门外蔡天培号郁王映霞先生。"这些，在他的长子郁云写的《郁达夫传》、郁达夫本人的《达夫书简——致王映霞》里，都可以查证到。一家民间醋铺，竟然与一代文豪及其佳丽产生过联系，这在国内外文学史上，可谓绝无仅有啊！

蔡天培醋铺的制作工艺历代保密，蔡家恪守"传儿传媳不传女"的古训。无疑，这也是旧时代生产力停滞不前的因素之一。1920 年以后，蔡醋技艺传至蔡伯炎、蔡仲炎兄弟这一代，说来也巧，这蔡氏兄弟与郁达夫、易君左竟然都是留日时的同学，蔡伯炎早年投笔从戎，在 1926 年"中山舰事件"中殉难，醋铺则由蔡仲炎经营下来。有个叫施义庭的汉子在蔡家帮工多年，制醋的关键工艺始终未学到手，屡屡跪求老板蔡仲炎；蔡家为其精诚所动，终于授予真传，并委任他为掌作师傅。

中华人民共和国成立后，蔡仲炎出走，施义庭也去世了，蔡天培醋铺自此衰落下来，蔡醋生产工艺也逐渐失传。

彼时的"黎蛋蔡醋"，绝无添加色素、防腐剂一说，以其原味本色畅销于世。它虽然成为遗憾的往事，但其天然的馨香，晚风记得，山水记得，岁月记得。早已飘进地方志书，飘进汉寿民众心里。

（黎蛋一文首发 2004 年 5 月 22 日《常德晚报》，次发 2007 年 6 月 5 日《常德日报》；蔡醋一文首发 2003 年 11 月 22 日《常德晚报》）

蜘蛛焚屋

　　我小的时候，听父辈讲过一个关于燃"天火"的故事，至今记忆犹新。总觉得：能让人记住和回味的东西，并非仅仅在于它有故事性。

　　说的是清朝光绪年间，离我们家乡二十里外的姚家湾，有个姚为富，早些年在龙阳县衙门里干过差事，不知什么原因，后来辞职回了老家，过着悠闲日子。想不到有一年夏初，他竟然与小小的蜘蛛较上了劲。

　　姚家靠近山林，蜘蛛出奇的多。那些家伙又不知回避，昨天在他院内牵丝，今天又在他房中结网。拉屎（丝）拉到了老子头上，这不明摆着欺负人吗？这姚为富心里一个劲地骂。偏偏近年来他患上惊恐症，时常梦见自己被蛛网套住，什么怪物吓得惊醒过来，醒后往往一身冷汗。"莫非是……"姚为富不敢往下想，只好使出一手毒招：见蛛网和蜘蛛就焚！以消晦气。

　　那些可怜的蜘蛛，虽然长有长长的步足，动作敏捷，却压根儿没料到灾难临头，逃命时，只恨爹娘少生了两对足；来不及溜掉的，眨眼间化为灰烬。姚为富连续火攻了半个月，蛛族成员十有八九毙命，侥幸逃脱的，也躲得无影无踪。

　　唯独有一块地方，姚为富没动火攻，那就是堂屋。原来，堂屋的屋梁中央挂着一篮冥纸钱，那是一年前，姚为富为自己的后事提早备办的，岂能沾火？而且，他每天都要对它瞄上几眼。

　　转眼间，姚为富他老父离世三周年忌日到了，按照乡俗，三年内，每逢亡人忌日，做儿子的都得守灵尽孝。时值三伏，热得要命，点上一根纸捻，也能引燃空气。这天晚上，姚为富备好一搪瓷缸浓茶，拿把蒲扇，守在堂屋的老父灵位前。夜来无事，他就想这栋房屋，从外看，青瓦遮天，屋顶斑爪高翘；往内瞧，梁高檩粗，柱壁油光照人。与姚家湾上百栋土房茅舍相比，要多显阔就有多显阔！姚家怎会如此牛气？原来，早些年的龙阳县令是姚为富表姨夫，俩人算得是四月的梅子——多少沾点青（亲），于是，他在县衙里谋到一份肥差：当税吏。他倚势强征乱摊，夜蚊子飞过身边，都要被他捉住挤出二钱血。几年下来贪了一大笔，便知趣地辞了职。想不到表姨夫县令一年前被摘掉了乌纱帽，姚为富开始疑神防鬼，担惊受怕，得上惊恐症，梦见蛛网将自己网住，认为是凶兆，所以对蜘蛛又恨又怕，便进行了大规模的清剿……

姚为富摇扇啜茶，不知不觉熬到亥时，一仰头，瞥见灵位上方有一团影子在移动。他一愣，拨亮油灯仔细瞅着，立刻骇得像只痴头鹅。只见从屋梁到灵位的空间，不知何时起悬着一张巨大的蛛网！那网如同一幅八卦图，网丝有缝衣的纱线那么粗。"那团黑影呢？"姚为富有些迷惑，估计是自己看花了眼，就没再去寻找了。

这种"八卦"网，姚为富曾经在儿子姚达明房间里见到过，当时就被自己一把火焚了。他不明白，儿子为啥容得下这种贱物？更不知道编织这种网的蜘蛛躲藏在何处。姚为富起身操上长扫帚，正要清剿"八卦"网，两手突然僵住了：老子要看还有什么西洋镜出现，再痛痛快快一齐收拾它。

果然，没过多久，从屋梁上的冥钱篮内钻出一只蜘蛛。它体大似碗，黑里透紫，腾跃到距灵位大约三尺高的网区，那儿有几只触了网的蚊虫，正在作垂死挣扎，它岂肯放弃这到口的夜餐？原来，它就是姚为富开始见到的黑影。当时，姚为富拨亮油灯那瞬间，这只老蜘蛛以为火灾降临，慌忙蹿回冥钱篮，难怪他没有寻到。此时老蜘蛛见"八卦"网安然无恙，才放心地抛头露面啦。

"坏东西，躲得巧！冥纸钱是老子去阴间后置房买物的；老子还活着，就让你占用了，真是猪尿泡打人不死却怄得人死。"姚为富边骂边将灯光拨到最亮，堂屋顿时光明起来。老蜘蛛也特精灵，一见强光袭来，又"嗤溜"蹿回梁上。过了一会儿，见没有"战火"燃起，才再次溜下来——它实在难舍这顿美餐！

"找死啊你！"姚为富顾不得守灵时的禁忌，端起油灯，将火头对准蜘蛛狠命一碰。"扑哧！"正在狼吞虎咽的老蜘蛛，还没弄清怎么回事，身子就燃着了，刹那间成了一团火球，慌乱往梁上蹿，姚为富脸上就笑成一朵菊花。这时他老伴进来为油灯添油，不忍看这惨景，抢过姚为富手中的蒲扇，想扇灭"火球"，姚为富又抢了回来。近来他手段使尽，就是要灭绝蜘蛛，哪会在这节骨眼上软手？"你这东西敢同老子玩？看你还跑得了好远！"

见姚为富要活活烧死蜘蛛，老伴叹息了一声，添完灯油就离开了。着火的老蜘蛛噌噌噌爬向冥钱篮，身后甩下一串浓烟和焦油味。幸好它越往上爬，身上的火势便越弱，爬速也越慢。距离冥钱篮还有一尺时，几乎爬不动了，姚为富长长舒出一口气。谁知，他屁股还没坐稳，更为惊奇的一幕出现了：从冥钱篮里又蹿出来一只老蜘蛛，与第一只大小相似，通体呈赤色，像只红球。它快速靠拢遭难的同伴，"它要干什么？！"姚为富满腹狐疑，心狂跳起来，两眼瞪得如同牛卵般大。他瞄见"红球"舍命亲吻着快要烧成黑炭的同伴，又像在扑熄同伴身上的火焰。

真是太邪乎啦！姚为富活了六十年了，从没见过这种怪事——蜘蛛也晓得怜悯同伙，赶出来为它送葬？随后，"红球"匆匆返回冥钱篮内。成了"黑炭"的蜘蛛趴在烧残的"八卦"网上，一动不动了……

嗨，虚惊一场！

不料，姚为富的笑容僵住了——屋梁上的冥钱篮燃起来啦！原来是"红球"早已引火上身，只是颜色相近，又加上天黑，姚为富才没看出来。"天哪！"他万万没料到：自己还是个大活人，冥纸钱就提前焚烧了，而且是被不起眼的蜘蛛当着他的面焚的。不祥之兆哇！他再细瞅冥钱篮上的火势，越燃越旺，已将堂屋映得通红。眼看整栋房子有着火的可能，可是姚为富却惊而不慌，因冥钱篮子是自己用细麻绳吊挂上去的，麻绳沾上火，很快能烧断，篮子岂不就掉下来了？

然而，结果却出乎姚为富意料：冥钱篮始终没有掉下来！姚为富盯着冥纸钱和篮子烧了个精光，灰屑如黑雪般洒满一地，火又引燃干燥已久的梁檩椽壁。这下子，他像被人抽掉脚筋，身子站立不稳了。等到老伴和达明闻声，拎来一桶水，已是马屁股后头作揖——迟了几步，眨眼间，堂屋成了火海，全家人号啕叫喊，顿足捶胸。姚家湾的人倒是赶来了很多，只是其中不少人是来瞧热闹的，加上夜深水远，都懒得耗力去抢救。仅仅一餐饭时间，整栋房子轰然烧坍。瞅着焚焦的梁柱、破碎的瓦片，姚为富绝望地自语："全完啦！吊篮子的麻绳怎么烧不断呢？"

第二天，姚为富在清理废墟时，从冥纸钱灰堆里寻出一根铁丝，他觉得蹊跷，就去追问老伴和达明。达明怯怯地道出了原委："我经常见你盯着冥钱篮子出神，以为、以为你担心麻绳承吊不起篮子，我就在麻绳上缠了这根铁丝。"

"家业焚光了，你才开口讲出来，你这败家子！"姚为富重重叹了一口气。

原来，姚为富为了防备盗贼和土匪光顾，把四千多两银票藏在不显眼的冥钱篮里。银票是去钱庄提取银子的唯一凭据，丢失了，等于白花花的银子打了水漂。老伴急忙去堂屋地上拨拉，除了一堆灰烬，连银票屑片也没找到半点。她放声哀号起来："是那些蜘蛛报复我们，这日子还怎么过哇……"

两只老蜘蛛舍命引火焚屋的稀奇事，姚家湾老老少少鸭一嘴鹅一舌，传得神乎其神。有人猜测：姚为富忘了老父的叮嘱，于是引起天怒，驱使两只蜘蛛精燃起"天火"，焚了这个不孝之子的家产。也有人认为：老蜘蛛不满姚为富的所作所为，就摆出"八卦"网先把他套住，再引火上梁，焚了他的不义之财，同时也替冤死的蛛子蛛孙报仇。

究竟哪种说法确切些，没有人下定论，何况人世间的恩怨爱恨，岂能一语作结？

房屋被焚烧以后，姚为富气悔交加，一病不起，整个人像丢了魂魄一样，没出半年，便两腿一伸，去见他老父了，姚家自此败落下来。而每逢姚为富的忌日，便轮到姚达明蹲在那间杂屋里，为他守灵了。

我每每想起父辈讲的这个故事，总是在想：姚家的境况落得如此破败，哪能猜七疑八呢？只怨姚为富生前太贪婪、太不仁了。

（首发 2009 年第 3 期《安徽传奇·传记文学选刊》）

村夫巧治污吏

有人说，小说担负着叙述故事的重任，而散文是书写一己情感的。我却认为：《聊斋志异》固然是短篇小说里的经典，但也是出色的散文。只要文本对社会人生有所裨益，何须区分得那么明细呢？本着这点，我写了下面这篇文字。

清朝末年，龙阳县城西郊有个路口，叫三岔堤，驻守着一名叫史占财的税吏，专收来往商贩的税、费。按理，官府征税纳费在历朝历代也算说得过去，可是此人肥头凸肚，心狠手辣。且不说大商小贩，即使是当地购置生活常用品的贫苦百姓，他也要逼着他们交什么"过路保护费"；倘无银钱交纳，他便当场扣下对方财物作为抵押。因此，人们提起这家伙，又畏惧又愤恨，总想伺机惩治他一下。于是，便请三岔堤附近的村夫贺大出些点子。

这个贺大可是见多识广，脑子也活泛，对史占财早已怀恨在心，简直不需要口水，就能将他吞进肚子里。这天，贺大特意进城买了五两白酒，准备回家庆祝自己的 60 岁生日。经过路口时，史占财像绿头苍蝇见到有缝的鸡蛋一样，双眼贼亮，马上盯住了他。贺大也晓得这家伙翘起屁股准没好事，只好赔笑道："官爷，老儿今天衣兜里没有半文钱，只有手里这五两酒。官爷倘若不信，可以让您搜身。"史占财的脸一下拉长了："嗬，这话可是你说的，老子就不客气了。"他往贺大周身摸了个遍，见确实榨不出油水，恼怒地把贺大一拽，只听"嘶"的一声，贺大胸前破旧的长衫，被史占财尖利的指甲划破。破口经风一吹，露出清晰可辨的肋骨。史占财不仅没吐出半个道歉的字，还没收了贺大买的白酒作抵押，限令他明天拿银子来赎回去。

两天过去了，老在坐等贺大赎酒的史占财，做梦也没有想到：自己竟然被传讯到了县衙！为啥？原来，龙阳县的马知县昨日收到一份诉状，内容是村夫贺大状告史占财私立名目乱收费，并且强行搜身，撕破他的长衫，还搜走六两银子，请县老爷为他收回。这位马知县为官还算清正，而且到职不久，急于想做出一点政绩上报，只是苦于寻不到机会。他见手下衙吏徇私枉法，贪占民财，决定亲自审讯。

县衙公堂上，史占财申辩道："老爷，小人纵然有包天狗胆，也不敢私吞贺大六两银子呀。"

"传贺大上堂！"马知县一声令下，贺大从从容容站到了公堂前，依旧穿着被撕破的长衫。史占财本想破口大骂贺大几句，但一瞥见他的破衫和马知县威严的目光，立刻闭住了嘴，身子随之矮了半截，只得带着哭腔问："贺老头，告人要拿证据，我哪里收了你六两银子，只是、只是收了你五两酒。"

"这还不是证据吗？"贺大平静地以守为攻。

"这、这个……"

马知县发问了："史占财，贺大的长衫可是你亲手撕破？"

"是、是的，老爷。"

马知县见史占财招供得快，便判决如下："你且退出私吞的银子，交还贺大；至于一钱银子的误差数，本官就不予追究了，下次如有再犯，本官决不轻饶！"

"啊？"跪在堂下的史占财这下是夜间吃细鱼——分不清头和尾，他急忙又哭又诉起来："老爷，小人确实只没收了贺老头五两酒，哪有银子可退？又何来一钱误差？那五两酒，小人到今天也只尝过三口，小人回去就……"

"一派胡言！"马知县顿时怒容满面，猛拍惊堂木，喝斥道，"大胆刁吏，竟敢在公堂上戏弄本官。我问你，六两减去五两九（酒），明明还有一钱误差嘛，你想瞒报不成？再说，私吞也好，没收也罢，性质都可恶；还有，银子是个没味道的东西，有啥好尝的？看来，你是不见棺材不掉泪，想一贪到底了。来人，给我拿下这号污吏，重责40大板，革去吏职，赶出本县，永不录用！"

史占财听完，吓得尿湿了半截裤子："老爷，冤枉呀，老爷。"他从没见以前的知县这么断过案，心里想，你马知县今天灌多了黄汤吧，不卫石头怎么卫冷水？无奈何，自己这块小石头也打不破天，还是打落牙齿往肚里吞，认命了。

你说这究竟是怎么回事？原来这位马知县审案有些马大哈，将"五两酒"误听成"五两九"钱银子。贺大摸准了他这一"软肋"，才想出"五两酒"的点子。当然，更是史占财恶行到头，罪有应得。只是，他没明白自己中了贺大策划的圈套。

再说站在公堂一边的贺大，瞅着史占财被打得喊爹叫娘，皮破股绽，随后又像死猪般被拖出了县衙。他心里那个乐呀，从娘肚子里栽下地，还是头一回呢。

史占财挨打赔银又被革职，真是鹅肉没能吃到，反被鹅咬了一口。丑闻一传开，龙阳县的百姓和来往商贩们无不拍手称快，都夸贺大想出的治恶招数是草帽儿烂了边——顶好的。周边百姓乘贺大生日之机，齐聚他家庆贺了一番。

据说自从贺大惩治了史占财，龙阳县经商环境就有所好转。几年后，马知县也荣升到州府里，当上六品官。赴任前，为表彰贺大控告污吏有功，特地赏赐了他 20 两银子。

（首发 2008 年 10 月 28 日《常德日报》）

趣断溅粪案

再写一篇故事味偏浓的散文，以此让后人知晓：即便在封建时代，正义与邪恶较量时，正能量还是占据上风的。

清朝同治年间，龙阳县城郊有个秦老五，以担粪掏污为业。有天早晨，秦老五在县城挑上一担粪，因天上下起毛毛雨，青石板街面滑溜，他一个趔趄，将粪汁溅在一家衣铺门前。衣铺主人姓熊，本来就生着一副马脸，这下子认为开门不吉利，马脸拉长后，越加难看了。熊铺主上前扭住秦老五，要剥下他的破烂上衣揩擦粪汁，还逼他叩头赔礼。

时值深冬，北风"呜呜"地刮，秦老五哪肯脱下衣衫？双方僵持不下，围观的人越来越多。恰巧，那天龙阳县的李知县路过这儿，于是走下轿来追问原因。秦老五闻听这位李知县是老鸦嘴皮，菩萨心肠，对底层百姓比较同情，此刻他暗自庆幸有救了。

不料李知县听完双方申诉，便一屁股蹲坐在衣铺里，喝令秦老五站在他面前，数落起来："你肩挑粪桶不谨慎行路，致使粪汁溅出，此罪一；溅出粪汁不选择地方，竟敢玷污这样的大衣铺门口，此罪二；惹了事还不估量自己是啥身份，更不想想熊铺主是什么人？他是本城有脸有面的大老板，你竟敢与他抬杠，此罪三也。现在，你赶快按熊铺主要求，擦净粪污臭汁，本官方可宽恕你，否则……"

可怜的秦老五自然不敢违令，战战兢兢脱掉上衣，一点一点揩去街面粪汁。他因为干重活穿得单薄，这会儿又脱了上衣，身子冻得像筛糠一般，嘴唇都乌了。

"这个县老爷今早灌多了酒吧，哪有这样稀里糊涂断案子的？""太不公道了！"围观的人群鸭一嘴、鹅一舌，纷纷为秦老五鸣不平。李知县似乎没有听进众人议论，扭头对熊铺主说："本官已经如你所愿处治了他，叩头赔礼的事就免了吧。只是，这个掏粪汉子离家里恐怕很远，俗话说'饥不抢碗，寒不剥衣'，他那件上衣原本破烂，眼下又污臭不堪，岂能再穿？要是冻死在这大街上，想必你熊大铺主也不忍心吧？"

"这……怎么办？"熊铺主不知县老爷葫芦里装的哪味药，心想，莫不是要敲我的竹杠？

"这样吧，你让他随便挑一件衣服穿回去。"

天哪，我这衣铺里挂的全是上等的缎衣绸袄，随便一件也值好几块银元呢。熊铺主心里嘀咕着，但是碰到李知县咄咄逼人的目光，便想，鸡蛋哪敢与石头相碰？只好苦着马脸答应："是、是。"

秦老五从衣架上挑了一件绸夹袄，穿上了。身子一暖和，心里也像灌进蜜糖，甜滋滋的，他向李县令鞠了三个躬，挑上粪担走啦。

李知县坐轿离开衣铺后，熊铺主越想越恼，他只好将满肚子冤屈向前来串门的好友汤一鸣倾诉。汤一鸣两眼眨了眨，宽慰他不要把这事搁在心里。

过了一天，秦老五穿着那件新崭崭的绸夹袄，挑上粪担，又经过衣铺附近。他边走边想昨天泼了粪汁赚回绸袄的好事，冷不防撞上一个人，将几点粪汁溅在那人的长衫上。秦老五抬头一瞅，那人长得五大三粗，一脸横肉，心里就虚了，思忖今天恐怕占不到便宜。果然，那人一把揪住秦老五，逼他脱下绸夹袄作抵偿。秦老五不知从哪里冒出来的勇气，冲那人嚷道："这件绸袄是李知县亲自判给我的，我们去县衙门评理！"

"上县衙门？好哇！"那人盯住秦老五，撇了撇嘴角，"县老爷断案不向着老子，那才叫和尚不吃豆腐——怪斋（哉）呐。"

你道此人是谁？原来他就是汤一鸣，和熊铺主同脚共得裤，曾经在县衙里当过外班衙役，因为德行不正被解雇了。此时，他与秦老五来到县衙，李知县对这类鸡毛蒜皮的民事纠纷，本来是懒于过问的，看见是他们二人，便来了点兴趣，问了一下情况，又睃了几眼汤一鸣穿的破旧长衫，好像明白了什么，于是怒斥秦老五："你好大胆子！昨天粗心大意弄脏衣铺门口，今天又来污染堂堂汤壮士的长衫，损坏他的尊容。本官若不惩罚你，难以平民愤。"

秦老五一听，吓得差点儿尿湿裤子，一个劲地诉说冤枉，恳求知县大人免罪。李知县也不搭理他，吩咐汤一鸣坐在大堂一角，责令秦老五给他叩头40个，赔礼道歉。等到秦老五叩至20个时，李知县突然询问汤一鸣："汤壮士，你以前是内班还是外班？"

汤一鸣笑吟吟回道："启禀知县大人，小人过去是干外班。"

李知县立即沉下了脸："你怎么不早说？这下子可是脱掉裤子放屁——枉费一道手脚。本县衙规定：给内班赔礼是叩头40个，而对外班就不同喏，是让你对他掌嘴10下。本官总不能只顾你一个人的面子，坏了规矩吧？如今这个挑粪汉子给你叩了 20 个冤枉头，你得加码偿还他才是。"李知县随即指令他们二人互换位置。

汤一鸣闻听要自己给臭挑粪佬加倍回叩，心想：这件事传出去，岂不掉光了我汤某人的身价？于是像一根木头杵在原地，不愿挪步。

李知县猛喝一声："大胆！竟敢无视本官判决？"

早有两名站班皂隶（类似当今法警）上来，按住汤一鸣脑袋瓜，迫使他乖乖向秦老五叩完 40 个头。

李知县盯住狼狈不堪的汤一鸣，一脸正色道："你无论以前还是如今，都不洁身自爱，遵规守法，还与姓熊的衣铺主子串通一气，故意穿件破旧长衫，碰撞本分无辜的挑粪汉子，替熊铺主索讨绸夹袄。这种下作行径，本官早已看清，念你也在县衙出过一点力，本官不予重究，你走吧。"他像驱赶苍蝇似的挥了挥手。

汤一鸣原本想替人出气，贪占一点便宜，不料落了个灰溜溜的结果，只好在满堂哄笑声中退出大堂。秦老五拍净绸夹袄上被汤一鸣沾上的污迹，向李知县不停地叩谢。

事后，县城百姓纷纷评议：这位知县大人断案公平机智，还很有趣味呢，这样的父母官要是多一些，老百姓日子就好过了。

拉长新屋梁

汉寿县境西南有个松树湾，过去住着两家富户，一家姓朱，一家姓丁，是屋角抵屋角的近邻。俗话说："邻舍认得亲，强过捡缸金。"可是多年来，这朱、丁两家却因争强斗富而冷眼相对。

这一年，朱家嫌房屋老旧了些，决定新建纯木瓦结构的新屋。丁家岂会示弱？也要对着修，连新屋上梁的时辰，也择定在与朱家同一天。想不到这"同一天"，居然演出了一场好戏！这还得从请来的两名木匠说起。

朱家请的木匠姓高，论手艺，比德行，是顶好的，被方圆百里的人称为"高师傅"。丁家请的也不赖，是高木匠的名徒、已经出师8年的孙二保。村里人推测：这回只怕是老鼠拖花葫芦，好瞧的在后头。

到了上梁前一天的上半夜，高木匠躺在床上，想到明天新屋上梁的大事，横竖睡不踏实。他起身带上新徒弟何五儿来到工地，就着朦胧月光，将新屋所备的柱、梁、枋、檩，通通复查一遍，突然发现新大梁短了一尺。按照当时习俗，新屋大梁一端写有"福"字，另一端写有"喜"字。眼下"福"字被人锯掉，这还了得？年过六旬的高木匠一生正直厚道，做事丁是丁，卯是卯。这根大梁是他白天亲手挑选上等株木制成的，长短尺码不差一分，怎么会生出这种怪事来呢？要知道，大梁是新屋子的脊梁骨，短了尺寸的笑话倘若一张扬，不仅损了自己一世的名声，更会使建房停工，冲走朱家的福气，这怎么办？但高木匠毕竟是老木匠，很快镇静下来，叮嘱何五儿："这事切忌漏风出去，明天上梁时，你只管在屋脊上喊'大梁短了'，要喊响亮点。"何五儿猜不透师傅葫芦里装的哪味药，又不敢多问，就应承了。他先回家歇息，留下师傅闷坐在那儿。

第二天上梁时辰一到，朱、丁两家的新大梁随着鞭炮声、贺喜声，同时被搁上新屋脊。这当儿，立在朱家屋脊的何五儿忽然惊慌地大喊："师傅，大梁短了，大梁短了！"丁家屋脊上的孙二保正在将大梁合榫落位，何五儿的喊叫他听得真真切切，便停手搁斧，要看这边高老倌如何收拾残局。

姜，毕竟是老的辣。尽管两家来瞧热闹的有上百号人，高木匠却丝毫没乱尺寸。他润润嗓子眼，直盯着何五儿问："短多少？"

"大约有、有一尺。"

高木匠底气十足地下令："给老子拉长点！"

"能拉长？"何五儿怀疑师傅是不是大白天讲梦话。然而师令如山，岂敢违抗？他立下拔马式，猛将大梁一拉，果然，大梁被拉长了半尺左右。

"再使力拉！"高木匠第二次发令。这时丁家屋场上瞧热闹的人，纷纷拥过来，要看朱家的"西洋镜"。何五儿咬紧牙根，使出吃奶的力，发出一声"嗨"，又将大梁拉长半尺，喜滋滋地喊道："师傅，合榫了，到位了！"

孙二保入行多年，还没见过这等拉长新屋梁的招式，他两眼发直，像只被棍棒打蒙的呆头鹅。自己的师傅还有这手看家绝招，他做梦都没想到。朱、丁两家瞧热闹的人，都被高木匠露的奇招绝技迷住了，个个惊奇不已，赞叹不止。

当晚歇息后，孙二保提上一袋子礼品来拜访师傅，说是专程讨教的。高木匠疑惑不解："我一点老本事，不是连袋子都框给你了么？"

孙二保哈腰哀求："师傅，您拉长屋梁的绝招，可没有教……"

"哈哈哈！"没待孙二保说完，高木匠敞开怀大笑起来，"那是随便糊弄的，算个啥？其实你年轻力壮，小点子多，脚手又利索，压得倒任何绝招。"

孙二保听得明白，师傅的夸奖话中有话，脸上搁不住了，坐也不安，站也不宁。突然"扑咚"跪在高木匠脚前："师傅，徒弟我对不住您。朱家屋梁是丁家的人昨晚偷锯短的，实在与我无关。"孙二保面露愧色，"只怪我小肚鸡肠，当时没告诉您。"

原来，孙二保当学徒时，极力仿效高师傅的德行，勤钻苦练，学到了全部本事。按理说，该青出于蓝胜于蓝了吧？但他心胸狭窄，总谋算着独占一方，偏偏他修建木房的技艺不如高师傅老到，尽管出师多年，名声仍差师傅一大截。他老觉得师傅留有绝活没传授，一直耿耿于怀。昨晚他路过朱家新屋场，瞅见丁家主人趁朱家无人看守之机，指使人偷偷锯短了朱家新大梁。他本想及时禀告高师傅，转念一想，倘若揭穿这诡计，自己绝对拿不到丁家的红包封了。不如借此机会，看高老头出出洋相，将他压下去，日后自己好在这方出头充"老大"。所以孙二保守口如瓶，只在暗中观察事态发展。

"哈哈哈！"高木匠又是一阵开怀大笑，笑声震得室内桌椅都在颤抖。他这一生就是直肠子，讲话从不绕弯弯，他扶起孙二保，说："那件事我也料定是丁家捣的鬼，为了避免两家隔阂闹大，我一直没有声张。既然你抖出真话,我也实话告诉你,合榫的大梁是我下半夜重新赶做的。我与何五儿,老的无用用了,小的还无能,哪有什么拉长屋梁的绝招噢!"

孙二保仍旧有些疑惑:"大梁在开头为什么欠一尺,无法合榫?"

"这叫江湖一点诀,道破不值钱。我先将大梁往怀里藏进一尺,随后,何五儿拉一下,我就放半尺,不就解决了?二保呀,树靠根正,人靠心正,为人做事要真诚爽直点,肚里少长些花花肠子,就比任何绝招都金贵、管用。"

孙二保一字不漏听完,一脸羞成猪肝色,只巴望地面马上裂开一道缝,好躲进去,两行泪水止不住涌出眼眶,连声说:"师傅,我记住了。"

第二天孙二保一上工,就被丁家主人喊去,两人谈了好一阵,脸色都很愧疚。随后,丁家主人拎上一大卷鞭炮,来到朱家新屋前,噼噼啪啪燃放起来,还拉住迎出来的朱家主人的手,诚恳地说:"老哥,恭贺恭贺!老弟来晚了,对不住你呀。"

朱家主人心头一热:"我应该早点向你道喜去的。"随后也笑吟吟赶往丁家新屋前,燃放起了鞭炮。

这一幕全被高木匠看在眼里,想不到昨晚上开导孙二保,竟然敲屋柱惊动碌碡,促成了两家和好。

（首发 2001 年第 6 期《山海经》头条）

这头老牛有点"牛"

一

进入阳春三月，擂茶槌落地都急着生根，农户人家为了播种，早就忙得辫子搭桥。可是竹鸡湾村的曹二宝却不急，也不忙。为啥？原来，竹鸡湾山清水秀草美，没遭受过外界污染，该村的首户蔡大富，就是依靠这块宝地养牛兼贩牛，挣得盆满钵流。曹二宝想：我何不借助这里的名声做一回牛贩子？捞它个千儿八百块，该是甑坛内抓王八——十拿九稳的。再说自己太需要钱了，都这年头了，身上闻不到钱香味，像树上竹鸡叫唤的"扁罐罐"，还算男人吗？

这天，曹二宝准备向蔡大富赊进一头牛，牵往墟镇去贩卖。他还没跨进蔡家院门，两腿却僵住了。又是为啥？他怕蔡大富拿架子，不给他面子。这曹二宝的脑瓜虽然发育得正常，可那"瓜壳"内装的多半是馊点子，还爱惹事添乱，事后却要别人替他擦屁股。村里人给他起个诨名"苕包"，讥讽他像颗长在土里的甘薯，活得没啥出息。因此他总寻计把钱包鼓起来，三个月前，曹二宝来过蔡家，打算赊一头牛做本钱。蔡大富最清楚他的根底，甩出一句硬邦邦的话："我没有牛赊！"硬是让他吃了个闭门羹……

想到这里，曹二宝像一根夹在锯口里的木头，进也不是，退也为难。恰巧蔡大富从院内晃出来，当他明白曹二宝愿首付一半牛款后，阴沉的脸色晴朗起来，说："行，这回我成全你。"便钻进牛圈，拉出一头骟过了的水牯。

曹二宝两只小眼睛一亮，喜滋滋扑过去，双手掰开水牯的嘴唇，睃视那牙口。真是不看不知道，看了吓一跳：这牛上下颌已长满三十几颗牙齿，相当于人类60多岁年龄。曹二宝想：蔡大富不愧是泥塘里的藕——长满心眼儿，这头老牯缺膘少力，市场上很难贩卖，难怪他甩给我。人在矮檐下，怎敢不低头？曹二宝还是和蔡大富磨起了价钱，最终以1080元成交。蔡大富接过他首付的 580 元钱，眼里满是疑问，似乎说：这苕包只贪便宜，我看你怎么脱手？

曹二宝牵牛离开时，蔡大富特意取出一根赶牛鞭，鞭身用青藤制成，湿润透亮，看上去年岁和水牯差不多。他把鞭塞给曹二宝，说："牛鞭就算白送你了，这牛有点犟脾气，离不了这根鞭子；还有，它不愿走的时候，你拿鞭在前头逗引，它自然会服帖的。"曹二宝一愣："那不成了牛牵我么？"蔡大富笑笑："只要能赚到钱，管什么它牵你，你牵它。"曹二宝还想刨问个根底，院里进来一名选牛的汉子，蔡大富神秘地把曹二宝拉开，对他交代了两句，曹二宝"噗嗤"一笑，点了点头，只是弄得刚来的汉子一脸茫然。蔡大富接着抬高了嗓音："我把丑话讲在先，既然要了这头牛，你赚得多，我不眼红；倘若赔了，或者惹出乱子，我不会替你擦屁股。"

"蔡老板讲么子话，哪怕是坨狗屎，我都吞了！"曹二宝接过牛鞭，发着毒誓。

二

奇怪的是，曹二宝牵上水牯，并没有马上赶往墟镇交易，而是回了家。头两天，蔡大富看见曹二宝煨①在屋里，不知捣弄些什么。到了第三天早晨，才终于见他牵上水牯出了门，老水牯也似乎添了精神，头也昂起来了，甩开四蹄，像急着去赶赴约会似的，还发出"哞嘛、哞嘛"的欢叫。

单说曹二宝赶着牛，来到 20 多里远的本乡牲口墟镇，巴望尽快交易脱手。哪晓得，眼下不是长假日，乡间喜庆事也不多，市场上对牛肉需求量不大；况且，那些买主个个鬼精的，他们一瞄水牯牙口，见曹二宝开价 2000 元以上，就摇头走开了。因此，尽管曹二宝夸耀自己牵来的是竹鸡湾特产牛，也没见几个主儿愿对水牯多瞅几眼，更甭说谈价成交啦。正当曹二宝苦眉丧脸之际，又发生一件意想不到的事：水牯突然挣脱缰绳，朝十几步外的一头母水牛直扑过去。

"拉开、快拉开！"母水牛的主子冲曹二宝吼叫。曹二宝只是咧嘴笑笑，却没有挪动半步，他才不愿干涉水牯的好事呢，他有意要让墟镇场的人瞧清：自己这头水牯就是"牛"！结果，水牯迫于母牛主子与众人乱鞭，极不情愿地退开了。

俗话说，天无绝人之路，这幕闹剧，恰好被一名后生看在眼里。萝卜白菜，各有所爱，后生似乎对水牯产生兴趣，阴郁的脸色开始放晴，摇晃着身子，向曹二宝飘过来。此人不过 30 岁，身材瘦削，病恹恹的，脸上用针尖都挑不起肉来，走在野外，倘若碰上六七级大风，真让人担心他会像片树叶一样被刮走。他和曹二宝搭开话腔，自称姓阙，名少雄，本乡20里外马迹塘村的，问水牯啥卖价。

曹二宝一听名字，觉得好耳熟，他把此人上下睃了个遍，心里说：你这名字也太逗人发笑了，怎么与外表这样相符？还真是缺精神，少雄气。他突然记起来了：自己的表哥就住在马迹塘，听表哥说过他村里有个阙少雄，一直体虚，患有阳痿症，结婚几年无生育，还委托他四处寻医问药。曹二宝想，如果真是此人，是该好好补养补养身子啦。曹二宝小眼睛"骨碌"一转，并没急于和他谈价，而是侃起竹鸡湾村的环境好，青草肥，从没受到污染，该地的牛肉是最绿色的食品。牛的肾脏好，能够养肾气，益精髓；公牛的阳具更是宝，它补肾扶阳。自己这头水牯虽说老了，骟除了睾丸，但与年青公牛没多大区别，体内仍然有那种雄激素。最后，曹二宝压低嗓门："我口里讲出鲜血来，别人还以为呕的苋菜汁。你刚才也亲眼看见了，这畜牲还有强烈的性冲动，这不假吧？"

曹二宝一席散腔诌得天花乱坠，阙少雄又听说是竹鸡湾的牛，心怦然动了。经过一番讨价还价，最终以2000元成交。曹二宝把赶牛鞭送给他，照蔡大富交代的话叮嘱他：赶水牯时要用鞭在前头逗引。阙少雄牵上水牯走开后，一名头戴尖竹笠的老汉冲他背影骂了句："苕包！2000块买头老牛，硬是苕到家了。"

湘西北人"买卖"不分——买也称卖，卖也称买。曹二宝以为老汉骂自己将水牯贱价卖了，心想：你怎么晓得我的诨名叫苕包？真是奇哉怪也。我今天赚的利润足足有十成，你才苕呢！

三

曹二宝今儿个称得上开洋荤了——衣兜里头一次扎满厚厚一沓钞票，那份成就感，不亚于一夜间登上福布斯富豪榜，甭提有多开心啦。他时不时地掏出几张钞票，故意抖动几下，听它发出的清脆响音。他甩步跨进一家小餐馆，点了几个特色菜，要了一瓶白酒，灌了个酒足饭饱，随后拦了辆的士，他要体验生意成功而归的快感。

的士飞奔在回竹鸡湾的简易公路上，跑了不到十里路，曹二宝看见前面有头水牛，靠近些了仔细一瞅，正是自己卖掉的水牯，还真是巧了。他示意司机放慢车速，他要再好好瞄它几眼。此时，水牯根本没由阙少雄用鞭子在前面逗引，而是边走边低头嗅着路面，蹄步迈得劲头十足，这下倒使曹二宝有点摸不清头和尾了。

转过一个 7 字形山嘴，路面豁然开朗，曹二宝看到：公路边另有一头水牛，正慢悠悠地走着，趁它甩动尾巴时，曹二宝瞧清了是头母牛。牛的肩背上，还坐着一名十一二岁的小男孩，悠然自得地摆弄着手中的缰绳。曹二宝心里怦然一动，想起自己也有这么大一个儿子，八年前妻子与自己离异，去了别人家里，当时才四岁的儿子也跟随她去了，连姓都更改了，好在儿子离自己不远，每年父子能见两次面。至今，自己已四十岁挨边，还是草房两间，光棍一条……

"哞——嘛！"水牯一声求欢的高叫，让曹二宝回过神来，终于弄清了：水牯不需鞭子逗引，它是嗅到了异性的气味和尿液，才追随而上的！距离母水牛七八步远时，这畜牲突然发威，从阙少雄手里挣脱缰绳，发疯一样扑向母水牛。这下子祸事就跟着降临了：母水牛受到惊扰，猛地蹿跳起来，将骑在肩背上的男孩儿抛摔下来，"哎呀……"曹二宝听到男孩儿惨叫了一声，骨碌碌滚往七米外的路沟里。那声音，似乎有几分熟悉，曹二宝本想下车瞧个仔细，但一想：我岂不是自找上去给人家擦屁股么？便催促的士司机加速，飞一般离开了这块是非之地。不知为什么，刚才发生的一幕，一路上都铭刻在他脑子里，总是挥之不去。

四

曹二宝回到家，为庆贺首次贩牛的获利，又海喝了一顿，心想不会有啥事了，一直困到第二天中午。朦胧中听到了嘈杂声，他爬起来开门一瞧，愣得不知该移哪条腿。原来蔡大富牵着一头水牛来了，他揉揉两眼再一细瞟，正是自己昨天贩卖掉的水牯！奇怪，怎么回到了他的手边？蔡大富身后跟着阙少雄，还有一名穿警服的，曹二宝认识，他是乡司法所的夏民警，负责调解民事纠纷的。此时他猛然意识到：昨天的漏子捅大了！

蔡大富垮着脸，冲着曹二宝吼道："你干的好事，以为人家找不到你我呀？没看见牛角上都有畜牧部门打印的编号吗？昨天险些出了人命！听小阙跟你讲吧。"阙少雄把水牯在公路上追随母水牛致小男孩摔伤、而后住院抢救的事件经过讲了。曹二宝对事件的前部分自然是瞎子吃汤圆——心里有数，待看完阙少雄出示的伤者住院单，不由大吃一惊，问："那娃儿叫万家旺？"

"怎么，你有怀疑？不过，这孩子又说自己很小的时候叫曹家旺，四岁时，跟随妈妈到了姓万的后爸家里，就改姓万了。你不信？我拍有他的相。"

阙少雄掏出手机，按了两下键，递到曹二宝眼前。手机彩屏上显示出的小男孩，下嘴唇微翘，剃着光头，头顶留有一圈短发，形状像农民捡粪的小铁耙，俗称"猪屎耙儿"。左手臂因骨折安装了石膏绷带，一只眼睛肿得像只青桃子，显然摔得不轻。"医生说，小孩颅脑也有损伤，为防止迟发性病变，应再医院留观几天。"曹二宝听完，如同遭受棒击的痴头鹅，两眼都发直了，突然，他失声痛哭起来："我的家旺，爹害了你！爹不该……"原来小男孩正是曹二宝的儿子，四天前，儿子来看过他，就是剃的"猪屎耙儿"发型。

"你哭死也迟了，把钱退给小阙，水牯还给你。"蔡大富向曹二宝作出判定。

"你、你不讲信用！"曹二宝慌了手脚，擦擦泪，指责阙少雄。

"嗝，就你这德行，莫糟蹋了信用二字。你在老牛身上使了手脚，让它出现反常行为，它的肉还算绿色食品吗？你向大家作个交代吧。"

"我使了啥手脚，有证据么？"曹二宝脖子一梗，指着阙少雄丢在地上的牛鞭，"我只是使用了这根鞭子，还是蔡老板送的。"

蔡大富冷笑起来："二宝，一根鞭子能刺激水牯的性冲动吗？笑话！你给我身上堆污泥，俺俩谁黑谁白，大家心里明白。实话告诉你，水牯经乡畜牧站检验过，体内含有人为注入的雄激素。"

"啊……"曹二宝像遭过霜打的茄子，蔫巴下来，舌头也僵住了。事情发展到这地步，他睃睃众人冷峻的脸色，晓得纸已经包不住火，只好道出了原委——

原来，蔡大富那天送牛鞭给曹二宝时，交代的两句话是：鞭身浸泡有母牛尿液，拿此鞭在前面逗引公牛，就能使它不停步地前行。但曹二宝早年剽学过一些兽医知识，知道水牯已骗过多年，雄激素减退了，这根牛鞭虽能引诱它赴路，但是效果不会持久。现如今的人买东卖西，讲的是包装，挑的是品相，为了使蔫巴巴的水牯提足精气神，能顺利卖脱，他使用了一种旧式壮阳土方早晚给水牯强行灌服，连续灌服了三天。这种土方里含有雄激素，能刺激牲畜性趣，水牯服饮几次后，逐渐来了精神头。然而，仅这一种土办法的效果很有限，因此昨天上午去墟镇卖牛前，曹二宝特意到一家私人兽医站，为水牯皮下注射了两支雄激素药剂，刺激和维持水牯发情，与人类服用了伟哥的效果相似，因此这畜牲就骚动不安了。想不到，竟惹出这样大的麻烦事。

蔡大富虽说长满心眼，但他还没见过这种荒唐事呢，这下他才明白：难怪这苕包那天乐意买下这头老牯，又煨在家里捣弄了两天，竟然是这样！

最后，夏民警作出调解：阙少雄已先交了伤者的住院费，往下由曹二宝支付治疗和生活费用。伤者那边的家属捎话过来，如果你们不愿出钱，把事情闹大，他们将依法向法庭提起民事诉讼，到时候不要敬酒不吃吃罚酒。

这时的曹二宝由于情绪起伏，脑瓜都有点蒙了。蔡大富瞪着他，说："你用馊点子惹出了事，把竹鸡湾好端端的名声丢尽了！也害惨了我和小阙，都要为你擦屁股，这叫乌龟背霉壳也背霉。你赊欠我的500块牛钱，什么时候还呢？"

曹二宝张了张嘴，本想赖掉这笔账，但想到俩人原本是你出掌，我出脸，一个愿打一个愿挨；再说，自己发过"是坨狗屎都吞了"的毒誓，此时反水，岂不真成了吃屎的狗么？只好嗑掉牙齿往肚里吞。便畏畏缩缩地回道：

"明年，行不？"

不料夏民警接过话头，让他又惊又喜："蔡老板和我讲了，近个把月内，这头牛是不能卖掉坑害别人的，但他愿意赎回去，把那580元首付款退给你，赊欠的钱就不提了，他另外为你儿子捐献200元治疗费。你只快些筹钱，给儿子治伤要紧。往后正儿八经做人吧，别老给这个世界添乱子！"

曹二宝头一次垂下了脑袋。他该明白：自己做假使弊，连牲口都不放过，这种下作行径，最终伤害到了亲生子头上，何苦呢？

注：①煨：湘北方言，指待在某地方不挪窝。

故事味有咸有淡

一

有一天，张大三、李阿四和王小五相聚在一起，天南海北闲聊了两个钟头，仍然觉得不过瘾。张大三提议："我们三兄弟肚里都有些故事，今天各聊一个，不规定什么主题，但要有点意味或者趣味。怎么样？"李阿四与王小五一致赞同，差点把脚当手巴掌拍起来。

自然由发起人张大三开头。

"有盐同咸，无盐同淡，这是至今挂在我们家乡人口头的俗语，把盐这一物品，由最初的生活必需，提升到邻里相助、同甘共苦的层面，可见盐的重要地位。讲一件我姥爷挑盐的往事吧。"

"洗耳恭听。"另两人算是赞同了。

20 世纪 40 年代的乡村，广泛流传着这样一句话："碗米换担盐，要到宜昌县。"其意思是：盐原本不贵，但在战乱时期想买到它，却要付出极大的代价！汉寿县城南宋家湾贫苦农民、我姥爷宋长林，就亲身体验了去宜昌挑盐的艰难辛酸。

1943 年 6 月，日寇入侵汉寿，民心惶惶，加上那两年省外的食盐一直运不进来，导致县境内的食用盐供应极为紧缺，价格暴涨，每石稻谷只能换回一斤盐。为了缓解吃盐难问题，民间经常自筹资金，携带农货，前往湖北宜昌县三斗坪挑盐。我姥爷为了挣一点力资养家糊口，当年 9 月，受雇于县城一家盐商行，去三斗坪挑过盐。

自从姥爷踏上挑盐路程后，姥姥邓纯秀的一颗心便悬挂在他身上，整整半个月，她坐不安稳，睡不踏实，饮食无味，连移步都摇摇晃晃。这里我得插叙几句——

与旧社会里千千万万女孩子的遭遇一样，我姥姥从八岁起，就被迫包裹双脚。开头，每当她一看到四指宽的裹脚布、二指宽的捆脚带子，就暗暗哭泣。然而，眼泪岂能挡过世俗和礼教的规矩？在养母的监管下，她每日都必须用裹脚白布将双脚从下至上先缠绕一层，再捆紧一寸带子。这样一寸压一寸，连续包上六层，直到一丈多长的白布裹完。常言道：放大容易裹小难。当年，姥姥两只脚缠得又疼又痒，允其是夜间捂在被褥内，脚温一升高，就痒得钻心。姥姥后来曾对我妈说，她那时多么想松开布和带子，让脚透透气，安安稳稳睡一晚，但这只能是一种幻想。因为年轻女子的大脚不仅遭受家里人责骂，还要被社会歧视。日复一日，年复一年，究竟包坏了多少丈布？捆糟了多少根带子？姥姥无法记清。直到脚板骨蜷成一团，脚背变形隆起，五只脚趾聚拢，成为两只"粽子"，其长度在三寸五分左右，才可"退包"（退去裹脚布）。那时她曾自豪地将一双小脚，插进直径约三寸三分的竹筒内连续转过圈，以此检验证明："女娃脚板小，走路才会俏（摇摆之意），婆家人评价也会高。"后来，政府公开宣布让妇女"收布"放脚，女孩子们个个欢天喜地，奔走相告这一大快人心的好事。有趣的是，邓纯秀"退包"之后，一双小脚竟然长了两寸多，觉得走路平稳轻快多啦。当然，这些都是后话。

去三斗坪挑盐，有600里长途，山高涧险，她不是牵挂姥爷跌进深沟，就是担忧他染上沿途流行的瘟疫。因为那几年里，仅株木山一带就有100多名青壮劳力挑过盐，沿途染上瘟疫而死去的便有40余人。那年6、7月间，一天中竟死去三四个，还发生过争抢龙杠（抬死者出殡的用具）和经担（道士"超度亡灵"的工具）的现象。那年，该村的宋德甫雇请了4个挑盐工，有2个染病后，因肚子泻得厉害无法穿裤子，只好系一条围裙回家，他自己也是病着回来的；另外2人则病死在湖北松滋县境内，其中一名死者叫张秋生，被同伴掩埋不到2个钟头，裹尸的白布就被别人挖走，去裹埋其他死者了……

要是姥爷有个三长两短，一家老少八口怎么活下去啊？姥姥想起这些，浑身都在打战。总算苍天长眼，身子骨壮实的姥爷挑上130斤重的盐担，终于平安到家了！看着姥爷黑瘦的脸庞，瘦了一圈的身子，姥姥心里隐隐作痛，情不自禁从丈夫带回的一包盐中，抓起一粒含在嘴里。她觉得：自己不仅是品尝一家人期盼已久的盐味，更是在品味姥爷汗水的咸味，是在体味生存的艰辛……

那天做晚饭，姥姥破例在蚕豆掺糙米煮成的稀粥里，多放了几粒盐。不料，我大舅将小姨的半瓢粥贪吃了，姥姥一发怒，将他按在地上，朝他光腔上咬了一口。哪知这一口竟咬掉了他一块皮。听着他的惨哭声，姥姥痛恨不已，搂住他大哭了一阵。事后姥姥认识到：要恨，只能恨这世道，孩子无辜，怎么能怪罪他呢？

二

"从你姥爷肩上的重量，就可感知他汗水里饱含的咸苦味。你姥姥那双小脚，一生也走得太吃力了！"李阿四感慨地对张大三说，"我就不重复传统教育啦，说件不太远也不太近的事，发生在我堂姑身上，笑晕你俩。"

"好哇！"两人还真先笑了。

20 世纪 70 年代中期的农村，盛行业余文艺演出活动。有一年春节前夕，洞庭湖西滨红星公社下发了一个通知：每个大队要准备一个有看头的节目，春节过后参加全公社文艺大会演，节目内容和形式不限。并重申：此次活动将要计分，纳入年底评选先进大队的范围，到时还有县广播电台记者来现场采访，任何大队不许空缺。

通知一发出，急慌了跃进大队的叶主任。要说谁不爱评上先进，那是大门上贴财神——假画（话）。跃进大队参演的节目是革命样板戏《沙家浜》选段"智斗"，男女主角定的二胖和我堂姑秋芝，二人是一对夫妻，都只有20 来岁，分别扮演胡传魁、阿庆嫂。刁德一的扮演者和伴奏乐队也安排妥当了，导演请的是公社广播站老黄，堂姑和二胖谈恋爱，还是他牵的红线。

春节过后，到了大会演这天，堂姑夫妻俩上场穿的是尼龙衣裤，那是二胖爹利用当生产队长的职权，把施完尿素后的尼龙包装袋揣回家里，再由二胖妈丢在染色缸内，把袋面字迹染去后，裁制成衣裤的，又柔软又结实，不亚于城里流行的"的确良"布料。

"阿庆嫂"堂姑一亮相，全场小眼睛瞪大了，大眼睛瞪圆了。人们先是惊愕，随后指指点点，不停地嬉笑，还向后面传递着什么话。一伙小青年干脆吹起口哨，发出尖叫声，后面观众也纷纷挤向前台。

演到中场，"胡传魁"二胖由于台词不太熟练，急得冒热汗，他干脆甩掉黄军服，露出汗湿了的尼龙上衣。很快，台下又爆发出一阵阵哄笑声。一时间，台上演员的声音便被场内的起哄声淹没了。县广播电台记者把这热闹场面，一丝不漏地写进了采访本。叶主任看到演出大有效果，那满脸的笑纹呀，恰像一朵开得正旺的菊花。

为啥引起这般轰动？原来，堂姑秋芝穿上的尼龙服那叫一个花里胡哨，高挺的胸部露出"含氮量 46％"的字样，肚腹下"谨防受潮"的说明也清晰可见；更为刺眼的是：肥臀上还有一行字迹"净重 20 公斤"。前面观众看清楚后，将这重大新闻飞快传播到后面；后面的为了亲眼见证，便向前台涌来。同样，"胡传魁"二胖一甩军服，也把更为鲜辣的笑料抖出来啦。什么笑料？听听好事者当场编的诨段子，你就知道了——

"二胖上台穿日装，'尿素'写在肚皮上；

胳膊'株式会社'造，你说好笑不好笑……"

堂姑夫妻为什么闹出这类笑话呢？原来，这种包装尿素的日本尼龙袋子，不如中国的传统棉布，它对二胖妈使用的染料没有持久的"亲和"力，经历两三年沉淀之后，染上去的颜色逐渐消褪，袋面原来的字迹也就原形毕露啦。加之这天到了傍晚，堂姑和二胖换上尼龙衣裤时，心急火燎，四只眼睛都没有细瞅，于是就出现了上面爆笑的场面。

演出结束，堂姑和二胖脱下尼龙衣裤一瞅，才弄明白观众哄笑的原因，夫妻俩齐声责怪老黄："你就站在台边，怎么不提醒我们？"

老黄眨巴眨巴眼睛，说："你以为我傻呀？我要的，就是这个'笑'果！"

三

最后轮到王小五了："四哥你这个事，今天来看有点奇葩。我说什么好呢？"话未落音，手机响了，通了一分钟话后，他猛拍大腿，"讲个我初中同学接老婆电话的段子吧。"

"那行。"张大三、李阿四一下子浓了兴趣，也不问有无主题意义，笑味如何，竟然预支了掌声。

我那个同学姓郝名仁，在某局混成一个小股长。此人虽说职务不高，但情商还不低，在《孙子兵法》三十六计基础上，发明出了第三十七计。各位，你们没听说有三十七计吧？我同学的这一计呀，只在关键时刻向妻子使用。有天中午，郝同学扛不住"感情深一口吞"的敬酒潜规则，用白酒陪客。结果客人没醉，他却喝坏了肚肠，摇摇晃晃回到家里，忙坏了自身的"进出口"部门——上呕下泄啊。

郝同学最后一次在卫生间"松下"完毕，发现便纸没有了，只好用手机拨打客厅电话，要妻子送进去。你看，如今这电话处处都能派上用场。妻子早就厌烦了他的醉态，接电话后迟迟不愿做这类特殊服务，便对着听筒，一语双关骂起来："你是好人吗？满肚肠坏水！"郝同学自知理亏，为了尽快拿到便纸，只得就坡下驴，把声音放低了八度："亲爱的，我从来没在你面前说过我是好人呀。"

直到晚上，妻子还在赌气，双方各睡一头，井水不犯河水。半夜里，客厅电话铃声响了，妻子见郝同学蒙头酣睡，估计他没有精力起身了，加上电话没有开通来电显示，只好起身去接，她是怕误了正事啊。哪晓得接完电话，妻子"扑哧"笑了，满肚子怒气也慢慢消散。

"谁打来的电话，这么起作用？"张大三问。

"深更半夜还能有谁？就是睡在她脚下的郝同学呗。他说，想必娘子已息怒，可邀官人共枕头？"

"投石问路。"李阿四叫起来，"这就是你那位郝同学的三十七计呀？瞧他那点德性！"

　

三个故事，发生在不同年代的三代人身上，味道有咸也有淡，但有个贯通性主题，就是贴近寻常百姓的苦乐忧喜。究竟谁的故事值得回味，读者自有分晓。世上的事，无论大小远近轻重，有情思、有意趣、有意义，便有口口相传的价值。但愿在这个众声喧哗年头，多一点对苦难的记忆，对浮躁的反思，也多一些对幸福时光的珍惜。

　

注：本文"一"中的主要人名作了适当处理。

第三辑　心有千结

真情记述人生风雨，
诗意观照亲情友谊。

龙舟划痛岁月

一

　　有人说，要了解洞庭湖水乡风情，有个重要的切入点，就是亲近一项久远的文体活动——划龙舟。

　　先辈发明龙舟，原本是作为一项水上群体运动。它静时，是没有承运功能的舟，而它动时，则是一条飞驰江河的龙。我家乡古时称龙阳，恰好带个龙字，我不敢妄称龙舟就是"龙阳的舟"，但在驼柳河周边各乡村，只要进入农历五月，村头搁置龙舟的长廊，便如同一根割不断的脐带，牵连着村民。无论地头水域，还是房前院后，都少不了龙舟的话题，它就像一日三餐的饭碗，贴在男女老少的嘴边。于是这项民间传统活动，便呈现出鲜活的凝聚力，让历代驼柳河人有了集体狂欢的理由。在他们心目中，龙舟比赛就是当今的世界杯足球赛。每到端午这天，日子就被"咚咚"舟鼓声擂得升温了，驼柳河的水也被龙舟歌谣唱涨了：

> 爷留的龙舟哟五月俏咯，
> 哥划头桡妹掌艄依呀依以哟。
> 划——起！
> 妹掌的艄哟方向正咯，
> 哥划头桡往前飙依呀哟依哟。
> 划——齐！

　　这首代代传唱的龙舟歌谣，虽称不上惊艳八百里洞庭，也没讲究平平仄仄，韵味却狂放、悠长。听着鼓声、歌谣的男女老少，陡然增添了"抱牯子劲"。我始终无法想象，驼柳河倘若离开划龙舟活动，是否还会有其他的方式或更好的载体，让人宣泄久蓄的苦乐忧欢，告慰先人远逝的魂灵？

有龙舟，无疑就有头桡手，占据龙舟"头舱"位置，被人称为"飙角色"。有了头桡领头，就能搅得江河浪涌风生。"连端午遍地的艾叶里，都有两枝独秀的，头桡手更是一枝独秀"。这浅近而亲和的比喻，出自驼柳河人的口中。

本文里的头桡手叫青毛牯，是我堂哥，今年端午前我特意去过他家。当时他赤着脚，十只脚趾比一般男人的张得开些，像锚齿抓地一样，让我记起他年轻时，脚趾稳稳钉紧龙舟头舱的情景。他正与邻家蔼大姐的孙子看鸭子扑腾水花，并说，那鸭脚板划水如同两把桡片。前些年堂嫂因病去世后，他的眼神开始迷离，唯有时不时攥紧双拳，如同年轻时紧攥龙舟桡片那样。我禁不住感慨：四十年前，他作为飞龙白头桡手，多少次挥动桡片，划破过五月的河水，那些鲜活的高光时刻，真的留在了梦境吗？

二

靳劲划哟，抢头一名咯！
往前飙哟，吃国家粮咯！

这是 20 世纪 80 年代初经常唱的龙舟歌谣了。有年端午节，全省龙舟赛在驼柳河举行。我县作为东道主，派出两条龙舟参赛，一条是驼柳河村的飞龙白，另一条是邻村的盖天红。趁着端午节那天开赛前，飞龙白三十八名壮硕的桡手，唱开了这种自编的龙舟歌谣。

为什么要用它"秀场子"？

原来，那时我县为了激活传统龙舟运动，县文体局有位局长，口头颁布了一条奖励政策：农民龙舟参加全省比赛，夺得第一名（当时乡下不兴称冠军，更无金牌之说）的龙舟，桡手们户口可以农转非，吃上国家粮，头桡手还可以安排工作。听说有这种好事，无论飞龙白还是盖天红桡手，心里都像灌了蜜。他们编出上述龙舟歌谣，尽管词儿谈不上对仗押韵，但在聚拢训练时，总要连唱带吼几遍。那声浪，在云水间久久回荡。

如今 90 后的读者或许不知，那时候将户口农转非以后，就能吃上国家配额的口粮，虽说吃得不是特别饱，但总比在农村长年累月饿肚皮强多啦。更关键的是，年轻人洗尽两腿泥巴，身份一变，就有资格招工进国营或地方工厂；有点背景和本事的，还能以工代干。在他们心目中，有了生存依靠的单位，就能端上体制内的"铁饭碗"。那时，乡下二十来岁的大丫头也好，快三十岁的老姑娘也罢，她们最大的满足或梦想，就是找个端上"铁饭碗"的对象，哪怕他长相丑陋一点，或是有过婚史，都是比鱼鳞片还轻、还小的事了。"把鲜花插在牛粪上了吗？俺情愿！"这就是当时姑娘们的普遍心态。因为她们明白，连供销社小小营业员，都可以利用紧俏的马头肥皂、古巴红糖开后门，比有级别、没实权的脱产干部还吃香。况且，国家粮风刮不跑，雨淋不湿。因此，有些迁移到外乡的青年桡手，又特意把户口迁回老家，为的是争取到参赛夺头名的机会；有了这机会，就有吃国家粮、跳出"农门"的盼头。

即使吃不上国家粮，抢夺头名依然是桡手的向往。曾经流传一则笑话，说是有位大婶去集镇供销社，向营业柜台的姑娘买一斤红糖。姑娘见她没亮出糖票来，便冷冷地说："没有出价（格）。"大婶再次恳求："只买半斤，好啵？"姑娘语气就夹带火气了，"我讲的没有出价！"大婶见指望不大了，索性破罐破摔，"俺晓得你冇出嫁，你是留着给头桡手开后门！"

这个段子，除让人佩服乡村大婶带酸辣味的幽默，更让人知道，获得龙舟赛头名的桡手尤其是头桡手，在乡村是很有头脸的……

那次比赛中，飞龙白冲在所有龙舟前头，夺得第一名。

三

如今，农转非、国家粮对人们来说，早已失去诱惑力。而且，驼柳河村前些年扩充养殖水域，将天然河道做了截断，它就成了肠梗阻，龙舟赛事自然就少了。龙舟与江河分离，对桡手而言，那种疼痛不亚于骨与肉的分离，他们担心是否会长期分离下去。如今流行让子弹飞、让快乐飞、让这飞让那飞，我却没有底气说让龙舟飞。我无法想象，龙舟离开水的托举，还能称为龙舟么？有一点稍可欣慰，就是飞龙白制作技术，已作为传统龙舟打造工艺，被列入市级"非物质文化遗产名录"，村里还修建了龙舟文化广场，至少抚慰了村民那份龙舟情结。当我听到这些，兴奋之时也为堂哥庆幸，因为飞龙白的制作技术，是他爷爷传下来的，县文体局已将他初定为第二代传承人。

堂哥见到我，便问："老弟，那年有人要把飞龙白改名，我们没答应，是不是就为这事，我们桡手才没有吃上国家粮？"

堂哥问的话，实在令我搞不明白，因为飞龙白夺得头名的当年底，我已离开老家。经详问我才得知：县里那位许局长承诺夺得龙舟赛头名者，可以农转非，但有个附带条件，舟名必须改为"龙阳红"，说改了名就可代表龙阳县荣誉，不能由你驼柳河村独占风头。"这分明是要我们卖掉祖宗的招牌，能答应么？"堂哥回忆完了，习惯性攥紧拳头。

"竟然有这等事？"轮到我气愤了，龙舟自古以来，换舟换人不换名，也不换色（白、红分明）。难怪堂哥没同意。

"老弟，你回来得不巧，看不到比赛了呀。"沉默了一会儿，堂哥问我，见我以笑为答，又问，"你不会失望吧？"

会不会失望？我一时说不清楚。生活中总有一些东西在失去，但我们对它们抱持的特殊情感却未丢失，比如我这次看望堂哥前，特意去他村部龙舟广场，在飞龙白前驻足了良久，思绪跟随它神驰于江河。

杏树招手

一

姑表舅表三代亲，断了骨头连着筋。近些年每当临近大暑，家里人就知道，我会去落鸭河村子，看望表弟旺秋。他是我二姑的儿子，小我三岁。姑、舅那辈已陆续离世，平辈亲友里，只有他与我走得最近。没料想，今年却是他主动邀请我。尽管他没说什么，我隐隐感觉有点事。循着这条脐带般的路，我正想看看，他邻居家那树杏子有没有熟透。

旺秋住落鸭河中段大堤下。大暑这天下午，我从县城到他家时，他也从镇上回来。旺秋五十有五，短袖衬衣遮不住凸显的肱二头肌。他是去镇上快递部，给女儿朵朵寄乌鸡蛋的，蛋是他自养的鸡所产。女儿在南方某企业务工，今年已与同单位的一位小伙结婚，她老想家乡原味食品。

"哥，你何不来吃中饭？好陪你喝两杯，嘿嘿。"旺秋话虽嗔怪，眼睛却笑成两条缝，如同划出的两道痕。可能怕我误会，他补上一句，"我晚上不喝酒，是女儿叮嘱的，她担心我血压偏高，夜里出事。"说完，那眼缝扩大了些。

旺秋姓扈，可村里有些人总把"扈"认成或写为"户"。旺秋回击：扈字少了一口，也没有讲话的嘴巴，仅剩个顶，还有意思么？我若是带着'户'去见阎王，他保准不会收留我。你们有本事就去找施耐庵，要他把扈三娘也改为户三娘。他这句呛白还真像强力胶带，把那些人的嘴封住了。

既然受旺秋邀请来了，我问有什么事，他却说起前天梦见了发发。

发发是旺秋的独生子，九岁那年大暑，泗水去落鸭河对岸，看省城来的歌星演出，中途溺亡，至今已二十四年了。

"哥，给发发烧传统钱纸好，还是市场上的彩色冥币好？"

我没有即刻回复。以前我来看望他，每次都难得逗留一会儿，有时甚至只唠几句，屁股没沾板凳便返身了，这次即使天塌下来，也要多陪他几小时。

堂屋梁上有个燕巢，看样子是去年兴建的，此时巢内不见燕子动静。左边屋角有堆空酒瓶，挤挤挨挨约百来只，似乎在说：咱主人一直在以酒为伴呢。右面屋壁一幅观音送子图，观音怀抱男孩踩在莲花上。男孩脸蛋留有不少印痕，我靠拢一看，认定是大人抚摸后的手印，便下意识回望旺秋，他立马避开了我的注视。这一回避动作，倒是让我回忆起他说的：图上男伢很像两岁时的发发。左面屋壁上，贴着朵朵读中学时的十几张奖状，那张"独生子女家庭光荣"证书贴在旁边，只是原有的大红色纸面已经泛黄。

朵朵卧室收拾得很整洁，她放大了的彩照摆在书桌上，用笑盈盈的眼睛平视进来的人。那秀挺鼻梁、微圆下巴，简直就是旺秋的翻版，说她是旺秋的骨血，别人丝毫不会怀疑。壁上挂着一副圆规，牵直了我的目光，它缺失了一只脚，显然是朵朵用过的。我正想询问缘由，旺秋告诉我，镇小学有一幅画，画中美女只用独脚跳舞，那不把伢儿教偏了？我说那是跳芭蕾。他反驳我："圆规独脚了画不成圆，人独脚了能跳舞？"

我只好以笑为答。

二

一只红冠公鸡挺着脖子，踱到铺在院坪的篾席边，上面晒着鲦子鱼，是旺秋晒干火焙后，准备给女儿寄去的。旺秋冲过去将红冠公鸡逐开，防止它弄脏鱼。趁他翻晒鱼的空隙，我向邻居家走去。

邻居家是幢楼房，两家院坪相连，没有设置围栏。户主艾洁莲迎出来。五十出头的她，眉目清秀，皮肤如吸足阳光的稻谷色，让人感觉亲近、成熟。艾洁莲九岁的孙女亮哥儿——我纳闷女孩怎么取个男孩名字——蹲在一株杏树下，捡拾落下的成熟杏子。杏树栽在与旺秋院坪连接处，无数根杏枝伸到旺秋这边来了，微风吹过，像无数只手对你招唤。树干属于一家，可枝丫属于两家，杏花开时，香气更是飘进两家室内，谁也约束不住。村里人说艾洁莲不设围栏，就是放任杏枝伸向扈家院坪。

被旺秋驱开的红冠并没有生气——也不懂气恼是怎么回事，调头踱向院坪边，那里长满蓼草与狗尾草，还有几只寻食的母鸡，它轮番踩到它们背上。艾洁莲对这只"多情公子"不屑一顾，只和我聊起旺秋的家事——

旺秋的妻子叫玉枝，发发溺亡后，村里人就劝说旺秋，让玉枝再生育一个，计生部门也允许，况且扈家已是两代单传。旺秋摇头："政府独生子女家庭光荣证都拿了，我还想什么？"只从一户人家领养了朵朵。这女伢有点奇怪，一岁多就爱看杏树开的花。发发溺亡不久，玉枝就得了抑郁症，随后转为精神分裂症，在朵朵三岁那年失踪，已被公安部门宣告死亡，注销了户口。旺秋成为鳏夫至今已二十多年，按当地习俗，被叫作"寡男"，对寡男过的无性爱日子，称为"守男寡"。

"谁愿意抛开热灶烧冷灶？哪家夫妻都指望一篙子撑到头。"艾洁莲说着，眼光免不了朝旺秋家瞭去。

我返回旺秋堂屋不一会儿，艾洁莲筛来两碗热茶，说："我就晓得他冇准备。"她接过亮哥儿提的暖瓶放在桌上，暖瓶外壳绘着两莲花，正好对着我们盛开。我细瞧茶碗里的内容，除了茶叶，还有姜丝、芝麻、绿豆，品一口，香嘴润肠。我再瞅旺秋之前摆的那杯白水，杯口留有一圈污垢。家里缺少主妇打理，就缺少某种味道。

亮哥儿送给我们一小袋杏子，这果实熟透了，呈金黄色，很是养眼。我有意问她，你爸同意把杏子送人吗？她说："爸爸妈妈讲过，扈爷爷可以吃。"

旺秋摸摸孩子脸蛋，从房里拿出一本《中国童话故事精选》，是朵朵为亮哥儿网购、他从镇上领回的。

"哇，好漂亮！谢谢扈爷爷。"看来，孩子期盼已久啦。

艾洁莲嗔怪孙女："就你会给爷爷和朵姑姑添麻烦。"她坐在我对面，双膝并拢，脚踝交叉。这种有礼节且不拘谨的坐姿，是对客人的尊重，也是对自身的约束。因为距离近，我看清她指甲盖很光滑，且透出淡红色泽。

亮哥儿说："我下半年去城里读书，鸟儿落在杏树上，就没有人赶了，会吵得奶奶睡不着。我最恨牛屎八哥，它咬坏杏子，还不讲卫生。奶奶说，杏树是幸运树、幸福树，扈爷爷，你会帮忙赶鸟吗？"

孩子说的也是。鸟族不搞计划繁育，眼下益鸟多起来，害鸟也不少，祸害瓜果和庄稼，让农户有苦难言。

"亮伢，谁叫你插嘴嘛？"艾洁莲向我解释：儿、媳准备把孩子送到县城封闭式小学，说城里教学环境和质量比乡下好，但自己没有表态。旯着我疑惑的眼神，她自嘲起来，"孙女真要去了，我只能天天听鸡叫鸭闹，清扫杏树下的鸟粪，成为守家的活菩萨。"

暖瓶上盛开的莲花，让旺秋捞到缓和气氛的话头："我今天路过几个湖汊，没看到你讲的并头莲。"

艾洁莲一笑："我随便说的，给你一根棒槌，还当针（真）了？"

水乡人知道，并头莲生成几率极低，可遇而不可求。

艾洁莲见我们表兄弟难得见面，便牵上亮哥儿回去了。出大门时，她推开了门上方一扇小窗。那扇窗，显然是为燕子归巢留的通道。

三

> 想姐儿我想得心发慌吔，
> 煮饭忘了滤米汤呐哟。
> 出屋忘了关院门哎，
> 鞋袜冇脱就上床啰嘀。
> ……

　　有人唱起情歌，从落鸭河大堤飘过来，嗓门粗粝，词曲韵味谈不上。但旺秋表情现出异样，显然被掯去了注意力，不等他说出，我随着他走往河堤。听艾洁莲说，每隔几天，旺秋都要上河堤转一次，玉枝当年就是从堤上走失的。

　　落鸭河旧名孤鸭河，传说前清时期有位秀才路过，说孤鸭不吉利，容易联想到孤伶，便改成落鸭。旺秋望向河堤的尽头出神，我正想说玉枝不可能回来了，已无痴守的必要，他突然说："你回城后问问县方志办，落鸭河起初真叫孤鸭河吗？村里单身孤寡人多，是不是与旧河名有关？"

　　旺秋怎么知道有方志办这个部门？我虽然诧异，还是应承了。

　　从河堤往堤内俯视，家家楼房都修有围栏，大门却紧闭着。夹在中间的一栋平房，门倒是撕开一道缝，有位妇女探头望了望，随即又缩进去将门掩住。旺秋对我说，她在陪两位孤寡老人玩小牌。如今，烧柴草的土灶被液化气、电饭煲取代，村庄便少了炊烟。偶尔看到有条黑狗，把鸭子追得"嘎——嘎嘎"乱叫。这些年，乡村羊咩牛哞、鸡鸣猫喵之声少了，村民外出和进城的多了，元宵举办传统舞龙、端午开展赛龙舟活动，也没有多少青壮劳力参与。有些人家的院坪长满杂草，藏得住黄鼠狼。也难见古枫老槐，桃、柿、梨等果树也没栽种几株，近百只麻雀蹲在低压电线上，叽叽啾啾吵着，似乎在埋怨落脚的树木有限。艾洁莲家那株杏树，自然就落入我们视线。不少农田从双季稻改为一季稻，施药、收割，都被无人机、收割机替换。"你以为农民还抱着一捆稻谷，整天满身汗两手泥？那是先前的事，农忙的味道已经远去。"旺秋虽没有叹息，我却感觉得到。

　　走近一座集装箱活动房，我问旺秋怎么回事。他说，国家要修建高速公路，高架桥得从落鸭河跨过，修桥公司老总与村里的枯荷梗是亲戚，委派他在这里看守建筑器材。正说着，枯荷梗叼着一支和天下烟，从房内晃出来。他近六十岁，体型单瘦，倘若遇上大风，保不准会旋往河里。原来是他在唱歌，他对着旺秋喷出一口烟雾，怪怪地说："老户（我敢断定他是当'户'喊的），你莫老用眼睛剜我，我们之间，不存在谁吃谁的窝边草。你也晓得，艾洁莲家的杏树，处在高架桥五十米红线边沿，我那亲戚老总讲，既然挨到红线，就得砍掉。不过嘛，任何事都有协商余地。"

旺秋呸了一口，甩给他一个冷背。

"好好，不扯这事。我劝你莫当资深寡男了，找个女人回来喂喜食，免得村里笑你一人吃饱，全家不饿。"

落鸭河村民口语里，把中老年男性结婚称作"喂喜食（事）"。但枯荷梗最后的话里，明显含有讥诮味道，我回击过去："什么'一人吃饱全家不饿'？我弟有朵朵这个女儿呢。"

"嗬，把别人生的女伢领回家，就成亲生的了？"

这无异于用利爪撕旺秋胸口，血肯定在往他心里流，因为我也感觉到胸部隐隐作痛。旺秋眼中喷出火星，直射对方："老子晓得你撅屁股，就不干好事，闭住你的臭嘴！要不，老子只伸两根指头，就能拐断你那荷梗腰，信不信？"

"要有孙伢叫你爷爷，我就信。"

"你怎么料得到老子亯家没有孙伢？"

突然，我脑海闪电般一亮：难怪旺秋忌讳别人把亯简化为户。

"行不得也咯咯，行不得也咯咯！"两只鹧鸪落在堤内水杉上，甩下一串啼叫。枯荷梗觉得它是冲自己来的，愤愤甩去一粒石子："为你娘叫魂去！"骂完，转向旺秋，"这年头还守男寡，以为有谁为你立贞节坊吗？真是……不和你磨牙巴骨了，我要回去教孙伢做作业。"说完便晃走了。

旺秋脸色铁青，凸起的胸肌不停起伏着，向对方甩去一句："你这苕包①，先要孙伢教你好好说人话！"

"一样谷米养成百样人，这种对鸟儿都不宽容的角色，你与他嗨皮子②做什么？"

"这家伙仗着有儿女有孙子，跩上了天。"

被枯荷梗驱散的一对鹧鸪，又返回水杉上啼叫开了："行不得也咯咯，行不得也咯咯！"

四

从落鸭河大堤回屋，我问旺秋："枯荷梗说的吃'窝边草'，是什么意思？"

"那家伙讲话一口砂糖，一口牛屎。"不知为什么，旺秋岔开了我的问话，"哥，有些繁体字一简化，还真有预兆，比如说，'乡'无'郎'了，'亲'少'见了'。"

"还'爱'无'心'呢。你与艾洁莲的姓，合起来念就是互·爱，这个你怎么不说？"

"你就像池塘里的藕——心眼多。"他"嘿嘿"笑了。

对艾洁莲的事，我当然留有心眼。三十年前她生下儿子后，丈夫不知何种缘故，竟然"倒阳"了，致使她肚子再没隆起过。丈夫十几年前病故，走时交代她：无论近远，你都不要改嫁出门，要像箍桶篾一样箍紧这个家。所以，丈夫在世她差不多守活寡，过世了更是守长寡，近些年，儿、媳外出务工，她当起留守奶奶。于是我劝导旺秋："满堂儿女抵不得半路夫妻，你和洁莲都走到了人生秋天，牵手过日子，没人会讲闲碎话。"

"万一玉枝哪天回来，怎么办？"旺秋望着远处，幽幽地说。

"她早被公安部门注销失踪了，兄弟，你何必苦守呢？"

"她给我报过梦，会回来。"

我只好转口问："你除开血压偏高，身体是不是还有别的毛病？"

"你看老弟有么？"旺秋攥紧拳头，将厚实的胸脯擂得嘭嘭响。

"是害怕洁莲克夫？"

"看你扯到芜湖南京去了。"

"那就是朵朵不同意。"

"女儿以前是反对，但现在同意了。"旺秋怕我不相信，从房间找出一封信，是朵朵月初寄来的，两页信纸，早被他翻阅得褶巴巴。如今年轻人难得写信了，我好奇地看下去——

"……爸：有些事用电话不好讲，不如写信了撒（干脆）。妈妈走了二十多年，您当爹又当妈，把我抚养成人，不是亲生胜似亲生。记得有次我做数学作业，不小心把圆规弄缺了一只脚，您轻轻说了句"独脚画不成圆"，立马冒雨去镇上买来新的，让我完成当晚作业。您到今天都把圆规保存着，原来是让我记住'独脚画不成圆'啊！

"以前我反对您与艾阿姨结合，原因是，牙齿也有咬痛舌头的时候，谁能保证组合家庭没有磕磕碰碰呢？女儿也是担心您受委屈。但是现在我已明白，我没有权利不让您和艾阿姨圆梦。最近我已经和她的儿、媳沟通了，他们也同意你俩走拢来……"

既然女儿不反对了，我便说："只有粑粑粘饭，哪有饭粘粑粑，再婚的事你要主动。"

见旺秋没有吭声，我也不再多说。在落鸭河村子，人们对谁与谁起了纷争不太在意，对谁与谁离异却很关注，对谁与谁在做露水夫妻、野鸳鸯尤为上心。他们痴迷搜捕寡妇新闻，也不放过像旺秋这样的寡男，你只要在河边走了，总认为你打湿了鞋。旺秋也好，艾洁莲也罢，多年来，都在扣紧脚趾头走路，他们明白：人怕肉口钉。

与旺秋难得相会，我不愿以沉默方式打发时光，于是问："洁莲把杏树看成幸运树、幸福树，如今要砍掉，她和你讲过怎么处理吗？"

旺秋沉默了半分钟，摇摇头说："你自己去问她吧。"

我觉察到另有隐情。

<h2 style="text-align:center">五</h2>

旺秋去收拾鲦子鱼时，我瞄见艾洁莲正朝着落鸭河方向，焚烧一叠钱纸、一叠冥币——正是旺秋问过我的两种。眼下没到七月半，但我知道是烧给谁。艾洁莲见我凑过来，便叹了一声说，发发走了二十四年，每年给可怜的孩子送些钱纸，好让他打点大鬼小鬼，在那边少受欺负，早点转世。

"怎么不喊旺秋过来？"

"我是代他烧的，免得勾起他伤心。"她低声回复，眼眶也湿润了，突然问我，"你晓得发发是'踏花生'么？"

我望着她，一脸茫然。

艾洁莲告诉我，当年玉枝分娩时，发发双脚先伸出产道，给产妇造成极大难度，镇里卫生院接生员抓住胎儿双脚，才慢慢拉出产道，前后折腾三个小时，产妇也饱受痛苦，全身衣服无一根干纱。那真叫儿奔生来娘奔死，阴阳只隔一张纸。艾洁莲说，自己是头次看到扈旺秋流泪。

旺秋当年不让玉枝再孕，原来是这个原因。胎儿倒置母腹本属正常，倘若这种正常被意外颠倒，看似"顺"了，却难免灾难性后果！

"哥，问你个事，"艾洁莲盯住我，"我那杏树，刚好处在高架桥红线上，是不是有人使的手脚？再说也没有碍什么事，为什么非要砍掉，容不得一点绿色？"

我愣了一下，说："要看施工单位，能不能做动态化处置。"

艾洁莲一笑："你莫讲深奥了，老百姓听不懂。"她转而谈起杏树。她生儿子那年，旺秋和她老公在各自院坪栽种了一株杏树，旺秋家的不久就枯萎了，只存活她家这株。那时便有人议论，是老天爷不许杏树成双。现在要砍掉树，无疑让她内心焦虑。

　　我问她有什么法子，她说："树好处理，只是，枯荷梗那条牛邋遢（大蚂蟥）缠人。"

　　"你说什么？"我又一脸茫然。

　　艾洁莲只得向我吐露了实情。原来，枯荷梗的老婆前年患上重症肌无力症，由女儿接去照管，他就成了实际上的寡男，缠上过两个寡妇，今年又打艾洁莲的主意。这次趁修高架桥机会，他串通那个亲戚，说只要艾洁莲答应跟他做"露水夫妻"，就可以让杏树依然长在原地，不动一枝一叶。为这事还两次上过艾家门，让人烦心透了。

　　难怪旺秋刚才不回答吃"窝边草"的话。"旺秋晓得这事吗？"我问。

　　"当然晓得。他说只要保住了杏树，我怎么选择，他都能理解。"艾洁莲见我沉默无语，立刻反问我，"你以为我会随便动心么？"

　　"你当然不是那种女人。"我悬起的心顿时放了下来。

　　"咚！"一颗杏子不偏不斜砸在我额头，也砸开艾洁莲的笑容："你会行运咯。"

　　"哪敢同你比？再砸我，也砸不出多大事来。"

　　"哈哈，文化人讲挖苦话不带粗字，还让人甘愿赔笑脸。"

　　盯着熟透的杏子，我记起艾洁莲以前说过一句话——当然是她儿子交代过的：宁可让杏子烂掉，也不准外人摘走。只是不知，儿子是否也将扈伯伯划归到外人行列？

　　"哥，你什么时候再回来看看？"艾洁莲问我。

　　"明年春天，来看你家杏树开花。"

　　她抿嘴笑了笑。

　　旺秋把鲦子鱼收拾进屋。歇息在草丛的鸡们，也凸起肚子踱回笼舍，有只母鸡像是刚生完蛋，不停炫耀："咯咯哒、咯咯咯咯哒。"红冠在旁边高声帮腔："给哥咯——"旺秋一把薅住母鸡："就你爱唱'个个大'高调，老子偏要你吃刀。"不料，红冠扑过来，堵在旺秋腿前，颈毛怒张，嘴里发出抗议。我追上去问干什么，他一笑："我喊洁莲过来，弄个土鸡菜，今晚破例和你喝两杯。"

　　我夺下他手里的鸡和刀，说，让它多生蛋，寄给女儿吃不更好吗？红冠见异性伙伴刀下获救，立即来个华丽转身，兴奋地随它逃开了。

　　"哥，我晓得这些年里，你为什么总在大暑来看我。"

　　我知道他迟早会说出这话，因为发发溺亡那天，就是大暑，我应该踩在这个时间点来宽慰他。

　　"有了朵朵，我算熬过来了。"旺秋反倒宽慰我。又说，"朵朵有慢性气喘，洁莲为她专制的杏子酱，她收到后吃了，说是好多啦。她没有想到艾阿姨一直在牵挂她，还催我把火焙鳑子鱼寄过去。"

望着不到中年便丧子亡妻的他，我心底涌起莫名的隐痛。

六

月亮粑粑跟我走，

我牵伢儿你牵狗。

……

月亮升起来了，落鸭河大堤上，一群十岁左右的孩子念起童谣，不知他们怎么学到的，我看见亮哥儿也在其中。旺秋靠近窗前，静静瞅着、听着。堤上升起几处炊烟，让我好生奇怪，旺秋说，是本镇一些干部和老师，带上老婆、孩子在野炊。此刻，旺秋肯定想起了儿子，要是不溺亡，也会像那些野炊人一样，有欢乐的一家子，发发的孩子（旺秋的孙子），也会夹在孩子堆里念童谣。

为了平缓旺秋情绪，我赶紧关上那扇小窗，童谣声立减了几分。不料他腾起身："你是怕老弟听不得'伢儿'二字么？我已经习惯了，再说，有伢儿嬉闹，我蛮喜欢。"

我重新推开小窗，让童谣继续飘进来。尽管孩子们咬词不够准确，旺秋依然张耳听着：

伢儿伢儿你莫哭，

嘎嘎③家里去吃肉。

吃了肉，快些长，

长大莫把爹娘丢。

不知是童谣的穿透力强，还是被清纯的童音感染，旺秋也轻声念起来，只是嗓音显出苍凉。我记得十岁左右，带他学念的第一首童谣就是这个。前不久，旺秋还要我找县文化馆，求取这首童谣的音碟原版，说是朵朵小时候也念过，她很想在外地再听听。

我回县城后，总感觉旺秋某天会来。果然，三个月后的一天，旺秋来到我家里。亮哥儿已进城读封闭式小学四年级，艾洁莲作为陪读奶奶一同来了，同时也是为避开枯荷梗纠缠。她要陪孙女到小学毕业，才能回家与旺秋一起生活。旺秋是给她祖孙俩送入冬衣物来的。我急忙问起杏树的事，他告诉我，已经将树沿直线后移，依旧栽在两家院坪连接处，让它继续陪伴我们。他还让我看了移植的视频。

我问："眼下村子里没有几个男劳力在家，是请的挖掘机吧？那得支付一大笔费用。"

"我们不在乎这个。"

杏树终于无恙了！这也是我要看的结果。

旺秋掏出一部新款手机——不用问，是女儿给买的。"朵朵昨天打来电话。"他让我听语音通话——

"爸，我出外这些年，虽然每年春节前也回家，但待不了几天，也遇不上艾阿姨家杏树的花期。看到您发的杏树移栽成活的视频，我好喜欢啊！昨天夜里，我竟然梦见杏树开花了，满树玫红色的花苞，亮得好耀眼。更奇怪的是，有几根杏树枝长得好长，竟然伸到我家院坪来了，它还向我招手呢。您以前不是说也梦见过吗？对了，我得告诉您一个喜讯，我已怀孕四个月，明年春天就可以回家休产假，到时就能看到杏花，看杏树枝有没有伸过来，看它向不向我招手。还有，我真希望未来宝宝的脸蛋，长得像远去了的发发哥哥，让您天天都看得到……"

听到朵朵的话从千里之外传来，我心里也涌起感慨。生儿育女，再添孙子，绝不只为赚取有人喊声爹，叫声爷。没有子孙，离世出殡时，棺木上连压丧的孩子都没有，更别指望谁会在清明为你扫墓。旺秋让我看微信，我能领会到他的心情。

旺秋关闭手机，踱往阳台，他似乎自语，又像是对我说："想不到，女儿也做了同样的梦。"停了停，他转身问我，"哥，杏树成活了，枝杈还能生长么？"

"当然能。"我笑着换了话题，"洁莲来县城陪读了，你还得继续守两年男寡咯，这就叫喜事……"我把溜到嘴边的"多磨"收回，何必引起他情绪波动呢？

旺秋没有"嘿嘿"地笑，只是盯住我居住区楼下的绿化带出神。我问："在欣赏香樟、冬青、广如兰那些树呀？"他直摇头。我循着他的目光睃去，原来那里也有一株杏树，在微风里轻轻摇动枝条，只是夹在众多名贵树木中，不太显眼。我搬来这里已年余了，怎么就没注意到它？我甚至带傻气地怀疑：它是否为了吸引旺秋，才突然长出来向他招手呢？再看旺秋时，两行泪水沿着他嘴角滴到地上。那泪，该是含有多种滋味了。

我两眼也随之模糊起来……

注：①苕包：湘北话，形容俗气之人。

②嗨皮子：扯散腔、打口水仗。

③嘎嘎：湘北话，指外婆。

爱的蔚蓝色

一个男人的完整人生，是从他拥有生命中的另一半开始的。

1989年那个冬季，我在工业集镇蒋家嘴打文化工谋生。由于早些年的颠沛流离，加之痴迷于作家梦，导致家庭婚变，心境始终如严冬一般肃杀苍凉。斯时，一个叫"艾兰"的名字刻入了我的记忆，听说她在该镇的县棉纺厂上运转班，离异三年了。可谓和我同"运"相怜！于是有热心人打算在我俩之间牵根红线，那人还戏曰："只要瞧一眼她那头长发，你准会乐意的。"因为有过一段失败的婚姻，她几乎不愿接触任何男性，以至于我终未能够睹其芳容。

恐怕是缘分未到吧？我在遗憾中夹带几分自嘲地想。受伤的灵魂最想回家，精神的故园永远令人神往。因此，对于她的一份情结，始终萦绕心底，孤寂而持久地品味单恋的青橄榄，等待爱情爝火的升起……

等待其实也是幸福的，而人世间的奇迹，有时竟然在你痴守的流光里出现。我与艾兰在经历了各自的心灵磨难和生活困顿之后，终于在1997年的春天相识了！在县城她叔叔家里见面时，她编着一根粗长辫子，垂至腰间；发质乌黑、亮泽，散发出一缕清馨气息，令人心弦震颤。我想：倘若那长发披挂于肩，定是一道奔泻的乌瀑；它是展示女人风姿的旗帜，还必将是愉悦恋人的绕指柔。

那一刻，我曾暗自感叹过：聪明何须如我这般"绝顶"啊！随后，我突然发现：多日阴沉的天空转晴了，现出少见的蔚蓝色。我仿佛觉得有紫燕在面前旋舞，有翠鸟在耳际啁啾，意绪也禁不住勃然欲飞：这蔚蓝色是否象征我们情感生活的起色？

后来我得知：她为了照管读小学高年级的儿子，已请长假回到县城老家，和父母、小弟经营她家祖传的黄豆制品生意，既为生存而忙碌，更为尽做母亲的天职。那时我也在县城，供职于一家镇办企业，与她交往自然频繁起来。借用她前夫家里人的话说："她是个自尊心、好胜心和虚荣心都很强的人。"自尊心对女人是弥足珍贵的，而好胜心又何尝不是好事？在县城东门她低矮狭窄的借居之所，我曾问她对生活的总体感受如何，她说"总之是寄人篱下"。我想，此话恐怕是她自尊心的最佳解释了。她视母子情重于一切，那些年她一直未再恋，是因为怕让孩子心灵蒙受伤害，她对我坦言："是听说你会'爬格子'，有文化素质，我才破例再谈（爱）的。"此话犹如一股春风，拂慰着我受伤多年的心灵。

相处长了，我便借用武汉女作家池莉一篇纪实小说的标题调侃她："《你以为你是谁》？"她笑道："棉纺女工！"口气里不乏自豪、满足。

是啊，"纺织女工"这一产业群体，在共和国轻工业发展史上奉献过四十年，荣耀过四十年，也被社会羡慕过四十年；自进入九十年代以后，她们不得不开始审视、咀嚼生存的艰辛！这或许是本文的题外话了。

相恋相依的时光是明媚而幸福的。更多时间是我抚弄她的长发，吸吮那散发出的清馨气息。当向她询问养发诀窍时，她用一句车间工人的口头禅戏答："吃光用光，身体健康。"可谓达观与无奈共存、感触和沧桑齐在。最后她才如实奉告，是与家庭常年食用黄豆食品有关。我多年后已悟出：那头乌发缘于她父母的恩赐，实在是其本色，绝非任何护发品的功效，再说她那时也消费不起。更多的日子里，我还不忘从她口中获取写作细节与底层新闻。她虽不善舞文，却会弄墨，有时趁工余时间练写毛笔字，那墨迹，颇有几分颜体真韵。那段岁月，我觉得是在采撷整个世界的光明和美好……

1999年9月9日，是个千年一遇的大吉之日，艾兰早已回厂上班。已经被批准加入省作家协会的我，在这天情之所至，给她寄出了一封3000多字的长信。她后来对我讲："你这信要是早两年写，我可能会很激动的。"原来，在我俩相识不久，她曾给我写过一封信，表明了对婚姻家庭的观点，并特别提到要对她的孩子给予关爱。而当时的我，竟未明白她这份做人母、为人妻的心结，也没向她回信，以致成为我心底永久的痛！

那几年，我与艾兰的情感交往虽然没有火红，但绝非灰暗乃至黑色，更多的是蔚蓝这种大众化而又独具个性的颜色。说来也纯属一种巧合吧，我与她唯一的合影照，其底色竟然也是蔚蓝色的！看来，蔚蓝色才是象征洁净、明丽且又高远的色彩。

到了2000年夏季，她因在细纱车间上运转班相当辛劳（为了清洗省时，忍痛把长辫剪成短发了），加上每天都要照管读初中的儿子，同时见我从60多里远的县城赶往她处，也很吃力，便提出分手对双方都有益处。我曾经去过她的车间一次：高温30几度，噪音震耳，纱尘漫扬，非一般人能久待其间的。难怪她说："你一年吃的亏都没我一天的多。"我理解她的处境和心情，加之其他原因，我们的感情交往也就画上了句号。

2001 年 9 月，在《汉寿文艺报》任责任编辑的我，从大量来稿中，发现一篇题名《汉寿话》的散文稿，署名是"汉寿一中高二（？）班小凡"。直觉告诉我：此学生十有七八是艾兰的儿子。看完该稿，发现立意新颖，文笔流畅，文中引用的方言俗语，均能体现汉寿特色且耐人寻味。于是将其编发在"校园文学"版头条位置，也算是对他母子做出的些微补偿吧？出报后，我为小凡寄去了样报和署名信，一是鼓励其写作，二是求证真假。十天后，我收到小凡的回信，他的喜悦与感激洋溢在字里行间，也简要地坦述了我与他母亲的关系，还表露出对母亲孤寂晚年的忧心。

后来（可能是 2004 年吧），艾兰为了供儿子读大学，前往福建长乐市、广东汕尾市的棉纺外企打工，我们虽有过多次电话和手机短信联系，但我一直未将这件小事相告。其间，她给我印象最深的一句叮嘱是："你没事了，可以学会上网嘛。"但直到四年前我才践行她这句话。

与艾兰最后一次联系是 2006 年 10 月 22 日。那天晚上她发给我的短信是："虽是个多变的世界，却存在一份真挚的缘分，不管岁月流转，不管相隔遥远，你是我永远的朋友。"这段话，我至今清晰记得，仿佛就在昨天。

2012 年 1 月，我的一篇民情调查报告，被《人民日报》内参部一位辛姓记者看到后，他专程来到汉寿，请我陪同去蒋家嘴调查环境污染情况。进入棉纺厂后，我特意在艾兰住过的宿舍楼坪前，流连了十多分钟。听说她退休后仍在这里上班，我极想能意外地遇见她，看看她那头乌黑亮泽的发丝，是否染上了岁月的霜色？可惜未能如愿。但见繁花落尽，唯有衰草遍地，朔风吹过，一股莫名的清冷顿时袭上心尖。一位汉寿籍现代文人在怀念友人时说："创后的灵魂是花裹着的伤口，雨后的天空是泪洗过的良心。"恋旧情结，是浸润在一个人骨髓里的东西，这种情结对我而言，是比常人更多几分的；而且此处，毕竟是我来过无数次的旧地啊！天上的明月可以在望朔之间周而复始，而人间的情感一旦错过时机，只能是伴随一生的惆怅……

每个人都拥有爱与被爱的权利，但在很多时候分手又何尝不是一种理智的选择呢？过去了的爱与怨，对与错，经过漫长岁月的沉淀后，全会化为一杯陈酒，供双方去回味。我也愿天下有情人的爱情天宇，都能呈现自己喜爱而诱人的色彩。

　　注：文中艾兰系谐音。

（首发 2007 年 10 月 23 日《常德日报》，此次选编时，内容上有更改和增补）

"珍"文"珠"语，赋我前行

——追忆谢璞老师

　　谢璞老师离开我们、离开他钟爱的文学事业驾鹤西去，已经三年多了。

　　这位为我们留下《珍珠赋》《雀疑》《留在泰山的"鸽子"》《二月兰》《忆怪集》《竹娃》《海哥和"狐狸精"》《小狗狗要当大市长》等大量散文、小说和童话的当代著名作家走了，令我痛心！

　　读到谢老师名篇《珍珠赋》，是在 1972 年 12 月，机会有点偶然。我一个亲戚家的孩子那年读初一，他的语文老师在 11 月底的湖南日报上看到《珍珠赋》后，便用钢板、蜡纸刻写，再油印出来，作为作文教材发给班上学生学习。亲戚的孩子带回家朗读时，被我发现了。那时我对作者谢璞老师虽然还不熟悉，但该篇里"汉寿县有个大队"即我县周文庙公社养殖珍珠最早最多的龙口大队，于我，油然有种亲近感。在那文学作品奇缺年代，我是一口气看完了《珍珠赋》。谢老师以一腔激情收束全篇的话，好多年仍在我脑海回响："洞庭啊，洞庭！在你这里，天上、地面、水下，处处闪耀着珍珠的异彩，你就是镶嵌在我们伟大祖国土地上的一颗大珍珠！""每一颗珍珠，都沐浴着生养万物的雨露阳光，每一颗珍珠，都是洞庭碧波上开放的瑰丽花朵！"如此美文，入选高中语文课本，并被选入《中华人民共和国 50 年文学名作文库》，编者实在是慧眼识"珠"！

　　我初次遇见谢老师是 1974 年 6 月，在汉寿县业余作者里算是有幸的了。那时，常德地区群艺馆在汉寿县文化馆举办曲艺创作学习班，首次邀请谢老师来汉寿讲课。那天上午开讲前，主持学习班事务的县文化馆干部冯生敏作介绍时，只是说"谢璞老师是省里的作家"。谢老师从手腕上解开表链，将手表摆放在讲桌上，成 45 度正对他本人。他右手中指第二节有一层厚茧，那可是常年握笔所致啊。他温和地看着我们，幽默地说："你们冯老师真慷慨，一下就给了我 3 个小时。"让我们这群 20 岁左右、初见专业作家的小青年的紧张情绪一下子散了，都轻松地笑起来。谢老师并没有讲当时盛行的"三突出"创作手法，而是以莫泊桑短篇小说《羊脂球》为题，分析了它的题旨和写作技巧，让我们茅塞顿开。至今想起来还汗颜的是：由于首次听说国外名著，更不知道莫泊桑，加上有时听不懂谢老师的洞口乡音，我竟然把"羊脂球"听成"羊指油"记在本子上。随后，谢老师也讲了酝酿写作《珍珠赋》的过程。次日中午，我和另一名作者找到谢老师住宿处，谈了自己准备写一个短篇小说的素材。他问我："有小情节没有？"（我当时还不明白就是指细节），我回答"没有"。他想了想，又说："要准备充分了再动笔。"愧对老师的是：文学悟性不高的我，一直没能写出那篇小说。

我第一次上省文联谢老师家请教，是 1985 年 10 月。那时我读了他发表于当年 7 月 11 日《文学报》的散文《呼唤》，文中记述救治一只美丽斑鸠、与其同忧共乐的经过，他那种对生灵的博爱情怀叩击着我的心扉。那次我带去散文稿——取材于桃源县翦姓维吾尔族的《第二维乡走笔》。谢老师坐在不大的客厅兼餐厅里，仔细看了我的稿子，说："写常德第二个维吾尔族乡的作品不多，你很会抓题材的；这个'翦'字就比'蒋'字要好，为作品里人物取名字，也得讲究美，注重韵味。"谢老师还语重心长地说，"写散文，不要把一页稿纸写得满满的。"他并非仅指散文这种体裁，更并非是批评作者"节省"稿纸。这句睿智之语，本身便留有"空白"，让我时常回味，并尽力付诸创作实践。现在我想说明的是："翦"字是 600 多年前，明朝洪武皇帝朱元璋钦赐给南方维吾尔族先祖的姓，并非是我所取。谢老师当然知晓这段历史，他的用意在于鼓励我这后生。

谢老师的指教与肯定，坚定了我向文学大刊投寄的信心。当年年底将该篇稿子改毕，便斗胆向中国作协主办的《民族文学》月刊寄出，终于被通知留用，终于经过一年零六个月漫长"留用期"的等待后，在 1987 年第 6 期发表！填补了那之前常德市在该刊上稿的空白。

读到谢老师《留在泰山的"鸽子"》，则到了 1987 年 9 月。该作发表于那年第 8 期《散文》月刊。1990 年春节过后，我再次去长沙看望谢老师，聊起他对泰山日出那一刻的细致观察与独到描述。谢老师说，散文写景也要饱满厚实，而且，一篇作品还得有点新意。

是的，别人在泰山"无字碑"上面摩抚写描，谢老师却勾画了一只无形有神的"鸽子"，为自己所爱的亲人、朋友、日月星辰、飞霞芳草、甘露萤火，留下美好的祝愿，也为这篇美文注入了血脉精魂。

老师的教诲让我悟出了散文写作门道，实在受益终生！

1993 年春季，我第三次去看望谢老师，他正在客厅翻阅一本新收到的散文选集。他说："这部集子好，不是收进了《珍珠赋》我才这么说。"我侧过头去看了，里面有鲁迅、巴金、刘白羽、杨朔等众多现当代名家的代表作。我至今清晰记得，谢老师在首篇《秋夜》的右上角，用钢笔批有"常读常新"四个字。

那年谢老师已当选第七届省政协常委，我也以业余作者身份当选汉寿县政协委员。我向他告知了此事，他问："我参加省政协会怎么没看见你？"我说县级委员没有资格来省里开会，他一笑："履行政协职能都是一样的。"那次长聊中他还说："我都快退休了，还提半级干什么？"而且，这句话他前后说了两次，平静语气里，似乎含有某些感慨。

前几天，我特意托人去老家寻找1987年第8期《散文》，不料已被亲属当作废纸卖掉。惆怅之余，只好要孩子网购了一本《游踪四海》，是2011年1月，百花文艺出版社出版的精美散文集，收入了《留在泰山的"鸽子"》。该集子的内容介绍中说："每一篇文章都优美而浪漫，馨香让人缅怀久久不忘，折射出心灵深处的感悟与思维智慧的闪光。"

如果这也属广告语，我甘愿接受，我想看过该书尤其是谢老师这篇佳作的读者，心里也自然明白。

斯人已逝，风范长存！对谢璞老师唯有绵长的怀念……

（收入湖南少年儿童出版社谢璞纪念文集《永远的珍珠赋》）

"布谷"不倦唱春回

——李世俊散文创作艺术欣赏

　　我从事散文写作多年里，经常翻阅李世俊老师的《江南随笔》。这本精美厚实的散文集，由百花文艺出版社出版，是他从新时期发表的作品中遴选出来的。

　　20世纪50年代末，李老师即在《湖南工人报》发表散文处女作《采访》，之后又不断有新作问世。一开始他就展示出严肃的创作态度和追求独特艺术个性的素质。有篇《车间林带》开头写道："氨的世界烟雾迷蒙。咱们制氨车间周围的小桉树、小叶杨倔强地长大了。这些树苗儿从不迷恋沃土，不奢望清泉，不埋怨处境的艰难，也不乞求谁的扶植，只默默地把根儿扎得深些，即使地下只有硫黄味道的水解渴，也不动摇美化工厂的信念。"读者评价此作"有人情味"，那时，人情味就为他的散文创作奠定了基石。

　　布谷鸟的歌喉有一个圆润的过程。每位作家也有艺术触发的敏感区，科学地发现它，自觉地把握它，是散文写出韵味的重要途径。从80年代起，李老师艺术感受力、表现力日臻成熟，开始从单纯注重散文的写实性跃至追求哲理与诗意。这首先体现在他写改革中小人物群的散文里，如《断了翅膀的鸟》《开拓者的足迹》《蒲公英的歌》等。此类篇章多有一个情节框架，再用朴实、饱蘸感情色彩的文笔，描述这些小人物战胜自我、超越自我，在洞庭湖这片回春的土地上自强不息的历程，他们有如岩缝间拱出的花朵，牛脚窝内冒出的小草。李老师乐意与普通劳动者交往，他对我说过："现代人（包括小人物）的一个重要标志，就是重视自己，完善自己，努力把自己的命运掌握在手里，而不依附他人，也不屈服于环境的压力。"他正是用现代人的思维方式去关照、挖掘题材的，让读者获得一种人生体验和哲理思索。《断了翅膀的鸟》中，作家没有采取"一瞬"的曝光式手法，而是详写残疾青年七儿，为了生存竞争转产五次的故事，最后这样拓开意境："一切在逆境中站起来的都是——强者！"七儿亦非时代的弃儿，改革春潮声不也在"小鸟""小草"们心中回响吗？无论健全者还是残疾人，伟人抑或平民，他们的生命都应是一场壮阔的奔流！

　　李老师在新时期写得最多的要算游记。他的游记是醉翁之意不在山水，而在人物。他将美的中心——人，置于美的画图之中，名胜景物只作一个向导、铺垫和陪衬。1980 年 6 月发表在《人民日报》的《漓江二题》，即是起步。取材于张家界的《夫妻岩遐思》，作家始而同自然界这对夫妻探讨"爱的价值"，继之，思想触须伸向人类社会的至诚之爱。此作表现出人生肃穆，历史嬗递及淡泊名利的永恒感，具有清空淡雅韵味。无疑，这是整体地感受社会生活后的超越之作，它一发表即被收入全国性选本。《行吟阁抒情》从伟人气节的角度探索"人生价值"；取材西湖的《江南随笔》，则是怀着一颗童心，从美学角度感悟人与景的沧桑之变的。这类篇章均从景物说明中跳出来，虚实并举，大写意是"人"，生发出浓浓的人情味儿，远比对一般景观的精雕细绣来得丰蕴，且文笔风趣。作家是用历史和诗这两个元素烛照"人情味"的，这就使他的散文具备了两根石柱：情思和文采。以长江三峡为内容的《山谜》《阿古老爹》，则写出人物命运的轮廓、当地生态、历史沉积物等，显得深沉独特，鲜为人知，且可读性强。游记散文能写得如此厚实，非一日之功！

　　泰戈尔老人曾把散文同诗作过生动对比："诗，像一条小河被两岸夹住，流得曲折，流得美；而散文就像涨大水时的沼泽地，不见边沿，一片散漫，真如汪洋辟阖，仪态万方。"李老师另一类精短篇章，是诗的，也是散文的。《农民文化宫》飘洒的诗情；《湖边》《池畔》溢出的绿意、波光、花影；《在生命的田野上》涌动的布谷鸟的歌声……都没有被诗的"河岸"夹住，他们均在诗的散步中流向沼泽地，自成溪涧，或构成碧潭，或奔泻直下而形成瀑布……

　　李老师还经常撰写一些轻松的文艺随笔，如《半瓣花上说人情》《作家的翅膀》《营养大树下的蘑菇》等等。这类篇章没有一味去搜轶钩沉，却说理诚切，文笔上意趣横生。

　　散文是一种云雾雕塑，云雾之根在作者的赤子情怀。散文作品成熟的标志之一，就是贯注了"真情实感"。这是评论家说滥了的话题，然而要真正付诸创作实践，谈何容易！李老师将来自新生活深处，来自生命旅途不倦跋涉中的歌，唱得如此动人心扉，正是他认识到"人世间的至真至情就是最美的事物"，在笔端贮满感情的圣水。

　　"布谷"不倦唱春回，我祝愿这只湘北水乡的布谷鸟，唱出更多的时代之音！

（曾发表于 1993 年湖南《湘北文艺》）

师德如霖，常润我心

1984 年 8 月，在汉寿县首届沧浪文学笔会期间，县文联请来时任《桃花源》杂志责任编辑的彭其芳老师，给作者们讲授文学写作课。

在彭老师讲完课的当晚，我来到他的安歇处。因 1980 年我就认识他，所以聊得很投味——尽管我俩当时都还未加入民盟组织。他指着桌上的一篇文稿，说："这是我前天写的，能毅你看一看。"

我接过来，是在 5 页 20×15 的标准文稿纸上、用钢笔写的散文，每字一格，绝无贪占现象；行书中带些草体的字迹极其漂亮，页面也相当整洁。标题为《沿溪行》，全文仅 1500 字，是记述他游览张家界景区金鞭溪的。那时的金鞭溪开放不久，极少有写它的文字，彭老师对溪景的描绘细腻独到，语言如山泉般自然流泻，氤氲着一股清纯与空灵之美。我算是先睹为快，当时的感受是：散文的生命就是真实，散文的灵魂贵在发现，这两点，全溶化在这篇作品里啦。

赞赏之余，我问："您往外投寄了吗？""没有，今晚上要重誊一遍。"我顿生激动，因为自己有幸成为此文的第一读者了！随后好奇地问："还要做修改？"他一笑，说："我写东西，都是想好了再动笔，很少有修改；情感一抒写完毕，文章就自然收束了。"那为什么要重誊？莫非想一稿两投？带着迷惑，我说："我替您誊写吧。""不用不用。"他婉谢了我的好意。

那时候没有电脑打印，全靠用手誊写，这可以理解；而他来汉寿讲课，晚上本可以放松的，他却见缝插针，不放过这点休息时间。这令一向慵懒的我，甚是感动，也十分汗颜。

那天晚上，我递上一篇描写汉寿回族白龙舟的散文习作，请彭老师当面赐教。他很细心地看完了，语重心长地说：你这里面有不少类似骈文的句子，看起来很清爽，也比较优美，其实是在刻意雕琢；散文的语言贵在朴实，自然流泻为好，不必过于追求华丽。

"嗯、嗯。"听着他的评点，我唯有频频点头。

　　记得数年之后，当代散文大家碧野推荐彭其芳散文集《桃花源新记》时说："它像湘西的武陵山，拔地而起，葱绿于云烟之间""生活气息扑人，读后感到山泉的清冽，湖水的温甜，泥土的芳香"。再联系彭老师对我的指教，实在是赞同碧野前辈的高见！

　　在我的文学之路尤其是散文写作上，得到过几位恩师的指导，其中就有谢璞、李世俊和彭其芳三位老师。1987 年，我以桃源县枫树维吾尔族乡作背景，写作的散文《第二维乡走笔》，能够发表在中国作协六大期刊之一的《民族文学》上，就受益于谢、彭二位老师的评点。彭老师写作时严谨的态度、缜密的思维，尤其是为人为文的品德，多年来始终影响着我。师高，但我这弟子不强。至于他那晚为什么重誊《沿溪行》，后来我才解开谜底：身为知名作家兼编辑的彭其芳，深知一稿多投的负面影响；他是担心稿子寄出后，万一石沉大海，才备一份存底的。

　　记述彭其芳老师培育作者的文章已经不少，但愿我这篇短文，也聊以表述一下自己对恩师的感念。

留在人生旅程的 "S"

自古以来，这里就流传两句民谣："走进鳊鱼口，老少都想赌。"

鳊鱼口是三县交界处的一个古老集镇，车来船往，商贾云集。但它也如巨鳊张开的血口，不知吞噬过多少嗜赌者的理智与生命？令人望之却步。想不到今天我却来了。

我是来采访这里一家个体文化中心的。因主人知名度不太高，行前，领导再三叮嘱"要对他深挖"，其实这也是我使用了多年的招数。走完曲而窄的青石板街道，临近户主的文化楼时，我的眼光嗖地被一座旋转形楼梯拉过去，它像是有意抛出的一个巨型"S"符号，勾引人们的好奇。它没有围栏护卫，没有色彩涂抹，如同村姑般朴实无华，唯有每级梯阶边沿铆上的铜片，被踩得如同镜面，锃亮照人，招得同来的电视台记者频频扛起摄像机，对准它行"注目礼"。

户主老黄是我初中同学，头顶也似"铜镜"。如果说，脱发与生皱是人类苦难心灵大写意的话，我和他早已刻写在头顶和脸上了。我俩久久对视着，突然，我两肩被他双手钳住。天呀，好痛！他说："早些年我苦苦等你回信，可是你……"

我是没有给他回过信。那时国家还未完全"开放"，他无所适从，便躲在这乡下集镇玩命似的赌，发誓要赢一栋楼房。赌了四年，不仅没有楼房，还因此蹲进了牢房。春前的严寒，几乎扼杀掉一个年轻的生命。而我，却阴差阳错发表了一些作品，步入业余作者行列；为考虑影响，故未与他联系。潇湘几番夜雨，洞庭始现朝霞。后来听说老黄出狱后正值改革开放，他靠长途贩运特种水产品阔起来了，再后来就弃商从文了。也是从那时起，他留给我一个难解的谜团。

回首往事，老黄流露出愧疚。我趁机摊出心底的疑惑："你既然闯出了一条财路，何不继续发大点？"

哪知他把脑袋摇得像拨浪鼓，硬把我下截话扼杀在喉咙口，也不再正视我，上楼梯时，只始终在一侧扶着我。看来，他是不理解我对他的疑惑了。普希金有句名言："追踪特殊人物思想足迹是一门十分引人入胜的学问。"这些年来，他是以怎样的方式，走着人生旅程的？我为什么不能在他生命转折处，给予一下扶持呢？

走完 S 形楼梯，就进入三楼阅览厅了。明亮的墙面挂有一幅装裱精致的书法，内容是："短暂的、带有罪恶的幸福万万不可追求！"这并非伟人名言，而是我们初中毕业时班主任的赠语，想不到，他记得一字不差。

"干桩事情难哪！"老黄坐下来后，从当初开办集镇文化中心因无厚利可图，大小银行都不给贷款聊起，直到此楼竣工，有人愿意出高出常规数倍的租金开设旅馆止。倾谈中，老黄对我说："讲实在的，我也动过心，但见到他们明开旅馆，暗设赌场甚至淫秽场所，我死活不租了。他们见软的无用，便扬言要放我的'苋菜水'（指鲜血）。遗憾的是，那些哥们儿太失信——我身上至今滴'水'不漏！你想想，我年轻时就因为赌，成了社会累赘，还能容许黄、赌、毒危害鳊鱼口的下代人么？"

严峻而不失诙谐的话语，让不苟言笑的我想笑，却笑不出声。浩歌当哭，勇于袒露自己的心灵供人审视，是有志男儿的可贵秉性啊！

这时，二楼传来管乐队演练的声音，老黄告诉我：乐队是自己花费近万元培训的，人员都是本集镇辍学和失业的青年。拿这笔钱去经商，他有本事捞回成倍的利润，够全家人坐享轻裘暖酒的生活；而他选择投入群众文化，明白人都知道无多大的利可图。可他不后悔，只求以文养文，能为本地百姓提供一处文明的文化活动场所，就心满意足了。最后他笑着说："我爱人当年因为饰演'红灯高举闪闪亮'的李铁梅，端上铁饭碗；前几年县剧团裁员，又被裁掉了饭碗。想不到她人到中年，还被我这个体户丈夫安排就业了。"

回头盯着 S 形楼梯，我良久无语。每一种创伤都是一份成熟，输掉过青春和生存价值的人，一旦有了支撑，就会拓展出新生活的途径，尽管它像眼前这 S 形楼梯一般曲折，却是引人向上的。老黄留在人生旅程的，正是这样一个奇特的"S"，一个美的旋律。而自以为生存之路春风得意的我，原来数十载如一日，留下的是屈指可数的文字，是财富的空虚……啊，人世间多苦旅！好在，既然我们还拥有整个生命之秋，可以去耕耘去播种，坚信收获仍会是沉甸甸的。

"子规！子规……"室外天空传来一长串啼鸣，这是洞庭湖区一种叫作杜鹃的鸟儿的叫声，清脆、执着。它是用心、用血、用生命在呼唤吗？

离开鳊鱼口时，我早将领导"要深挖"的叮嘱忘掉，脑海里挥之不去的，总是一座 S 形楼梯。那个奇特而美丽的"S"，我什么时候能再去看看呢？

（首发 1990 年 4 月《常德日报》，原标题为《美的 S 形楼梯》）

龙腾龙阳

月亮粑粑跟我走，
我牵娃儿你牵狗。
娃儿娃儿你莫哭，
走到城里去吃肉。
吃了肉，快快长，
长大好把媳妇儿收。

　　1950 年代末期，时值童年的我，经常听哥哥姐姐们唱这首童谣，那时就想：我长大些了，也要去吃城里的肉。1964 年初秋，我考入汉寿县城一中读初中——学校前身就是龙池书院。我至今记得，入校体检时，自己体重仅 26 公斤，瘦弱得可怜。随着国民经济好转，在学生食堂每周能吃上一餐肉片了，肉虽称不上大块大碗的，也算把嘴里的馋虫压下去了。

　　在个头渐渐长高的同时，我从历史老师口里获知，汉寿这座洞庭湖西滨的县城，西汉时期为索县地，东汉阳嘉三年（134）更名为汉寿，寓意"汉代江山万寿无疆"，那位挥舞青龙偃月刀的关羽，就曾受封"汉寿亭侯"；三国吴赤乌十一年（248），县名改成龙阳，相沿千余年，1912 年恢复旧名汉寿。后来，我窝在学校图书室，查阅到有关县情的记载，竟然与龙息息相关：轩辕曾在县境西港铸鼎，"铸就龙纹镇百川"，奠定其安邦大业；遭流放后的屈原，曾路过县城西十五里处的沧港，他投身汨罗江后，沧港百姓驾起轻舟赶去悼念，由此演变为民间赛龙舟活动，龙舟号子也便代代高亢。唐肃宗乾元二年（759）深秋，李白偕友泛舟，游至县境北部，吟出七绝"洞庭湖西秋月辉，……"，让太白湖名字留在《龙阳县志》里。而县境东部那座青草湖，更是引来了无数诗人吟句，有南北朝阴铿《渡青草湖》、唐朝杜甫《宿青草湖》、宋朝黄庭坚《过洞庭青草湖》、元初唐温如《题龙阳县青草湖》等。唐元和九年（815），已贬为朗州（今常德）司马的刘禹锡，巡察龙阳后，作脍炙人口的《龙阳县歌》；清嘉庆三年（1798），名宦黎学锦捐出万余两白银，与胞弟合建龙池书院，书香自此溢满龙阳。后来，更有地方剧种汉剧高腔，上演着历代龙之腾飞的故事……

一个古老小县，竟然与龙产生如此久远的关联，而且人文底蕴厚重，委实少见！

据《续修龙阳县志》原序一记载："龙阳一邑，其地三山六水，土宜稻麦，泽足鱼蒲，民俗尚耕稼，喜诗书，昔人称为富庶文献国（指县）。"《重修龙阳县志》序记载："洞庭之西，邑曰龙阳，盖泽国也。"

县境古时候属泽国半点不假，但古人为什么取名"龙阳"呢？好多年来我经常这么思索。想过求助地名志专家教授，只能说枉费心机，求人不如求己，我只好钻进相关史料、志书里，寻得一个合理合情解释。《纂修县志原序一》记载："旧志以水知龙形，邑在其南（作者注：南为阳，北为阴。），故曰龙阳。"而《符瑞志》记载则是："吴赤乌十一年，黄龙二现汉寿界，孙氏（孙权）更立一县，以龙现其阳，故名。"两种传说，谁更准确，我们后人无法定论，但古人鉴于县境"水形蜿蜒者多矣"，如同龙行大地，故以龙命名，似乎可以被大范围认同。

县城北面有一条沅水。读初中那几年，我常常在星期日，望着江水由西至东平缓流去，带着几分依恋汇入洞庭湖。正是在这里的一座小码头，汉寿籍巾帼帅孟奇，于1927年5月的一个深夜启程，走向寻求妇女与民族解放的前线。魏巍《年轻人，让你的青春更美丽吧！》里的战斗英雄戴笃伯，也是从这里乘船，奔赴抵御外侮的战场。他们身上，都有龙行天下的血性与胆魄。

县城西郊有座净照寺，始建于东晋，毁于我进入初中的第三年，一个翻卷狂热浪潮的苦夏。所幸，那块刻有"陆军第197师常德会战阵亡将士公墓"的石碑，未被毁坏，也就让我想到1943年龙腾虎跃、与敌寇浴血奋战的英灵们。

县城西郊有个西湖洼，曾出产过明、清两朝贡品"玉臂藕"。这美美的名字，可是明朝万历皇帝朱翊钧亲赐的啊。2012年，我受汉寿县质监局委托，撰写玉臂藕相关资料，申报"国家地理标志保护产品"，使该藕种和汉寿特产甲鱼，同时获得授牌保护。如今，以玉臂藕为龙头的汉寿绿色蔬菜，年产量180万吨，年产值逾20亿元。

再说县境带"龙"字的地名吧，竟达40多处，如村名就有：龙王、龙凤、龙口、龙津、龙虎、正龙、金龙、二龙、五龙、龙潭、龙形、回龙潭、小龙湖、镇龙阁、龙潭桥、龙打吉、龙井湾、回龙庵等。1938年7月，现代作家郁达夫从武汉避难来到汉寿，寓居处就在县城北黄龙街"蔡氏醋铺"，他写的《回忆鲁迅》"序言"末尾，特地注明"廿七年（1938）八月十四日在汉寿"。

近十几年里，汉寿县城以老城区十字街为原点，向南、向西拓展，新县城一年年长大。我登上位于城南的金科·集美郡小区 33 层楼顶，跳入眼底的是：长（沙）石（门）铁路、长（沙）张（家界）高速公路，横贯县境东南；汉（寿）德（常德）大道、汉（寿）安（乡）大道穿越县城；厦（门）长（沙）渝高铁，也将于近年开通。这一条条钢铁长龙和一道道车流，正在引领这座有近 1900 年历史、跨入洞庭湖生态经济区的县城，走进全新时代。近几年，常德市吹响"开放强市、产业立市"进军号，汉寿作为该市东大门，紧跟这一战略，相继引进中联重科、碧桂园、康普药业等 20 余家大型战略性企业，投资落户城南的高新技术产业园区，成为县域经济发展的引擎和产业集聚地，助推着"宜居宜业宜游的大湖强县"建设。

我曾以划龙舟为切入点，写过一首《龙腾龙阳》的歌词：

> 划一桡　血脉就在偾张，
> 吼两声　洞庭也会激荡。
> 先辈挥动击水的桡，
> 划得江河卷巨浪。
> 岁月里，有条巨龙在腾飞，
> 金牛①俯首常探望。
>
> 桡片上　闪耀汉唐月光，
> 号声里　飘荡鱼米芬芳。
> 我们擂响争先的鼓，
> 划起雄风追太阳。
> 大潮中，这条巨龙再腾飞，
> 多少梦想正启航。
>
> 龙阳龙腾，龙腾龙阳，
> 腾出了高速景象。
> 龙腾家乡，家乡龙腾，
> 腾来了盛世春光。

　　"汉"字舒卷楚天风云，"寿"字谱成生命长歌。喜看今朝汉寿84万人民，以实干为舟，以奋斗为桨，实施"强工稳农、活旅靓城"发展战略，形成群龙劲舞的生猛局面，全力推动社会主义现代化新汉寿建设。父老乡亲正驾驭着一条条"长龙"，腾飞在古老而又年青的龙阳大地。

　　家乡，你的明天会更美好！

　　注：①"金牛"：汉寿境内最高峰金牛山。

第四辑 "履"途采珍

跋涉履职长途，
采撷珍贵光影。

第二维乡走笔

　　锦秋时节，我来到仰慕已久的湖南桃源县枫树维吾尔族回族乡。这里遍长着铁干虬枝、叶茂根深的枫树，聚居着四千多维吾尔族同胞。他们有个共同的、沉重而骄傲的姓——翦。据《桃源县志》记载：洪武四年起，维吾尔将军哈勒八士，奉旨率一支伊斯兰教兵马离疆南征；"八士勇武有韬略，屡建战功，太祖嘉之，赐之姓曰翦"。翦八士父子阵亡后，次孙常黎忧于明太祖晚年杀害功臣，自己也"乐常、桃之山水"，遂与部分翦姓军士隐居现在的枫树岗，广种枫树，世代繁衍，号称第二维乡。

　　黄尘飞扬、蹄声震天的翦患岁月远逝了，近代有人揣度，在缺乏漠风磨砺和强烈紫外线照射的绿柳南国，汉族文化习俗已将南维语言服饰同化，那令人迷醉的清风桃花，是否也会将翦氏后裔的勇武和韬略消融？今天，我在这片不见维语花帽、也无骏马驰骋的土地上寻思：六个世纪前血染的"翦"字旌旗在哪里？民族繁衍的精灵在哪里？

　　宿在金鸡村的次日清晨，我被一阵哞哞声惊醒，房东告诉我：是村里的肉牛在叫唤。维吾尔族乡一直恪守不食猪肉、只养耕牛的习俗，前些年草坪被毁，牛群稀见，造成肉源奇缺，｜几家屠宰户长期从外地买进废牛宰卖，难以供应维民所食。去年春天，乡长翦相佑号召维民放手养牛，又在该村筹资办起菜牛场。

　　我走进菜牛场，只见一头头夏洛来肉牛腰肥体壮、毛乖色亮，一中年汉子围着几头正在注射药液的牛焦灼地转。看那长额纹，方下巴，就知是嚼过多年牛肉的南维人。听到我泛泛地赞叹，他惊愕地瞟我一眼，见是生客，便说："不切实吧？你瞧，"他右手五个指头抓住一头牛的肋部轻轻一扎，生怕扎疼它似的，牛肋处立刻凸出一排肋骨。"瘦多了哇！要是无病，满十八个月时的出栏体重，保证头头达到国家五百斤标准。"

　　经人介绍，我才知道，他就是乡长翦相佑。

　　翦乡长如数家珍般向我介绍了牧草品种、肉牛特性及市场行情，说：

“我们维吾尔有句谚语，‘只要有水和土，就能创造出一切’。今天看来，光有水土远远不够！近十几年来，国际市场上对牛肉食品的质量要求很高，由追求肉中含热量转向高蛋白，食品结构要大革命喏。”

我随同他走向牛场左边凹洼处，这儿曾有几株四人合抱的古枫，传说为三世祖常黎亲植，公共食堂那年锯掉烧了；树蔸周围萌发的新枫也被连根盘光。牛场后面供肉牛饮水的池塘，则是明太祖抚恤翦八士公兴建的镇南堂旧址，五十年代初还有砖渣瓦砾；宋太祖御笔题的“镇震南方”巨匾，六十年代中期才毁掉。千古雄杰，已成陈迹，令人欣喜的是，在历史风暴侵蚀过的废墟上，正腾起维乡彩色的希冀与文明。像翦相佑这样有雄谋而无一丝迷惘的维吾尔族公仆，县、区、乡、村都有，他们似新枫挺立在这块湿润肥美的土地，充溢坚韧的力、坦诚的美！这一切似在告慰翦氏远祖：早已舍弃刀箭、连口语里都禁忌杀字的后裔，正以振翼欲飞的气魄，上演一部部南维现代剧。

来到回维村时，喜遇种植专业户翦金桃娶新郎婚礼。我不知道她在辛勤劳作之余，心灵承受了怎样的痛楚才赢来今天的。正午，受主人邀请的维、回、汉族客人同时到齐；他们各带两斤茶油一斤糕饼，或是十斤糯米，供主人炸油香食用。南维厌烦倾送重钞贵疋，尔后拉锯式往来的礼仪，只承领此类经济实惠赠品。这种古朴的消费道德观，摆脱了金钱支配的世俗味，显示出民族间远非钱财可比的情谊。

婚礼仪程进入“念交盘”时，各族客人和观者呼地涌进新房，张耳伸颈听着——

“我愿意跟随木萨（新郎经名）！”维吾尔族新娘语调清晰、爽快。

“我领受阿依舍（新娘经名）的许配！”汉族新郎反而羞涩，脸上像蒙上红布。

短短两句，奇迹般溅起阵阵笑声。接着“撒喜果”，主持婚礼的阿訇将红方桌上三盘花生、板栗、巧克力撒向密得掉不进针的人丛，任他们抓、抢。翦金桃七十三岁的爷爷翦万盛一直咧嘴笑着，对我说：“朱同志，你也抢砂！除哒洋名字糖果，其他都是俺的土产。嘿嘿！”

按维乡传说，婚礼仪程该完了，然而新娘却从横屋里端出一大盘白鲜鲜的东西，交与新郎揣着，自己抓上一满把撒往人群，又抓起一满把抛向四周。

“哟，百合？”“是百合，能作种的。”“贩子出高价，她爷俩都没卖，原来是……哈哈！”新娘不停地撒着、撒着，纯洁如银的百合，春雨般落在徐彩的凸凹式家具上，溅在烂花乔其绒被褥上，洒在人们衣服上，掀起满房不息的嘻声笑浪，维乡空气也染得香喷喷的，秋日阳光也润得甜丝丝的。男女老幼无不俯身急拾，互相争抢那阵势，似要将这栋砖木结构的新屋拱翻。一阵清风拂来，几片枫叶飘进新房，它们也眼红啦，跑下树来凑热闹。

"同志哥，给你！"新娘向我递来两个未开拆的百合苞，约两百来瓣，沉甸甸的！在这些年的奔波生活中，那不凉不热的"师傅"称谓和平庸乏味的礼品交换，曾使我心灵千百次感冒。此刻听着这热烫的话语，目睹手中的象征物，我全身心浸泡在民族空前融和的氛围里，久久地、久久地。

仪程完毕，我发现翦万盛眼湿了。万元户家庭的长者啊，你想起了逝去的惨淡年代吗？这里有首民谣："维民苦，维民苦，维民处处逗人古（被人欺侮）。"你想到了新时代维汉间的趣闻吗？回维村主动匀出抗旱清泉给庄家桥村；黎家坡汉族慷慨献出两百亩山地，让维乡栽上杉、梓、枫树，办起林场；今天来客中汉族占了一半，而新郎竟是庄家桥人呢！当我也道明出身回汉融合的家庭后，新娘细眉一扬："过去我们只讲回维是一家，现在应该叫汉、回、维是一家了。"

在枫树乡林场至沅水大堤的新枫林带大道上，我再次见到了桃源农校学生翦凝强。他出身于维乡一个阿訇世家，对伊斯兰教做过研究。一年前我在常德市清真古寺体验伊斯兰教生活时，与这个身材修长、谈吐文雅的当代型青年长谈过。他整个中学时代在城市度过，但并没改变家乡口音。见到我后，他用一片枫叶夹在正看的书里，兴致勃勃告诉我：最后段考成绩名列前茅，今年通读了《马克思主义哲学基本原理》，弄齐了三十本《古兰经》和《蔷薇园》。"目前正啃它，"他拍拍手上的《养牛学》，俏皮地说，"可没红烧牛排香嫩可口哟。"我翻开那书，只见页里行间批满娟秀小字。

与他踱往沅江那端，谈奶牛品种，产业结构；论维史宗教，文学浪潮。他知识的深度和广度令我惊讶，我想起《蔷薇园》里一句话："旅人没有常识等于鸟儿没有羽翼。"想必他早已深谙此理。谈及当今关系学时，他徒然面露惺色："那些真讨厌！我不想依赖谁，只靠本事生活。"

去年他曾向我倾吐过隐私：在湘陵奶牛乳品公司任职的叔父要他毕业后去那儿工作；中国伊斯兰教经学院明春来江南招生，他预考也没问题。我提起这两件事时，他爽快地说，今年没参加入院考，往后也不想去什么全民单位，倒要扎入南维，先要求本乡试办一个奶牛场，积累一定经验和资产后，扩建成乳制品公司，产品打入都市，为改善全民族的食物构成做点开路的事。"另外，"他又向我泄密，"想杂交繁育一两种肉牛品种，填补江南的空白。"

这岂止是一个维吾尔族朋友向我娓娓谈吐？这是一个腾飞民族向时代坦露心迹！

无意中他瞥见我带的一本书，惊喜地喊起来："《爱之路》？！我到处没买到，借我看看好吗？"见我点过头，便笑了，露出整洁的白牙。呵！他把古老宗教与当代文化兼收，他渴求民族腾飞的才智，同时却在幽深的伊斯兰长廊寻觅。和谐吗？我记起他写的两句诗："我寻找人生的一方绿洲，我的心坛供有自己的神灵。"人们啊，不要惊异南维之子越轨的思想和生活，细细琢磨，不正有启人深思之处么？

我驻足四眺，脚下玩水凝碧，鲸舟吼浪；远方武陵含黛，逶迤如腾。我将相机对准小翦，他忙说回枫林去拍。他离不开红枫背景！小翦今天异常兴奋，原来昨晚校团委通知他：从今天起就过团组织生活了。还应翦乡长邀请，今晚给乡农民业校首次上牧医课。我眼前一亮：他胸前崭新的团徽放出一缕红光，她比染血的"翦"字战旗光艳无数倍！

维乡流碧，枫坪裹霞。我上溯在抽水机埠至翦八士墓碑的小径，盘桓于专业户通乡政府的大道，都能听、看到凝重雄沉的翦字。那是袒露南维远祖强悍气息的字眼，那是南维后裔拥有高翔羽翼的象征；那上面容纳了一部铁血与苦水交织的史诗，那上面长存着一个迁徙民族弓箭般的魂灵！它不正是我苦苦寻觅的精灵么？那一面面"翦"字战旗不已化为似烈焰腾空的枫叶，皴染维乡如火的今天与明天么？

奋翼冲天吧南维，锦绣远景就在你们前进的羽翼下！

注：文中人物均系化名。

（首发 1987 年第 6 期北京《民族文学》）

与翦伯赞神交的日子

　　自 20 世纪 80 年代中期起，我就致力于文史资料的搜集和写作。1992 年 10 月，我以农民作者身份，当选汉寿县政协委员至今，更是将其视为履行职能的重要使命。

　　1991 年 9 月，我自费"百里走单骑"（骑自行车），两次去中国著名历史学家、第一届全国政协委员翦伯赞的故园——桃源县枫树乡采访。由于当时被采访者都忙于上班，又见我面孔陌生，只匆匆提供了一些史料梗概，缺少独特感人的故事情节和有血有肉的生活细节。而这点恰恰是政协史料需要的：只有独特感人而又具体生动的记述，才会再现那个真实存在的"过去"，才能体现史料的"三亲"性和厚重感。

　　为达到这个目的，那年 10 月我第三次去桃源，找到时任枫树维吾尔族回族乡乡长的翦象友。1956 年 5 月翦伯赞奉命回老家视察，走进儿时读书的翦家岗小学堂时，小（翦）象友就坐在翦老坐过的位子上，当场被翦老戏称为"你是我的校友呢"！并与这个同辈分的"小弟弟"拉家常（翦氏族谱自 16 世始，辈分依次为：山、体、恒、敦、万、象、凝、英；翦伯赞系 21 世孙，族谱上名翦象时）。此次，翦象友向我提供了一个重要情节：1966 年 8 月，翦象友串联去北京，趁空看望已身处逆境的翦伯赞。翦伯赞还向他聊起自己与史学家郭沫若感情交往中的往事。

　　结束对翦象友的采访，我又赶往桃源县农校，再次找到翦伯赞的堂弟翦象阳老师。也许为我的诚心所动，翦老师亦提供了两个独特的细节。

　　这些情节和细节，此前的任何资料和文献中绝无记载，如果不是出自翦伯赞的直接亲属之口，不是出自与他促膝交谈过的亲历者之口，局外人是无法知道的，也不可能想象、推理得出来。它是文史资料的"骨骼"和"血肉"，有它，史料就有了支撑，就鲜活了。我把这些情节和细节视为珍宝，原汁原味地记录在采访本中。

　　为使史料更为真实和翔实，那年 11—12 月，我又两次前往长沙市长郡中学，寻访到翦伯赞侄子、退休教师翦天予老人，向他搜集、核实翦伯赞的资料，并获知了翦伯赞次子、全国政协常委、原中国农工党中央副主席翦天聪教授的联系方式。第一次与翦天聪通信时，他因与我素不相识，不愿提供其父的资料。我第二次去信时，特意寄去了从桃源县翦氏族谱上复印下来的有关照片。他看到几十年未见的曾祖父母、祖父母们遗像后，激动不已，亦为我的诚切感动，欣然寄来我所需求的资料。通过努力获取"亲闻"的第一手史料，为后来写作翦伯赞的系列文史稿件打下厚实的基础。随着时间的推移，搜集史料的增多，翦伯赞先生清癯的形象经常出现在我梦境里。那是一位何等亲善、可敬的长者呀！我进入一种与他神交的境界，这是难得的写作佳境。

为我提供翦伯赞史料的前辈中，很多人已经作古。在感念他们的同时，也体味到：历史人物和事件是无法复制的，文史资料带有抢救性质，如不及时去找、去挖、去抢救，它就一去不复返了，造成永远的损失和遗憾！

后来，我相继写出翦伯赞系列文史作品《"雄才今日识秦皇"》（人民出版社《人物》1992年第2期）、《建国后的郭翦之交》（"人民政协报"2003年1月9日）、《历史的天空，回荡的湘音——毛泽东与湘籍史学家翦伯赞》及中篇纪实文学《翦伯赞故园行》。这些篇什受到读者好评，也有外地政协领导、文史研究专家来电来信，给予我赞许和鼓励。2003年、2014年，常德市政协先后两次聘请我为"文史资料征集研究员"。

难忘搜集翦伯赞史料的苦乐时光，也感恩文史写作的心路磨砺。是它，开启了我的心智，提升了我的品格，亮丽了我的履职生涯！

（首发2009年6月21日《湘声报》，获当年湖南省政协"辉煌60年·我与人民政协"征文一等奖）

我吃过一顿"嘻餐"

　　有次进行乡情调查，我吃过一顿特殊的午餐。现在回味起来，仍觉颇有意趣；更为重要的是，它亮丽了我的履职议政生涯。

　　1995 年 2 月，为撰写一份反映农业和农民问题的协商发言稿，我沉到乡下收集鲜活素材。此间遇到岩汪湖镇红菱湖村村民张某，他头一句话就是："我正要找你这支大笔。"原来，该村上年从县内某种子公司购进"仙优桂九九"晚稻种，当年 350 亩面积减产 7 万公斤，少数丘块绝收；村民以假种为由要求赔偿损失，种子公司否认是假种，拒绝赔偿。老张是重损户，请我向省电视台"焦点 95"投诉。

　　为了弄清真相，我来到老张家里。他兴奋地告诉妻子："朱委员是专写农村事情的作家，俺这回找到救星啦。"我急忙解释："政协委员也是普通人，没有特权，对我更不要抱太高期望。"

　　老张拿出一捆稻穗标本给我瞧，果真抽穗不齐，多数含在苞内；谷粒少，空壳率高——与县农业局的介绍极吻合。这是那家种子公司未弄清该品种生长特征和纯度，且忽视了植种地广西与湘北的温差而盲目引进的后果，不能片面性归咎为假种。我向老张陈述了以上见解，他说："不管官僚兵僚，只请你反映上去。"老张妻子也插言："俺 7 亩田减收了 3000 斤，白白忙了一年！"随后就是以泪代诉。

　　"妈妈，饭烧煳了！"厨房里传来她女儿的叫唤声，她才慌忙离开。

　　此前我已得知，当年像该村该户的遭遇，全县有 2 万亩。我的泪直往心里流……

　　与老张的前期对话较为困难，吃午饭时，他抱歉地说："今天请你吃一餐嘻而泛之的饮食——饭煮煳锅了，又冇（没）得荤菜。"原来张妻只顾哭诉，未及时进厨房去过滤米汤，一锅米饭成了"鸭儿粥"。

　　"只怪去年插的那鬼品种，多加一点水就糊汤了！"女人习惯用牢骚话掩盖尴尬场面。

"做事要讲究火候，莫过了度。"老张告诫她。

"讲究火候，不能过度。讲得好哇！"我附和了一声。他好像听出我的话外音，笑了笑，显得有些不自然。

张家来了客，又烧煳了饭，邻近的孩子、妇女围在门口瞧稀奇，室内光线陡然暗了。老张呵斥起来："都死（走）开！"我见他很顾面子，故意激上一句："就让他们看嘛。""唉，影响不好，外人以为我家里出了什么丑事。"

我边吃"嘻餐"，边开导他说，舆论监督也能调解部分矛盾，但无法根治症结；何况有的问题很复杂，不能凭冲动行事，必须依靠执政部门依法处理才能解决。

那顿午餐虽吃得"嘻"，但我俩后期谈话很成功，终于达成协议：他们暂不投诉，也不上县闹事；我负责向县有关部门反映受损详情和村民呼声，尽快反馈信息。

回县后，我以红菱湖之行为素材，写成《为发展农村经济提供优质服务》的协商材料，在县政协四届四次全会上作典型发言，得到与会的县委负责人当场答复："立即整顿种子部门的经营作风，令该种子公司对受损农户酌情赔偿；各涉农部门要以这件事例为教训，为农民兄弟做好服务工作。"

县政协全会后，老张来信说："政协伟（委）员敢于讲真话、办实事，我现在信服了。"信末，还特意提到请我原谅吃"嘻餐"的事。我回信理解了他的心情，也特意指出"伟员"之误："是委任的委，不是伟大的伟。"

当年底，我就此事写出《农村政协委员要心系"农"字》，在常德市政协新时期人民政协理论研讨会征文中，被评为入选论文。

如何履行政协职能，千人有千种答案。地方政协委员并非都有动人的故事，但只要在某个切入点上做出了"含金量"，也就无悔履职人生。多年来，我觉得当委员贵在有参与意识，这是生命的灵魂；在具体运作中，则应依托自身胆识、潜能、优势和人格力量，去协调关系，维系大局，进行监督。这些，又是以对国家和人民事业的挚爱作前提的。

（首发1997年7月1日《湘声报》，原标题为《万家忧乐系心头》。获当年湖南省政协办公厅97红颜宝杯·我当委员征文唯一的一等奖）

昨夜有双星辉映

——翦伯赞与郭沫若的交往

20 世纪 60 年代初，翦伯赞在北大历史系授课时，对学生讲过这样一件事：他在日本发表的一篇论文里，考证一个甲骨文是"房"字，而郭沫若考证为"瓜"字。勇于认错的翦老接着说："郭老的'瓜'真厉害，一下就砸坏了我的'房'。"

这句风趣坦诚的话，从一个侧面反映出新中国两位史学泰斗年深日久的挚情。

结缘重庆时

1940 年 2 月，郭沫若与辗转来到重庆的翦伯赞结识了。有缘千里来相会，说与其这是一对神交已久的知己在风雷激荡年代最愉快的邂逅，还不如说，是两位卓越的无产阶级文化战士在人生长途中，真诚而有趣的合作的开始。从此，我国马克思主义新史学领域的两名开拓者，似两颗交相辉映的晨星，大放异彩！

1941 年皖南事变后，国统区党领导的进步文化界难以开展活动了。为保护干部、迎接新的斗争，我党指示郭沫若同志和进步文化人士"勤业、勤学、勤交友"。讲学，成为当时一种重要的学习和斗争方式，也成了缔结郭、翦友谊的纽带。1942 年 2 月，翦伯赞到郭沫若主持的文化工作委员会作过讲演后，郭沫若高度评价他："日前莅城讲学，穷搜博览，析缕规宏，听者无不佩赞，诚为我辈壮气不小也。"是年 7 月 14 日至 30 日短短半个月内，郭沫若三次专函与翦伯赞："极盼我兄能来会讲学""此间的同志们依然希望您早来，其诚比太阳还要热烈""立秋后尚不进城，在候兄来也"。诚挚之情，委实感天动地。

那时郭沫若还兼任《中原》杂志主编，一直为翦伯赞提供讲学、发表文章的阵地。同时，翦伯赞也为郭沫若准备创作的宋末抗元题材的《钓鱼城》

剧本热情提出修改意见，并提供《宋史·忠义传》等资料，令郭沫若欣喜不已："奉读大札，不啻获得十万雄师，感激感激。"

遵照指示，郭沫若发表《屈原》《虎符》等6部历史名剧。此间，翦伯赞亦开始运用马克思主义史学观，撰著100多万字的《中国史纲》。1942年11月，郭沫若复信翦伯赞：

伯赞吾兄：

十七日信奉到，读后甚感兴奋。

您的《中国史纲》（第一卷）将要脱稿，这断然是一九四二年的一大事件，为兄贺，亦为同仁贺。我们极欢迎您写好后到赖家桥来为我们朗读，请您一定来。我暂不进城，决定在这儿等您。来时请同嫂氏一道来，朗读完毕之后，或者可同进城看《虎符》也。……我现在略略伤风，更加渴望您用《史纲》来疗治。专复顺颂

撰安。嫂夫人均此。

弟　郭沫若顿首　十一、十九

未隔两年，他又向翦伯赞致辞："大著《史纲》二部已成，敬贺。"

翦伯赞那时还著有《桃花扇底看南朝》《论西晋的豪门政治》《两宋时代汉奸及傀儡组织》等近百篇论文。他俩还相继打出为曹操平反的旗帜，在山城和国统区文化界震惊不小。

他们不仅为对方新著问世呐喊、欣喜，还互为文稿提供建设性意见和资料。1942年12月5日，郭沫若对翦伯赞说："我的《孔雀胆》剧本之所以能够完成，事实您是一位助产者。经过了好几番的润色，算勉（强）编成了定稿。您说您愿意以历史家的立场来说一番话，我极希望您能够即早执笔。"果然，12月31日，重庆《新华日报》发表了翦伯赞的著名评论《关于〈孔雀胆〉》。他在文中以幽默笔调写道："在今年夏天，当寒暑表升到九十度（华氏温度计，编者注）以上的时候，我接到沫若先生的来信，他告诉我，他'将在这火热的天气中，写一部火热的剧本'。而我在当时，却正在研究冰河时代的中国史。"1944年2月8日，郭沫若欲撰《甲申三百年祭》，曾为寻明末人物李信的史料求教于翦："兄谅知之甚悉……乞示知一二。"照样得到翦伯赞鼎力相助。

作为诗人的郭沫若，同样向翦伯赞赠过诗作。1945年冬，毛泽东主席《沁园春·雪》盛传重庆，郭沫若步《雪》韵作词二首，随后还将毛主席的词和自己的和韵之作抄赠翦伯赞，也算了却先年中秋节没有送诗与他的遗

憾。

原来，那次女作家白薇去看翦伯赞前，要求郭沫若送首诗与翦；郭抱歉而诙谐地说："我没有诗，'诗'是有，是现在手里吃的螺蛳，俯拾即是，其味无穷。"

1948年11月底，郭沫若、翦伯赞、许广平、茅盾等爱国人士奉党中央命，从香港抵安东省（大连），尔后郭北赴沈阳，翦南渡渤海去石家庄，参加新政协筹备工作。12月4日分别前夕，郭赋《送别伯赞兄》一首，道出依依难舍情怀：

> 又是别中别，转觉更依依。
> 中原树桃李，木铎振旌旗。
> 瞬见干戈定，还看椎钰挥。
> 天涯原咫尺，北砚共良时。

情延建国后

新中国诞生了，革命征途的风雨使翦伯赞两鬓披霜，额纹横生。

在新时代的春光里，翦、郭友谊的触须已伸展到生活细节方面，查阅1951年4月郭给翦的复信，即为一证——

翦伯老：

转来各信均阅读。您如有暇，随时请来，当敬备辣椒招待。

郭沫若　四、二十五

湖南籍的翦老喜食辣椒。1986年，他的次子翦天聪回给笔者的一次通信中说："家父每次吃饭，离不开家乡湖南一种小朝天辣椒佐餐，吃荤尤其少不得放辣。因此母亲做菜时偏重于辣。"这种日常嗜好，想不到也被郭老关注到啦。这里没有客套话语，无须华丽辞藻，唯有淳朴、绵长的战友情谊！

1952年春，担任中国科学院院长的郭老虽事务繁忙，仍然抽空拿起长锋羊毫笔，应约为翦老病故三载的老父题写碑铭，横额为：数学专家；竖条为：翦奎午之墓；落款为：沫若敬挽。盯着白色宣纸上熟悉而独特的郭体字，翦老良久无语，唯任清泪长流：既为父灵致哀，更为友情感动。碑铭字托交当时从中央民族学院毕业回乡的翦必成、翦万友，带回桃源县翦家岗，交给翦的亲属了。50年代中期，翦老赠送橡木古椅与郭老，致使他"谢甚谢甚"不已。在 50 年代至 60 年代初期，郭老很多次出国访问前后，都要亲临北大燕东园 28 号翦舍，与翦老叙谈；逢就餐时，郭老上桌喊声"吃"，就动筷子了，选合适胃口的菜一个劲地吃，且先吃先放碗，像在自家一样随和。

1962 年的一天，郭老去北大作在福建发现郑成功铸造钱币的报告。翦老主持大会，他高举厚厚两本用毛笔写的笔记介绍："这是郭老研究郑成功经济政策抄录的史料。"要求学生学习郭老的勤奋精神。郭老是偕夫人于立群去的，翦老还特别介绍了于立群同志，使师生们明白了翦伯老之意：他是借此机会为郭老辟谣。

郭老赠翦老的诗作亦频繁了。1955 年 11 月 27 日，郭老率中国学术代表团访日。归国前，因预定的乘轮迟到一日，郭与翦由下关偕游温泉胜地别府，当晚宿在白云山庄，翌晨离开时，翦老口吟"黄鹤一去不复返，白云千载空悠悠"古诗，依依之意难以言喻。12 月 26 日归国途中，郭老赋《与伯赞同游别府》《访日书怀》《题春帆楼》三首于力牙兹克号海舟中，以自来水笔书赠翦老。其中《访日书怀》曰：

> 战后频传友好歌，北京声浪倒银河。
> 海山云雾崇朝集，市井霓虹入夜多。
> 怀旧幸坚交似石，逢人但见笑生窝。
> 此来收获将何有？永不愿操同室戈。

此诗已被日中友协刻碑，立于福冈市金印公园内，作为中日友好的象征。归国后，郭老又将《同游别府》用墨书竖条幅赠予翦老：

> 仿佛但丁来，血池水在开。
> 奇名惊地狱，胜境擅蓬莱。
> 一浴宵增暖，三巡春满怀。
> 白云千载意，黄鹤为低徊。

结句巧妙照应了翦老吟古诗的依恋情怀。

1963 年春节，郭老偕夫人于立群到翦老家拜年，发现客厅北壁西半部挂有齐白石《玉兰》画，东半部却空着。郭老指着墙壁高兴地说："我给您写首词，把这里补起来。"于是当场挥毫写下："沧海横流，方显出英雄本色……"落款为："书近作《满江红》一阕，为伯赞老兄补壁。"原来这首词已在是年元旦《光明日报》发表。

143

是年 3 月，翦老与郭老应广西史学会之邀，参加了该会成立大会。会后游览南宁、桂林、兴安的灵渠等地，翦老喜作《游灵渠》：

> 一统中原迈禹汤，雄才千古说秦皇。
> 帆樯北转湖湘粟，楼橹南通岭海航。
> 死去三君真典范，飞来一石太荒唐。
> 灵渠好似银河水，流到人间灌稻粱。

翦老还续作《桂林纪游》等 4 首，于 4 月 2 日抄赠郭老。郭老立即给予赞赏、润色："诗很好。'雄才千古说秦皇'句，建议改为'雄才今日识秦皇'，因为古来都是骂秦始皇的，由毛主席的《沁园春·雪》才把他肯定了。这样说，也和老兄的'不到灵渠岸，无由识始皇'扣合起来了。如何？请酌。'好似'似可改为'胜似'，'流到'似可改为'流入'。"无疑，在评价秦始皇的基本态度和方法一致前提下，他们的情谊愈加深挚了。

弥足珍贵的是：新时代里翦、郭友谊的深化，为他们毕生为之奋斗的马克思主义新史学研究，创造出一个良好心境；共同的意趣和追求，又拓展着这种高尚的战友情谊。她清纯如碧空，甜美赛甘泉，丝毫没有积淀党同伐异和功名利禄等杂质。解放初期，他俩和范文澜等同志筹建了中国史学会，把大批历史学家团结在党的周围，取得史学研究和史料编纂的巨大成绩。1959 年 3 月，郭老以"答《新观察》编辑部问"的形式，发表《关于目前历史研究中的几个问题》，批判主观主义、教条主义、虚无主义及浮夸浮躁风。翦老紧跟着在《新观察》《红旗》杂志发表《关于打破王朝体系问题》《目前历史教学中的几个问题》等多篇论文，支持郭老的正确主张，阐述自己意见，体现出他所持的"在真理问题上不能让步"的思想态度和治学主张。

1960 年 1 月 10 日，郭老写出《武则天》剧本初稿，后来正是根据翦老指点和其他同志意见才"修改定稿"的。更令史学界难以忘怀的是：1961 年 2 月 5 日至 3 月 23 日不到 50 天内，郭老就翦老的《历史问题论丛》书稿，四次复信，三次题签，两次建议改题。试举 2 月 8 日郭信为例——

翦伯老：

您的《文史选集》（指《论丛》曾拟用题名）的命题，同志们看了，觉得有类似选辑前人文章和史料的意思。可否改为《史文论选》？请斟酌。另外，我写了一个题签，以备采用。

敬礼！

郭沫若 一九六一年二月八日

双星一夙愿

毋庸讳言，翦、郭之间对某些学术问题也有过见解上的分歧，甚至打过"笔墨官司"。比如在奴隶社会和封建社会的分期问题上，郭老主张春秋战国之交的观点，即战国封建说。翦老历来坚持西周封建说。他为了利于百家争鸣，还将这一观点亲自执笔写进高校教材《中国史纲要》第一册，但他们丝毫未因此影响交情。

"文化大革命"前夕一个寒冷的冬日，翦老处境已十分困难，他仍对来访的《新建设》杂志编辑说："我总希望史学界能在党的领导下团结起来，在毛泽东思想指导下写出几部好的中国历史，而不要搞得剑拔弩张，以致不敢写文章。"

这段话，恐怕就是翦老、郭老终生的夙愿吧。

在近30年的交往中，郭老对翦老是关心、尊重的，把他引为同志和诤友，对他在史学研究上的成就给予极高评价。翦老对郭老也始终是敬佩、拥戴的，认作严师和挚友，成为互尊互爱互助的楷模。

本文承蒙翦伯赞次子、原全国政协常委翦天聪教授（已故），翦伯赞侄子、长沙市长郡中学退休教师翦天予，翦伯赞堂弟、湖南桃源县农校退休教师翦象阳，桃源县委统战部退休干部马志亮先生提供史料。

行侠扬善天亦容

2005 年，汉寿县政协编辑一本本土名人故事选，约我撰写一位武术师：他与武林大师杜心武有过交往、在香港某部武侠小说中也留有名字；他行侠扬善的故事，过去一直在湘西北和湘赣边界流传，20 世纪 60 年代中期，他所属村子的群众借其大名，吓退了一群前去闹事者，制止了一起民间械斗事件。过去只要提起他，恶匪歹徒闻风丧胆，地方百姓则交口赞誉。他就是汉寿民间武术师王善容。

峨眉习武功，长沙战高手

1914 年 9 月 27 日，王善容出生于汉寿县周文庙乡龙凤村一户贫苦人家。17 岁时在常德隽新中学读书，一个偶然机会，结识了从峨眉后山下来的刘法师，便在课余跟其习武。一个月后，刘法师觉得这娃儿善学勤问，而且骨头硬，气感好，是棵武术苗子，于是把他带回峨眉后山碧云洞习武。此时王善容才得知刘师父与杜心武是同门师兄弟，年已 80 岁，接近"闭关"（不收徒弟）年头。

蚌里蕴含了沙粒，化为珍珠的日子就可期待了。王善容铭记刘师父"讲究功德修养"的授意，始练释家功，继学腾空跳跃功。随后又向大师兄、湘西苗族人孟泰山学练峨眉佛教密宗武功。最后在一丈多高、高矮不齐的 49 根梅花桩上，苦练各种拳术和十八般兵器。王善容练轻功的过程更令局外人惊奇。碧云洞寺前有一口井，孟师兄在井内放置木板，浮于水面，再让王善容立在木板上。练上一段日子后，汲半桶水提上来，最后汲满两桶水提上来，一直练到脚上布鞋不沾水才为成功。5 年时间，他对峨眉派拳术、兵器门门娴熟，样样精通，飞身可越墙，跑步能逮狗，武功完全到家了。

刘师父以前有个徒弟叫李清风，已下山多年。有年夏天，李清风和徒弟柳森严在长沙歇场坪打擂，打败了北派武林高手——湖南国粹武术馆馆长顾汝章俩师徒。刘师父得知后，为防备李继续恃强闹事，同时也为了检验王善容的武功，便派他和孟泰山赶去长沙，带李清风回山。李当时已是武林高手，王善容与他交锋了几个回合，便将他制服，迫使他承诺不再惹事生非。王善容此举，受到声名赫赫的武术家万籁声的称道。

凉泉毁嗓音，秀山除凶"鬼"

王善容练功之余，还得到后房舂米劈柴，出山洞拾柴提水，在极度清贫与苦练中，度过了五年光阴。1936 年古历 5 月底的一天，王善容被正在坐禅的刘师父叫去。当他准备向师父叩拜时，突然"嗖、嗖"两声脆响，两把小刀直冲他头部飞来，王善容纵身一跃，腾空接住了那两把刀子。好险哪！刘师父点了点头，说："你的功夫练得还算可以，不过，你的尘缘未了，还是先下山去吧；如果你 60 岁不死，可以再回到山上来。"王善容明白：师父是允许自己先回去续王家的香火。

为让师父检验自己的功夫，王善容与孟泰山及另一名师弟，各自负重160 市斤，看谁先爬上峨眉山顶。结果王善容争了第一，当然全身已经大汗淋漓，干渴难耐。在山顶他看见一眼清泉，捧起冰凉的泉水喝了个痛快，不料当时喉咙就开始嘶哑。原来，冰凉的山泉与体内高温形成剧烈反差，使嗓音变坏，在一段时间里难以恢复，使得他后悔莫及。离山前，师父叮嘱他："习武者宜束身自爱，见义勇为；若恃强任性，把武技转为作恶工具，必受其害。"王善容发声已很困难，只得以频频点头来回答师父叮嘱。

王善容从峨眉后山下来后，来到四川境内秀山县拜访师弟。因大雨阻隔，只好在路旁破庙里躲避。大殿旁放着一口棺材，阴森可怕，他凭武艺在身，没有在意。跋涉后的疲倦和睡意阵阵袭来，他和衣倒头便睡。到了深夜三更时分，只听"嘭"的一声，棺材盖开了，里面爬出一个黑影。借着闪电，他一眼瞥见那家伙身长 7 尺，口吐尺多长的舌头，一副凶神恶煞模样。他顿时睡意全无，全身冒出冷汗，一个鹞子翻身越过墙去，那家伙也跑出来紧追不舍。王善容定了定神，听出有脚步响声，断定是人而不是鬼，迅疾回身一个扫膛腿，将对方踢翻在地，又踏上一只脚。那家伙哪是对手，被王善容削去鬼面具，砍掉"长舌"，臂也折断了，露出原形，跪地求饶。原来，是一个藏在庙内，专门抢劫、欺压过往行人的江洋大盗。

第二天，王善容拜见师弟时，头戴缴获来的鬼面具，把师弟吓了一跳，接着讲了庙里除"鬼"经过。师弟说："这下可好了，那鬼凶着呢，不知害了多少人。"从此，这个庙再没闹过鬼，行人也不用担心被抢劫残害了。王善容没有忘记师父"多做善事"的嘱咐，下山便为当地百姓除了一害。

云游仍习武，轻功解危难

王善容回到老家，嗓子仍然嘶哑着，而且肺部也开始隐隐作疼。幸好师兄孟泰山随后赶来了。此人一年四季穿件满是油渍的夹衣，在这里住了7天，每天早晨只喝一杯水，也不吃饭。他在王善容床头插上一炷香，用中草药为其调治，王善容肺脏才算有了好转，慢慢能说话了（直到晚年，他的嗓音都是嘶哑的）。

王善容在家没待多久，便外出访武当，游嵩山，拜古刹，与众僧和武林名流结友，研习各门派拳械套路，切磋技艺。他还与武林大侠、师叔杜心武数次交往过。虽然武功臻于完善，但他从不恃强惹事，只在危急关头显露一下。有次用峨眉"五虎盘羊腿"招法，击败过号称是湘西吉首"武术权威"的田国富，使骄横当地的此人倒在地上，久久爬不起来。站在一旁观战的孟泰山嘲讽那人："田老弟，为么子趴在地下当狗熊啊？"田国富只好就坡放驴，回道："我、我在分析王师弟的招法。"

王善容不轻易卖弄功夫，但是所学轻功为他解过几次难。1951年，他因故被捕入狱，有次在益阳新人队砖场挑砖上窑，走在他前面的一个人快到两丈高的窑上时，忽然勾绳断了，连人带砖往下坠。王善容眼疾手快，一个箭步上前，抓住那人的后衣往窑上一提，硬是奇迹般地将他救了起来，此时他自己也还挑着满满的一担砖。救人本是好事，谁知有人竟然说："既有如此轻功，还没有向人民政府彻底交待，你居心何在？"结果被加刑一年。王善容哭笑不得，只能默默忍受。

飞镖惩色狼，乘车擒劫匪

王善容为人和善，性格宽容，且生就一副侠骨热肠。他路见不平、扶弱济危的故事至今为人乐道。

1937年，有个在峨眉前山习过武的人，下山后假冒峨眉后山武僧，在安徽一带乡村"采花"。王善容和一名师弟，奉刘师父之命前往查访，有一天夜间，他俩终于撞见那个"采花"贼，拉住一年青女子欲行不轨。王善容吩咐师弟进屋制止，自己手执铜钱镖守在门外。这铜钱镖为刘师父传给他防身的一种暗器，它的周边磨成利刃，即使飞出20米外仍能伤及人体。此刻王善容凭借听觉，瞅准时机，一镖打去，击中"采花"贼左臂，使女子得救，也使那武林色狼成了断臂人。

1943 年有段日子，王善容借住在汉寿县城岳父家里，县内的贺凤林、杨建中两个土豪，倚仗自己有一身武功，想迫使王善容为他们效劳。有一次，贺、杨二人寻到王善容住所，王善容早有防备，仍然客气地接待了他俩。喝茶时，王善容捡起桌上一粒老莲子，莲壳铁一般坚硬，他用手指头轻轻一磕，那粒莲子即成粉状。贺、杨二人一惊，但只用鼻子"哼"了一声。酒席间，贺、杨二人气傲言狂，仍未把王善容放在眼里。王善容掏出一枚面值十文的铜壳子（铜钱），夹于双手的拇指与食指之间，只听"嘣"一声脆响，铜壳子被他从中间掰断了。随后双手一扬，"嗖、嗖"两声，两个半边的铜壳子，深深嵌进东西两边木柱内。贺、杨二人惊得好一会没敢吱声，冒出一头冷汗，再也未敢刁难王善容了。

1948 年深秋的一天，王善容从上海坐列车回湖南。车到江西新余车站时，3 名拿着九节钢鞭和梭镖的匪徒敲诈抢劫，将前来制止的乘警打伤，带头的匪徒还用梭镖追打乘客。王善容怒从心起，一招"顺手牵羊"，抓住对方梭镖杆子就是一推，那匪徒跌了个狗啃泥。王善容抬脚死死踏住其背心，使之动弹不得。另两名匪徒欲上前搭救，王善容越发用力，只听那匪徒喊道："我会被踩死，你们帮不得忙。"他们知道遇上了高手，只好垂首就擒，被乘警带走。

从容处世事，坦然度余生

王善容是峨眉山下来的武侠，也在汉寿、沅陵等伪县政府任过科员等职。有过人武功，却从不贪财图名，不做亏心违德之事，解放后常用中草药为人治疗跌打损伤。1983—1984 年，时任湖南省体委主任的王某两次登门拜访，并多次来电来函，聘请他到省武术馆当教练，除了高薪以外，还答应为其子女解决城市户口和工作。想不到他在来信反面回信拒绝，俗称"原帖打回"。县内军山铺镇的万友武术馆，多次上门恳请他去任教官，更是水泼不进。电影《少林寺》上演后，全国掀起武术热，上王善容门拜师的人，纷纷带着希望而来，也纷纷失望而回。复旦大学一名学生，由上海体育学院万籁声教授荐引，千里迢迢慕名而来，也被他一句话拒绝了："你拜我为什么师，徒有虚名而已。"

他是怕教出害群之马，怕纵容缺乏武德的人，怕有侮师父和峨眉门派的清名。然而，他心底对武术的酷爱依然不减，1987 年，王善容赋诗颂扬中华武术这一国粹：

中华文明五千载，武术气功放光彩。

祖国奇葩开万代，芬芳吐艳溢四海。

到了晚年，王善容闭门谢客，连防身健体的招数也没教给子孙们，更别说传授外人了。在别人眼中，王善容有些怪异：一方面颂扬国粹，一方面却不愿传艺；别人高薪聘请他不去，但汉寿县武术协会推选他为主席，他却欣然应允，义务为民间武术事业操劳。

1990 年的一天，王善容家突然来了一个老者，头戴斗笠，左衣袖空荡荡的，他就是多年前在安徽被王善容击败过的断臂人！此人断臂后，第二次上峨眉前山修练，下山后一直在寻找王善容复仇，1965 年曾找来一次，试探过王善容的功夫。王善容自然明白对方来意，过去那些冤冤相报的武林陋习，他早淡忘了，因而对断臂人未作防备。断臂人客气地向王善容递上一支香烟，同时趁机猛力发功，王善容即刻感受到一股强劲的内力直袭心脏，他也马上发功回击。幸好断臂人功夫仍不敌他，败下阵去。王善容友善地说："你何苦还是恶性不改呢？以后好自为之吧。"断臂人只得垂头丧气回去了。

日子黑黑白白，岁月青青黄黄。王善容由一名云游四海、令人景仰的武侠，转变为纯朴扬善的农民，直至 1991 年 10 月 21 日在家乡病逝，享年 77岁。他为家乡、为后人留下的行侠与扬善的故事，值得回味思索。

注：本文承蒙王善容生前好友李树村、蔡君山及王善容小儿子王名泰提供素材，本文与汉寿作者周运曙合写。

漫笔描世相

　　湖南漫画家徐铁军常年蓄着平头，皮肤微黑，外表质朴平静，无论怎么瞧，都是一副历经风雨的乡镇基层干部形象。但只要了解他30多年来的漫画创作成就，你就得对他刮目相看了。

　　徐铁军年轻时从事过国画创作，1987年接触漫画艺术，因为他喜爱这个画种的随意性、实用性和趣味性：挥洒简洁明快的线条，构成轻松诙谐的画面，将人生世相、社会热点尽情呈现出来，让人去辨别感悟其中的真假、善恶与美丑。

　　漫画是探索世相的利器，漫画家同样不宜演绎抽象的概念，而应探寻独特鲜活的人性。徐铁军深知：漫画既要供人发笑，更得引人思索，作品才具有社会价值和艺术生命力。为获取创作素材，他在上下班路上、出差旅途抑或会议场所，皆留心各种人和事，捕捉富有笑料的细节和瞬间。工作之余端坐在画室构思时，脸上则写满严肃，不亚于在联合国会议上维护国家主权。

　　由于某些世相无法用文字去表述，某些人物心态也很难用语言去穷究，于是徐铁军借助智慧的眼光、夸张的画笔去针砭。早在1991年11月，他在法制日报发表《常在河边走，从来不湿鞋》，画面是一名官老爷赤着双脚，在河边悠闲地漫步。其得意神态分明在炫耀："本人鞋都没有穿，你能说我湿了鞋么？"这幅作品立意深刻，构思别具一格，辛辣地讽刺了某些自视清白实则肮脏的为官者。再如他发表于1993年12月10日湘声报的《下海去》，描绘了土地庙里的公公居然也赶时髦——停薪留职，扯起"土地开发公司"旗帜，当上了让人仰慕的董事长。由此画可见，徐铁军握笔如同握着一枚扎入病人肌体的灸针，让其难受甚至痛苦后自省深思，祛疼除病。

　　作为汉寿县多届政协常委、无党派人士，徐铁军除通过会议、调研等活动履职外，还凭借漫画这种形式，触摸社会热点，进行舆论监督。强烈的参政意识，独特的审美追求，成为他漫画创作的前提。徐铁军选材涉及反腐倡廉、人口计生、文物保护、打假、环保、法制、禁毒、慈善、关爱下一代等多个领域，形成自己作品的特色与风格。他2004年创作的《最佳处方》，画面上一位年迈父亲，为即将赴任领导岗位的儿子送上一副"药方"：好心肠一条、爱民心一颗、道理一份、情义一分、道德一种、诚信一片、老实一个、正直一点、豁达全用、利民不拘多少。并叮嘱儿子："你想当个好官，须先服下这十味'药'才行。"该画的寓意给人以深刻警示，获当年反腐倡廉全国漫画大赛三等奖。有一幅《沉重的阴影》画的是：地球表面站满密密麻麻的人群，如同浓浓阴影笼罩着，炽烈的阳光都无法穿射进来。地球的负担太重，作者对当今人口急剧膨胀的忧虑同样沉重！这种针砭世相时风、反映国情民声的担当与作为，于其漫画创作、于其履职生涯，都是弥足珍贵的！

徐铁军的漫画源于生活又高于生活，生活素材一旦化为笔下的意象，便具备了别人无法替代、连创作主体也为之惊讶的艺术感受。1994年7月他发表在中国文化报的《人与书》，便具有代表性。借助瘦者看《怎样发胖》、胖者看《怎样减肥》的对比，形成强烈的反差，让读者透过诙谐的画面看到：书对人的影响可谓无处不在，给人的感受远非语言能够形容。另一幅发表在2007年10月人民政协报的《高枕有忧》，画面上，个别负责人困睡在成堆的消防制度文件里，无视安全隐患，最终给自身带来了严重后果。加上他在手法上注重线条与意境相结合，构图清新简洁，平中见奇，内蕴丰厚沉实，做到了临其形传其神，取其势得其趣，受到读者与圈内人士普遍好评。

1988年6月，徐铁军《挑食》（处女作）走进画坛，迄今已有2300余幅漫画在国内500余家报刊发表，有百余幅作品获奖，多幅作品在全国各地参展、拍卖，部分作品在中国历史博物馆展出，被中国美协收藏；1997年7月，其《异口同声》参加湖南省政协系统庆祝香港回归书画大赛，获优胜奖；2010年，他创作的《乡情难忘》，入选中国美术家协会主办的全国廉政漫画大展，被指定在丰子恺美术馆收藏。收有他230幅作品、由著名漫画家徐鹏飞题写书名的《徐铁军漫画集》已出版，《徐铁军漫画作品》《人生百年》亦相继出版。他的创作和履职事迹，已入选《中国政协委员风采录》等书中。

（首发2011年3月15日《常德日报》，再发同年湖南省文联第2期《文坛艺苑》）

春天的牵手

汉寿，这块从汉唐文明走来的土地，位于洞庭湖西滨，李白、杜甫留下过赞美的诗章。这里属革命老区，既有富裕阳光的照射，也有贫困阴霾的困扰。2016年初，湖南省政协开展"助力脱贫攻坚"专项行动后，全省政协系统便涌动起扶贫春潮。近两年来，汉寿县政协将委员参与扶贫行动作为履职重点，扶贫走访便成为委员一项重要活动。2017年3月下旬，我随原县政协副主席崔先生、县扶贫办主任梅先生、扶贫办女干部彭女士，选取全县10个有代表性的贫困家庭走访，意在摸清底子，使建言献策更具针对性与操作性。我们看到，由于历史原因、地理位置、自然灾害、疾病等众多不可抗拒的因素，这些家庭依然生活在贫困和特困线以下。风雨淋湿了他们的翅膀，无法飞向富裕的远方。

我们走访的最后一天，是最为铭心刻骨的日子！

那天，走访的第一个家庭是西港镇连安村6组陈科的家。12岁的陈科在读小学六年级，父亲得肿瘤过世4年了，母亲改嫁，爷爷中风瘫痪在床，他与74岁的奶奶相依为命，一家人靠低保金度日。3间危房的前檐，一根檩条已经断裂，随时都有可能坠毁伤人；房间的一扇旧木门怎么也关不合缝，冷风不时从缝隙钻进来。堂屋里挖了个浅坑，用捡来的零碎木头和树枝生火，煮饭炒菜兼冬季取暖。满屋早被烟雾熏黑。

当我们坐在城市空调和暖气房里，享受"暖家"的日子时，是否想到还有这样的人家，在靠原始的柴灶取火熬度岁月？听邻居说，小陈科身体很消瘦，放学回来后，经常望着门前的一棵桃树出神。他是否在期盼春暖花开的日子呢？

陈科奶奶告诉我们："俺孙伢儿要是下半年读不上初中，没有学校管教了，担心他会走歪路。"老人满脸愁容让人不忍久视。此刻我们的心情都很沉重，梅主任说，目前全县有贫困家庭学生5512人，他们渴望有人牵住手，享受教育平等的机会。我们每家都有孩子，这个贫困家庭渴望小孙子求学，原本是在情理之中啊！

颠簸 20 多公里，我们来到军山铺镇老鸦塘村，走进郭家冲组伍春华家，这是我们走访的最后一家了。经陪同的县政协委员、该村妇女主任张齐凤介绍后，铁石心肠的人都会被女户主感动。58 岁的伍春华患乳腺癌 17 年了，治疗花费 20 多万元。由于电疗过 4 次，她的左边胸部已凹陷进去，现在每天必须在胸部上药，才能控制病情复发。丈夫刘正光有心脏病、高血压和脑溢血，而且智力迟钝，只能做点轻体力活，夫妻俩还要赡养 84 岁的残疾母亲。伍春华不等不靠，2015 年 6 月小额贷款 4 万元，加上东凑西借的 17 万元，开始从事养殖。她说，2016 年已经出栏 100 头猪，今年存栏 30 几头，有 200 只鸡、40 只鹅，还种有 4 亩责任田、8 亩花卉苗木，建有 1 座谷酒坊、4 口沼气池。

从伍春华讲述的数字可以看出，她付出的辛劳要比别人多出几倍！在较短时间里就获得可喜成果，为发展自主产业、走出困境的贫困户树立了样板。

无意间，我瞥见伍春华两个裤管和鞋子全是湿漉漉的，还沾满泥点和草屑。张齐凤观察到了我的惊讶，感慨地解释："她整天像扇磨盘转个不停，身上没办法干净呀！"

伍春华拖着病体，凭借自强精神与毅力一路走来，尽管走得累，脚步却很踏实，在我们面前始终面带笑容。心灵美和劳动美总是让人感动的，我想，那些体格健全、且能自食其力却要坐等国家救助的人，面对伍春华，难道不自愧弗如么？

扶贫干部彭慧对我说，目前全县已有 350 个贫困家庭，靠开发庭院经济和自主产业走出了困境，县扶贫办也将有劳动能力、有脱贫愿望的 1.01 万户 4 万多人，纳入产业发展对象。我听完后，一颗紧揪的心放下了些。

回程中，负责协调全县扶贫工作的崔先生给我一份资料。我看到：近一年来，汉寿县通过协力扶贫，使部分贫困村在义务教育、危房改造、饮水安全、卫生设施、交通道路、社会保障等方面得到了改善；资料中也指出，完全脱贫奔小康还有一段距离。于是，我结合今天及一周来的走访情况，与随行人员协商，达成一个共识，即：目前亟须全部解决贫困人口的"住、医、教"等实际问题，继而把扶贫措施和资金落实到户、到项目、到产业，实施中不撒"胡椒面"。

世界上最尊严的东西是生命，摆脱贫困、走向富裕是人类的共同愿景。扶贫是一份沉重的托举，政协委员牵手困难同胞，让他们共享和煦春光，是一份沉甸甸的责任与社会担当！

入夜了，却难以入眠，写下这篇短文，用下面几句作结：

牵手春天里，使各个家庭拥抱花开；
同行阳光下，让每双眼睛眺望未来。

第五辑　远方风景

描述斑斓景致，
展示社会风情。

刘禹锡写《龙阳县歌》

　　唐朝元和九年（814），即刘禹锡被贬为朗州（今常德）司马的第9年。这年十月初的一天，他带上一名侍从，在朗州码头乘船溯沅水东下，前往龙阳（今汉寿）。临近正午，船行至距龙阳县城还有一里水程时，忽然听得堤岸唢呐齐鸣，人声嘈杂。刘禹锡忍不住探望，原来是一群人拥着一顶大红轿子晃晃荡荡而行，一看就知是民间娶亲嬉闹的队伍。

　　刘禹锡会一些数术，他掐指一算，不由吃惊起来：今天乃七煞忌日，这户人家娶亲，为何择此忌日？此刻正是了解民情乡俗的机会，他令船家停下，率侍从跨上岸来。刘禹锡扯住迎亲队伍中一位老者问道："老丈，今日婚娶，系何人所择？"老者回道："是冯老先生呀，他住两里外冯家庄。"

　　刘禹锡暗思：这冯老先生竟然选择忌日迎亲，有何用意呢？两里路程不为远，况且天时尚早，他决定先去冯家庄会会冯姓老人，再进县衙不迟。

　　刘禹锡在仕途起伏的一生中，尤其是在地方为官时，一直深入民间，查访民众疾苦，汲取创作源泉。他在夔州、苏州等地任刺史期间，就把查访得来的情况、采取的措施以及相关建议，向朝廷呈上详细奏章。他被贬为朗州司马后，同样是轻车简从，下到县治巡视，他已把朗州视为第二故乡。旧版《龙阳县志》将他列入历代名宦，与这点是密不可分的。

　　再说此时刘禹锡途经一个村庄时，只见男男女女喜笑颜开，一齐跑向同一个地方。刘禹锡忙拉住一名壮汉问道："大兄弟，贵庄今天有何喜事？"

　　壮汉回道："官人有所不知，我庄新建宗祠，定于今天午时上梁。"

　　刘禹锡听完，又是一惊：这宗祠上梁，关系到子孙后代的兴旺发达，是庄里头等大事，谁人敢择如此忌日？于是又问："今天的上梁日子系何人所择？"

　　"就是前面冯家庄冯老先生呀。呃，我要赶路了。"

　　又是冯老先生？这更加坚定了刘禹锡寻访冯姓老人的心念。不一会儿，终于寻到了冯老先生居所。翠竹掩映的居室内，走出一位老人，长须飘逸，红光满面。他笑呵呵地说："大早便有鹁鸪鸟啼唤'行得也咯咯（哥哥）'，老朽料定，今日必有贵客临门。"

"贵地竟有这般灵物？看来此次'行得也'。"刘禹锡既惊且喜，问道，"老先生，晚辈有一事特来乞教，您因何故选择七煞忌日让人迎亲？倘若不是神算，岂不是有意伤害黎民百姓？"

"哪里哪里。"冯老先生捻须朗笑道，"有道是一物降一物，这凶杀吉利之日乃由人所定；况且当今皇上英明，府、县官员也大多廉洁作为，百姓更指望天天看到风清景明，吉星高照，不容许邪恶之物在这世间藏身妄为。至于挑选这个忌日，亦非老朽神算，乃是依从天地走势，遵循万物相生相克之事理，以求逢凶化吉。还请客官您赐教呀。"

"老先生言之甚明。"刘禹锡停顿了一下，又问，"还有，您对当下朗州刘司马有何教诲啊？"

"岂敢言教！久闻刘司马将'致君'与'及物'合二为一，立品刚正，不求闻达；所写诗词举世齐颂，尤其是来我朗州后，写的《秋词》'自古逢秋悲寂寥，我言秋日胜春朝。晴空一鹤排云上，便引诗情到碧霄'，其气度与胸襟非常人可比。在当今世道，难寻如此好官和诗家啊！"

"您对他过誉也。"

刘禹锡明白，老人所言致君、及物，即指辅佐皇上治理国家和关注民生。自己在为官生涯中，算是把这两者结合起来，作为人生追求了。诚然，这种思想对刘禹锡的政治和文学活动，都有着重要影响。因此他在朗州任职期间，辅佐知府，奖励各县农夫归耕、垦荒，组织百姓兴修水利，提倡种植桑、麻、棉等经济作物和果木作物；同时，还下令解放奴婢、减免税赋、惩治贪官等等。经过数年努力，朗州政治开始清明，生产力日益发展，百姓怨声载道、流落异乡的现象明显少了。

冯姓老人打量一阵刘禹锡，不由发问："客官可与刘司马相识？"

刘禹锡止住欲语的侍从，上前一步答道："微职正是刘梦得（禹锡）。"

"哦？你就是司马大人？多有得罪。幸会幸会，请受草民冯思远一礼。"老人恭敬地施一长揖。

"不知者不为罪。"刘禹锡急忙躬身还礼。

刘禹锡受邀坐下，与老人纵谈横论，得悉龙阳虽地脊民贫，但民风淳朴，山野之农以田桑为本，水泽之民以网罟为业；男少荣而慕义，妇修饰而好贞。同时，还难得有像冯姓老人这样学养深厚的鸿儒，唯恨相见甚晚。

临别时，冯姓老人提出一个请求："草民冯思远欲代表龙阳百姓，恭请司马大人为龙阳县写一首歌，让天下得以知晓龙阳，留传后世。可否？"

"这亦是微职此行所思，一定竭力为之！"刘禹锡欣然应允。

辞别冯姓老人，接下来的两天里，刘禹锡在龙阳县游览了城镇、村落，亦寻访了县吏、商户与渔夫走卒。入夜却难以成眠，脑海中呈现出一组组画面：晴和秋日下，在朱檐黄瓦的县衙前，老百姓也能随便往来，渔夫还在干净地面修理渔具；自己所到之处，每家都有户主热情接待，倾诉乡俗家事；家家院篱橘柚吐芳，很少有差吏进村庄骚扰；县令少有狱案可断，县衙虽有悬鼓，然而百姓亦无冤情可诉，处处鸟鸣犬欢；鹧鸪鸟儿叫唤着"行此得也咯咯"，声声悦耳动听。刘禹锡揉了揉眼睛，这些画面和声音便消失了。待他再度闭目，又重现出来。咦，这不正是自己期盼已久、亦为冯姓老人向往的太平盛世么？

次日早晨起床，刘禹锡推开寓所木窗，举目秋日的辽阔楚天，思如潮涌，感慨地写下那首著名的《龙阳县歌》：

> 县门白日无尘土，百姓县前挽鱼罟。
> 主人引客登大堤，小儿纵观黄犬怒。
> 鹧鸪惊飞绕篱落，橘柚垂芳映窗户。
> 沙平草绿见吏稀，寂历斜阳照悬鼓①。

这首语言平易鲜活的诗作，承袭了刘禹锡一以贯之的竹枝词风格，注重静而不燥、淡而味长，善于吸取民歌营养，在平凡生活里挖掘朴素明澈之美。无疑可看作他向往改革、期望天下长治久安、百姓安居乐业的心境写照，亦是这位命运多舛诗人的田园追忆。1200多年来，《龙阳县歌》"武陵夷俚悉歌"，一直为汉寿、常德民众传颂。

民众缅怀的，是诗人的为官之道与高尚品格。

注：①悬鼓：古时官署悬挂的鼓，供百姓击鼓求见之用。

（首发2016年12月17日《常德日报》）

染血的黑虎皮

在国土遭受外寇践踏的年代，一介山民也能以命搏敌！
这种不屈的民族气节，值得永久弘扬。

——题记

一

这篇记事性散文的原始素材，是我多年前从某县档案馆获知的。

湘北岩门寨的猎人向大贵，只打山鸡野兔，从不捕猎虎豹熊狐之类。为啥？求个平安无事呗，谁愿意提上性命与猛兽对着干？可谁也想不到，1942年深秋的某天，他邀上本寨的猎手田满庚，居然把一只成年母黑虎杀害了。那猎杀的场面实在奇特而又惊险，这里就不详述了。

向大贵要干什么呢？原来，离这儿五十里有个云泽县，那里驻扎着一个日军联队，联队长叫佐野矢一郎。佐野在潮湿的云泽县患上"老寒腿"的病，每到冬季，腿脚就疼得难以走路。他听说用老虎的皮毛缝制成长袍，穿上可以驱湿消疼，又打探到岩门寨山区有黑虎出没，于是悬赏100块大洋，硬要一块完好的黑虎皮，并指名要向大贵"亲自送交的干活"，两天前，还令手下人劫持了向大贵的独生儿子腊狗。

岩门寨的人知道：佐野那家伙谋夺老虎皮都快发疯了。只有向大贵隐隐感觉到佐野逼要虎皮，除了治老寒腿病，很可能还怀有鬼胎。但究竟是什么，他也想不圆经。可怜腊狗才十三岁，山葡萄般的脸蛋嫩鲜鲜、胖嘟嘟的，格外讨人怜爱，佐野是黄鼠狼给鸡拜年——没安好心，是强逼向大贵拿虎皮去换孩子呀。向大贵当然不愿向家的男脉断绝，只好破例捕杀了黑虎，剥下虎皮，给佐野送去。

向大贵来到云泽县城鬼子兵营里，被卫兵带至佐野休息室门口，他突然躬下身子，两手也垂了下去。佐野见状，叽里咕噜了几句，翻译官走过来说：“太君说，你辛苦了，不必行大礼，进来就是。”向大贵回道：“俺是在脱草鞋，免得这鬼东西弄脏了干净地面。”

佐野听翻译官译完，脸上堆起几丝笑容，操着夹生的中国话说：“向的说话，幽默的有，哟西！”

向大贵抬眼睃起这个鬼子头目来。此人四十岁不到，按理说，他不该缺吃少喝吧？可他那面色病恹恹的，身材瘦削得像根黄麻秆，走在野外，倘若遭遇狂风，还不知道上哪儿去收尸呢。

两人正相互对视时，意外出现了：佐野僵住笑容，盯住向大贵下巴的红痣，后退了一步，惊恐地叫道：“你的，贺二虎的兄弟？是不是？”

向大贵听得丈二和尚摸不着头脑：大白天他讲啥子鬼话？这家伙肯定有疑心病，难怪身上不长肉。于是便说：“太君，小民叫向大贵，岩门寨的良民，哪里有么子兄弟叫贺二虎？您看，俺有良民证。”他从怀中亮出一本绿皮证件。

幸亏翻译官还算明白，他译完向大贵的回话后，凑近佐野耳朵，嘀咕了几句，佐野又问向大贵：“你见过贺二虎？”

向大贵有个弟弟叫向二贵，模样和他极为相似，而且下巴也有一颗痣。向二贵没有娶妻生子就外出闯荡，已有六七年了，向大贵从没有向别人提到过弟弟的事。此刻，佐野把他当成什么贺二虎，还死盯着他的脸，只有长相近似才会被人误认，莫非……向大贵想到这里，浑身下意识地一颤，但是很快镇定下来：“小民从没见过那人，也许，来世有机会吧？”

佐野听完，神色才算平静些了。

向大贵铺开一块完好的黑虎皮，交到佐野手上。佐野接过去，突然，他抓住向大贵粗厚的手板，厉声问道：“你的，练过铁掌功？”

“小民何来那份闲心呀！”向大贵从容地回答，“俺从一出生，手皮就粗，掌茧也硬。”

佐野听完翻译的话，“唰”地抽出腰间的东洋佩刀：“这个，大日本帝国的武士刀，你手掌的，比它硬？”

“太君又说笑话了，俺山里人的手，只同泥土块打交道，有时候也剥一剥野畜皮，哪敢和您的刀比硬哪。”

佐野收回佩刀，重新挤出几丝笑意：“哟西！向的，大大的良民。”

向大贵嘘出一口长气，摸摸胸背，内衣早已汗湿了。

二

向大贵交上黑虎皮，总算顺利换回了腊狗，还领到了100块大洋的赏钱。但心里多了一件事：他想弄明白贺二虎是谁。可是，父子俩在这人生地不熟的地方，毫无法子打听到准确的信息。常言道，天无绝人之路，正当向大贵走出鬼子兵营时，有人追了上来，在他背后轻轻拍了两下。他回头一瞅，原来是那个翻译官。

"我说向大贵，刚才本官为你解了围，你也不酬谢一下？"翻译官见向大贵没反应过来，又说，"佐野太君怀疑你是贺二虎的亲属，我向他作了解释，才算平静了。你知道我讲的什么吗？"

向大贵有些感激，便问："讲的么子嘛？"

翻译官说："你们山里男人长年累月喝溪沟水，啃一块土里长的红薯坨，灌的都是苞谷烧，所以外貌都差不多。"

"那个贺二虎到底是谁？"向大贵好奇地探问。

翻译官瞄瞄前后左右，又瞅瞅腊狗，随后把向大贵拉到旁边，压低声音说了一阵。

向大贵脸色阴沉下来，两眼直直地盯着远方，静默了一会儿，便问："你要我如何谢你？"

"明白就好。这点对你来说，是驼子作揖——起手不难，你为我也谋一张虎皮，我照样赏大洋给你。"

向大贵撇撇嘴，说："你是拿去孝敬别的太君吧？"

"老子懒得和你嚼舌头。"

翻译官离开后，腊狗追问他们在旁边说的啥子话，向大贵长叹了一声，说："小娃儿问这么多做么子？以后就会晓得的。能把你调换出来，我心里就无牵无挂了。"

父子俩回到家，向大贵掏出那100块大洋，在掌心搓擦得"咯哧咯哧"作响，随后全数交给他的女人，吩咐说："我要去老远地方，不晓得何时回来，你们娘儿俩先到四川姥爷家去，在那儿待二三年，明早就动身。"

腊狗不解地问："阿爹，你怎么不住在家里？是去找阿叔吗？你说阿叔在老远地方做大事，在哪儿嘛？告诉我，我也要去找他。"向大贵苦着脸说："找么子找！安心去四川吧。"

第二天清早，向大贵含着热泪，目送母子俩踏上去四川的路之后，返回到了鬼子兵营。他通过翻译官，对佐野说："太君，小民有一事要相告，您不是要用虎皮制作长袍吗？您昨天收下的黑虎皮上，还留有凶气和腥味，要是那畜生的冤魂附在上面不散，在夜里惊吓了您，小民担罪不起啊。"

佐野听完翻译，机警地问："你的，什么的意思？"向大贵回道："小民为了答谢您，愿意为您熬制虎皮，消除凶气和血腥味，到晚上再交给您。再说，这寒天快到了，您也得赶紧做好虎皮袍，暖和身子哇。"佐野一寻思，嘿，此人说得倒是入情合理，加上翻译官从旁美言，便允许他在一间僻静小房熬制黑虎皮。

傍晚时分，佐野带上翻译官去领虎皮，刚进小房便吓呆了：哪有向大贵影子，只有一只黑虎蹲在地上！它见到佐野，突然直立起来，怒吼一声，旋即来了个"天篷罩"，将佐野扑倒在地，右前掌捅向他的胸部。那个快捷呀，真叫一眨眼工夫；那个威猛呀，如同千斤巨石砸顶。"八格……"佐野来不及抽出东洋佩刀，只发出半声惨叫，便手捂胸口，双腿胡乱蹬了几下，眨眼工夫，小命就玩完啦。

翻译官早已吓蒙了，瞅瞅佐野胸口，已被捅开拳头大的窟窿，血淋淋的心脏被掏了出来，摔在地上，还在微微跳动。"太、太君……妈呀！"

门外的鬼子卫兵听到响动，端着枪刚想进来，便被黑虎挥掌劈碎了脑袋，白花花的脑浆流出来，腥臭难闻。

此刻，翻译官明白是怎么回事了，心想这一闹，不仅预定好的虎皮要泡汤了，恐怕连小命都难保啦，他急忙喝令远处卫兵开枪追杀。两名卫兵看到往兵营外狂奔的黑虎，同样吓蒙了脑袋，听到翻译官喊声，才端起三八大盖，"嘎嘣——嘎嘣——"连打数枪。"黑虎"身子踉跄两下，还是吃力地向前奔跑。所幸天色暗淡了，鬼子卫兵的枪弹再也没法击中，"它"便逃离了兵营。

三

向大贵顾不得脱掉黑虎皮，歪歪斜斜地往岩门寨走来，鲜血沿着背部的枪口不停地流，把黑虎皮染得通红。离家还有几里地，就吃力地倒下了，幸好遇上田满庚和几名岩门寨的人，向大贵便讲述了自己劈死佐野的经过，脸上现出少见的笑容，喘着气说："这回，俺家二贵在那边、会大笑的，冤死的老虎也该闭眼了。俺向家只有、腊狗这根独苗子，拜托你们照管，莫让他、落在小鬼子手里，以后好续上香火……"向大贵费力脱掉黑虎皮，终因流血过多，没多久就咽气了。

田满庚抹着眼泪说："阴逗哥哇，你只要把腊狗带回来就算了，为么子要同小鬼子拼命呢？"

寨里人把向大贵抬回家中，为他做了安葬，把黑虎皮悬挂在他生前的房间里。那些看着他长大的老人说："大贵的铁掌功从没伤害过人，这是头一次对付小鬼子，才派上用场。"有人随声感叹："他死得有豪气！"

只是，向大贵临终前提起向二贵"在那边"的话，寨子里的人觉得很突然，听话听声，锣鼓听音，都有点不祥之感，只是说不出子丑寅卯来。

自那时起，每天傍晚，靠近岩门寨的山林里，时常传来虎的吼叫，寨子里的人都知道，那是黑虎的同伴发出的寻偶声。人们愤恨地说："都是东洋鬼子造的孽！"

三年后，也就是日寇投降的那年冬天，腊狗和娘从四川姥爷家回到岩门寨，听寨里人讲完向大贵掌劈佐野而丧命的经过，母子俩痛哭不已。腊狗跪在父亲坟墓前，反复说着一句话："阿爹，你还没告诉我，阿叔到底在哪里？在干么子大事？"

······

解放后，黑虎皮被云泽县档案馆征集保存。前几年，一位年已八旬的向姓老人，在儿孙们陪护下，来到云泽县档案馆，站在已经褪成暗褐色的黑虎皮旁边，听人们念诵有关它的说明——

1942 年春，日寇某联队在湘鄂边境围剿抗日游击队，寻捕其亲属，手上沾满我同胞鲜血。云泽县游击队长贺二虎（原名向二贵），在一次突袭日军联队部时负伤被俘，任凭联队长佐野矢一郎威逼利诱，他至死不屈。色厉内荏的佐野将贺二虎杀害后，时常梦见一只猛虎怒吼着向自己袭来，便迷信穿上用老虎皮制作的长袍，就能以"虎"镇"虎"，驱赶凶魂，宁静心神，因此逼迫向大贵捕杀了黑虎。

向大贵系贺二虎胞兄，他从日寇翻译官口中得知胞弟被害，便舍命掌劈了佐野，为烈士也为民族雪了恨，这一壮举值得后人敬仰！

让我们缅怀先烈，也珍爱如今的野生动物······

向姓老人听完，早已泪流满面。此刻他才明白：当年父亲至死都隐瞒着阿叔向二贵的生死音讯，也不让他去寻认，原来是怕他遭受小鬼子毒手。

老人用苍凉的声音自语着："阿叔、阿爹，你们都是硬汉子，有种！"

（首发 2004 年第 6 期《上海故事》，再发 2015 年第 4 期《桃花源》）

热血洒处狼烟灭

　　长居汉寿县城、现年九旬的曾岳峰，身材清瘦，眼窝略陷，眼神却依旧锐利，军人血性犹在。他经历了保卫芷江机场之战、长沙会战、衡阳保卫战和湘西会战等战役，见证了"一寸山河，一寸血肉"的惨烈！笔者数次听他讲述 71 年前与日寇搏斗、前后杀死 100 多名鬼子的故事，总是痛快淋漓，更感受到那股依然炽热的战争情怀。老人有出奇的记忆力：对每次出战时间、部队番号、长官和战友的姓名籍贯、战事过程，甚至行军路上每个村名，都能脱口而出，这也体现在他近些年撰写的回忆录里。表明他生命中那段军旅岁月，早已融入了血脉中！

一

　　1927 年 5 月，曾岳峰出生于汉寿县太子庙乡排形村一户贫苦农家，在家排行老三。1943 年 8 月，日寇侵占了汉寿县，中国军队伤亡惨重，急需补充兵源。当时他的两个哥哥都已成家，16 岁的曾岳峰想起祖母讲述的"精忠报国"故事，执意要"上火线"去，并据理力争："我名字里有个岳字，就是要学岳飞嘛。"国难当头，救亡有责，8 月 23 日，家里人让他去了常德新兵训导团。艰苦训练至年底，编入国民革命军第 74 军 58 师（代号"辉煌"）174 团 2 营 5 连 3 排 8 班。开始拿的是步枪，后来替补为机枪射手，使用一挺一个弹夹装 20 发子弹的捷克式轻机枪。这挺轻机枪跟随他直到湘西会战，但烙入他脑海的却是那支步枪的编号：19229。

　　曾岳峰记得。自己第一次参战是 1944 年 3 月 7 日，地点在湖南邵阳青树坪。那天，他所属 2 营作为先锋与日军交火，他端着机枪向日军横扫猛冲，使伏击圈内的日军如劈柴般倒地。此役歼灭 300 余名鬼子，缴获枪弹山炮无数；被他打死的鬼子 30 多名，击伤无数。营部长官当着全营官兵夸奖他"作战不怕死，是一个打硬仗的好兵"，鼓励他当个抗日英雄。当年，他又参加了益阳阻击战、长沙会战、衡阳保卫战和湘西茶山歼击战等连续战役。在 5 月 20 日抢渡湘江时，他右膝盖弯被弹片炸伤；在与日军短兵相接中子弹已打光，他捡起一支三八式步枪，一鼓作气刺死 7 名鬼子兵。

二

1945 年 5 月中旬，曾岳峰和副射手陈百川所属的 58 师，追歼逃往洞口的日军残部。5 月 23 日这天，他和陈百川绕过敌人的火力攻击圈后，向西走了 2 里多路，爬上一座小山头，竟然发现摸到了日军背后。马路边一块空阔地里，100 多个鬼子兵正在吃饭，曾岳峰按捺住内心的狂喜，从容地利用树林做掩护，架起机枪，一口气扫射出 10 多个弹夹的 300 多发子弹。小鬼子还没有来得及掏枪，就纷纷倒下毙命。我军听到日寇阵地响起枪声，马上冲杀过来，鬼子兵慌忙向隆回方向溃逃。这一仗他打死 20 个日军骑兵，缴获 28 匹战马、几十支枪以及子弹，晋升为上等兵。

曾岳峰不愧为职业军人，至今对步兵常用的枪械印象深刻，我听他说，那时敌我双方的枪声不同，日军步枪是一发子弹两种声响，如三八式步枪（俗称三八大盖）的响声是"嘎嘣"，机枪声是"嘎嘎嘎"，中国军队的机枪声是"哆哆哆"，这与各自枪管的口径有关。他回忆那几年抗战经历，常常离不开"饿肚子打仗"几个字。"没办法啊，吃没吃的，子弹没子弹，人也快打光了。"说到心痛处，他常常以掌击胸，发出"咚咚"的沉重响声。他说："为什么中国军人勇敢，因为恨透了鬼子的暴行！"

曾岳峰书写不出华美的诗文，但他枪管射出的仇恨子弹，其绝响胜过任何诗文。

三

衡阳保卫战赐给曾岳峰一个出色的副射手：陈佰川。陈是四川人，年龄比曾岳峰大几岁，入伍前在家娶了亲，还有一双儿女。当时他从沦陷的衡阳城退出来后，曾岳峰对他说："到我们这边来吧。"心情极为烦闷的陈佰川答应了，留在班上当了弹药手，两人配合默契，一同走过了安化、武冈、洞口等地。雪峰山会战时，这对搭档的机枪换成加拿大产的"三零三"，是一种比捷克式轻机枪更先进的武器，一个弹夹可装 30 发子弹。为了不压坏簧片，每次他们只装 28 发。除了枪械，曾岳峰和战友还配上了新式服装，戴上像鸭屁股一样的贝雷帽，连敬礼都换了姿势。

距离日本宣布无条件投降前几天，中国军队一路追击日军，直到湖南南部。陈佰川和曾岳峰一样是个急性子，那天他本该跟在曾岳峰身后的，不知怎么就跑到前面去了，被对面山上日军的重机枪打断了左小腿。曾岳峰背着他往大庙口去治疗，那里有伤病员点。走了3里路，他一直喊着要喝水，可是受了枪伤怎能喝生水呢？曾岳峰只好中途停下为他烧水，随后陈佰川无法言语，晃了两下手，就咽气了。曾岳峰懂得他晃手的意思，就是说他先"走"了，只好流着热泪，把他掩埋在离大庙口两三里的地方。那时曾岳峰立下誓言："小鬼子一天不投降，我就一天不回家！"

前几年，他辗转找到四川某媒体，请其寻找陈佰川的家人，却毫无结果。

1945年8月14日，曾岳峰所在营的营长说日本宣布投降了，兵士都怀疑有人故意传播假消息，第二天师部下发了告示，他们才边流喜泪边朝天鸣枪。曾岳峰打了300多发子弹，扔出好几颗手榴弹，表达心底的欢悦，也以此告慰陈佰川等战友的亡灵。随后他们部队到衡阳去缴日军的枪械，老百姓沿途摆上茶水接待。

1949年，曾岳峰所在部队随程潜在湖南起义，加入中国人民解放军。全国解放后，他回到亲人身边，也将血与火的故事带回故土。他做过修鞋匠、当过县武装部门卫，也经历过无数惆怅的时光，1987年落实政策安排了工作，1990年从县人民武装部退休，现已四世同堂。在晚年，他经常到县城的烈士公园，或受邀前往常德市抗战烈士公墓，祭奠远逝的战友，缅怀那段弥漫狼烟的岁月。

（首发2015年8月29日《常德日报》，获常德市"纪念抗战胜利70周年"征文优秀散文奖，因未设等级奖）

有种印象叫鹿溪

从汉寿县城南行 37 公里，便是鹿溪森林公园，她位于县境西南丰家铺镇境内。这里原名六溪冲，因为旧时常有野鹿在溪中饮水，于是被人称为鹿溪。鹿溪景区属雪峰山余脉，溪谷深幽，林海苍茫。它东临益阳桃花江，西接鼎城花岩溪，北眺西洞庭湖湿地公园，面积面积 6309 公顷，宛如镶嵌在群山中的一块碧玉。2016 年 12 月，这里被授予"湖南汉寿竹海国家森林公园"。

游览鹿溪，触摸一处仙境的光影，寻觅岁月里真实的绿梦，感受这片土地的原生态风貌，能给我们疲惫的身心放一次假，放飞对美的畅想。

来到这里，首先观赏到的是千年古枫树。这棵树有 30 多米高，需要 6 人合抱，树荫面积足足有一亩。树身下部有个大洞，可以坐上几个人，传说是神仙为了躲雨而特意戳出的洞。

接下来，走近带敞口堂屋的古民居，欣赏当地独特的单层民房。这个我已经在另一篇文稿里记述过了。之后，便是穿过"十里竹廊"，攀登 300 多级台阶，来到天宝山。它与"十里竹海"遥遥相对。山顶有座天宝庵，全为木瓦结构，分三个厅，中间大厅为大雄宝殿，供奉有观音和杨贵妃雕像。庵内佛像林立，庵外峰峦环抱，是鹿溪最为神秘之处。相传，唐天宝十四年（755）爆发了安史之乱，唐玄宗不忍赐死杨贵妃，于是，找了一名相貌与贵妃相似的宫女作替身；暗中却派心腹将贵妃送到此地，削发为尼，建庵隐居。因当时为"天宝"年间，所以被当地人为此庵命名"天宝庵"。

离开天宝庵再往前行，看到的亭子叫笙竹坳古茶亭，供走累了的朋友进去歇歇。里面还有碑呢，一共 5 块，材质有麻岩，有青石。碑文有教人行善的，有宣扬正气的，还有劝人遵纪守法的，全是明清时期刻立的。鹿溪村民很热情哦，我们可以品尝一下他们的擂茶。擂茶，是把花生、芝麻、黄豆、绿豆、生姜加上茶叶后，放在陶钵内，用优质树杆特制的擂茶槌捣碎，再冲入滚烫的开水而做成的。

让我们去走一段古官道，向太子寨挺进吧。这条古官道，由清一色青石板铺成，曲折起伏，往南一直通达益阳市桃江县。它和一条长千米的古战壕一样沉默不语，以袒露与残缺的美，诉说那些铁马金戈的岁月，将车辚辚马萧萧的故事放大、风干，似乎在等候轻缓的马车，盛满辞章疾驰而来。据史料记载，宋代钟相、杨幺揭竿起义中期，屯兵在此，建有太子寨、先锋寨。我们现在站在太子寨顶，看到前面的两座山峰，左边的像不像猛虎纵身？右边的像不像烈马回头？

最后的游程是登云峰山。这座山仅次于汉寿县境内的最高峰金牛山，它谷深崖险，竹密林莽，一万多亩竹海林洋，十几里渺无人烟。当地人说，这座地处汉寿、鼎城、桃江三县交界处的奇山，又是资沅二水的分水岭；过去，除了个别猎奇探险者和为了生计的采药人，多数人是不敢攀登的。目前登云峰山，还没有索道之类东西可以帮忙。山的高度虽说只有几百米，但是有必要看清楚，有的路段几乎是挂在悬崖峭壁上的。好在前面有奇峰异景，特别是山颠的"阴凉仙树"，能够冲淡我们的畏惧。

清代的当地诗人李少白，曾这样赞叹鹿溪景色：

> 十里崎岖一里平，一峰才送一峰迎；
> 青山作茧将人裹，不信前途有路行。

终于登上山顶了！这儿就是汉寿、鼎城、桃江的交界处，这棵"一树冠三县"的"阴凉仙树"，是棵樟树，已经有千年高龄，枝繁叶茂，遮荫面积超出一亩。这山坡上有块石碑，也不知是何人何时立的。上面刻着"阴凉仙树"4字，有各种鸟儿落在树上呢喃细语。据当地老人回忆，过去有客商行人往返于武陵、益阳、长沙，到了这里，都要在树下躲躲荫、歇歇凉。站在树下放眼四望，重山叠翠，古树拥碧，竹涛起伏，远畴生烟，真有极目楚大舒、心旷神怡之感。我想告诉朋友：以"阴凉仙树"和云峰山为中心的这处上百座山峰、超万亩竹海的原始胜景，在湖南境内还不多见。

山顶还有一绝：南方红豆杉观赏基地。红豆杉是国家林业专家与湖师大教授发现的，属国家一级保护植物，植物界的活化石，极为珍贵。专家对它评估过，此树每尺价值600元，一棵高十几米的成年树，其身价能达好几千元呢！目前景区成立了保护机构，正在用科学方法繁育此树。不久的将来，我们就会看到成片红豆杉林的。另外，这里已经发现鹰嘴龟、锦鸡等多种野生动物。鹿溪云峰山，真是名不虚传的"宝山"哪！

如果余兴未尽的话，就返回山下的"农家乐"餐馆去。有乡里人家便有烟火气，便有乡愁从心底升起。这里有老式木房，地面还铺有木板呢。餐馆老板说，房子里一年四季蚊子少，得益于空气清新，环境幽静。难怪他们每天都要接待大批游客！餐馆老板擅长打造舌尖上的美味，接下来，会叫你品尝"嘎嘎"叫的农家鸡鸭、香味四溢的腊肉等土产，一饱口福；能喝两杯的游客，千万别错过品饮糖棘桠酒啊。这糖棘桠是多年生木本植物，当地村民在秋末冬初时，摘下桔红色的糖棘桠果子，洗净、剖开、去掉籽粒，再将果子浸入白酒中，十天后就可饮用。这种带酸甜味道的特产酒，壮阳健胃，对风湿病、糖尿病患者有很好疗效。不过，能喝的朋友可别贪杯哟。

　　到傍晚时分，鹿溪游览才告一段落。风从远方来，带着绿色流韵与故事，我似乎听见来自鹿溪地心的脉动与呼吸。不知从哪里飞来十多只萤火虫，落在草丛里，这些多年不见的小生灵，正提着灯笼，是不是帮我寻找失落的记忆？看惯了湖水拍岸、渔火闪烁的我，在鹿溪天籁般的宁静中，任由思绪，穿越她的前世今生……

　　朋友们，若有机会前来或是重来鹿溪，她一定会以新的印象，为你送上惊喜。

（首载 2008 年 10 月 16 日《常德晚报》，入选常德市旅游局"导游词征集优稿"。本次编入集子时，补充了部分内容。）

积淀千年的文明

　　游览大上海，除了选择人流如织的外滩、观者如潮的世博会中国馆，对有一定文化品赏力的人来说，该就是上海博物馆了。

　　己丑年正月初二，我应孩子之邀，参观了上海博物馆（新馆），她位于人民广场中轴线南侧。首先就为建筑上的独树一帜惊叹不已：由方体基座、巨型圆顶及拱形出挑组成，其外形宛如一尊中国古代铜鼎，暗合中国天圆地方的宇宙观；南门两侧八尊汉白玉雕塑，极具庄严雄浑之气。难怪被誉为闻名世界的中国古代艺术博物馆。

　　从南入口步入大楼，我们恍惚一下置身于祖国幽深的历史长廊——

　　一楼左边是中国古代雕塑馆。120 余件雕塑作品，展现了战国至明代中国雕塑艺术的变化、发展，其中的大量佛教雕塑，更反映出佛教与中国传统文化碰撞、融合的过程。一楼右边是中国古代青铜馆。400 余件青铜珍品包括酒器、兵器、食器、水器和乐器，各自以其独特的造型、精美的纹饰、高超的工艺，记录了自公元前 18 世纪到公元前 3 世纪，延续了 1500 多年的辉煌与荣耀。

　　二楼是中国古代陶瓷馆和暂得楼陶瓷馆。两馆记录了上起新石器时代、下迄清末共计 8000 年的中国陶瓷史，精选 500 余件陶瓷精品，集历代名窑佳作，向我们讲述世界艺术史上那段漫长的土与火的神话。

　　三楼则是历代绘画馆与"两塗轩"书画专室。汇集了唐宋元明清的名家真迹，齐聚百余件绘画珍品于一堂。廊檐缦回处、轩窗低栏间，尽现中国绘画的悠久传统和深厚底蕴。其次是中国历代印章馆。印章包括古玺印和文人篆刻两部分，展示了西周至清末，印章艺术形式与内涵发生的极大变化，其精选的近 500 件实物展品，似乎令我看见它们所属时代的独特风貌。三楼还有中国历代书法馆。以甲骨文、金文起始，至于竹简、石刻，囊括"二王"佳作在内的名家真迹，70 余件展品书写出篆隶行草楷的无限可能性。

　　最后进入四楼的五个馆室，同样令我们目不暇接，流连忘返。中国少数民族工艺馆共 600 余件展品，包括服饰、染织物绣、金属制品、竹木器、面具等门类，各民族迥异的传统工艺，形象地体现出祖国幅员辽阔、民族众多的特征。中国古代玉器馆内 300 余件精美玉器，则展示出自新石器时代开始，玉始终在中国文化中占有的重要地位。从红山、良渚的朴质神秘，到明、清的铭心精品，无不让我为之动心！在这层楼的中国明清家具馆里，我看到百余件家具展现着明时的简约优雅，清时的繁缛华贵。另有复原的书房、厅堂，与明墓中出土的家具模型呼应，再现了古时家具场景。最后是中国历代货币馆。3000 余件展品，展示了中国货币发生、发展的历史概貌；其中的丝绸之路中亚钱币专室，则演绎出那条神秘商道沿途的诸国经济史，让人听到那远去的声声驼铃。

观毕全馆，似乎可以这样概括：雄浑端庄的青铜沉淀着文明的厚重，缤纷斑斓的陶瓷塑造出艺术的气质，意境深远的书画涵藏着文化的底蕴，精雕细琢的玉器折射出民族的品格，美轮美奂的雕塑则在诉说历史的沧桑。更有高雅脱俗的古典家具，纷繁绚丽的民族工艺，让我领悟到中华五千年文明的灿烂与辉煌，体验置身艺术殿堂的充实和欣悦……中华民族成为世界上最早迈入文明殿堂的民族之一，博物馆是一个重要的标志。我们的文化，是盛开着鲜花的文化；我们民族的名字里，包含着祖先无限的诗意与自豪。

午后，我们才恋恋不舍地走出博物馆北门，立刻沐浴在开春第一天的和煦阳光里。透过人民大道的人海车流，对面便是气势宏伟的上海市人民政府大厦。这座美丽而充满现代律动的东方大都市，在传承古老中华文明的同时，正以巨人般的坚实步伐，走进又一个春天，跨向崭新的征程。而矗立都市腹地、沉淀千年文明的上海博物馆，不正以历史老人的淡定目光，注视着这一切么？

想到这里，我庆幸不虚此行！

写于 2009 年 2 月

脊梁南桥

丙申年初秋，我前往都江堰市，有幸游览了该市知名景点——南桥。

南桥是一座廊式人行桥，架设在宝瓶口下侧的岷江内江水面，位于市区南街与复兴街之间，雄伟壮丽。都江堰旧称灌县，历史记载中，属于这里的歇后语仅有一句："灌县出南门——没路。"道出了过去交通的闭塞。清光绪四年（1878），四川总督丁宝桢改革都江堰水利设施完毕，打开钱库和粮仓，看到钱粮均有积余，银子还剩一万余两。该怎样处置？这位身居权力高处的蜀官，如果将其用来犒赏修缮有功的官兵与工程技术人员，或者用来维修已显破败的官邸，都可以名正言顺"立项"，官员们甚至老百姓也不会反对。再如果他偷偷中饱私囊，只要不太显露，也不会被人诟病的。但他最后选择了造福黎民苍生：指令灌县县令陆葆德，用这笔银两设计建桥。一年后，一座木结构、瓦盖房廊、飞檐翘角的"通济桥"架设在内江上。通济桥雁齿凌空，直指南道，于是人们称其为"南桥"。从此，南来北往的蜀人，脚下有了一条平畅的通道，他们往返桥面时，总要凝望一阵桥下奔涌的江水，再在心底呼唤那位好官的名字。

1925年南桥重建时，桥面加宽了。1933年军阀混战，将南桥烧毁，经战后修复，桥长133米，4排5孔。1958年被洪水冲毁，1959年重建时，改木桥桩为混凝土桥墩，增建了牌坊形桥门，仍为5孔，长45米，宽10米，正式定名"南桥"。现在的南桥是1979年由灌县政府主持修建，加高了桥身和通道，仍为5孔。桥身为木梁钢筋水泥柱，混凝土桥面，桥头阔面3间，有木雕、吊爪、龙头、过江花板、木雕挂落等，不仅保持了古桥风貌，而且建筑艺术考究，增建了桥亭、石阶、花圃，桥身雕梁画栋，桥廊增饰诗画匾联。牌楼式三重檐桥为门厅型，屋面为筒瓦屋面，泥塑各类脊、瓜角、走兽、人物等，平添了古城几分色。南桥历经一个世纪的风雨后，1982年被国务院划入都江堰文物保护区范围。2006年冬，南桥进行了古建筑维修改造，桥跨部分设为木地板、桥头用青石板浅浮雕铺成；桥身增设了木雕及金柱上的对联，天棚改造为彩画天花及卷棚仿古天棚。所有的木雕进行描金填彩，更新了额坊彩绘，壁画、诗词、对联更换一新，使南桥更光彩夺目，成为都江堰市一处旅游胜景。

据当地居民介绍，我们现在看到的南桥容貌，是 2008 年 "5·12" 特大地震后改修的。当年 6 月，都江堰市政府鉴于南桥的严重损毁，实施了保护性拆除及重建，工程预算投资 490 万元，汇集川西能工巧匠，10 月进场施工，150 天完成重建任务。重建工程按原貌、原风格特征、原工艺技术并采用钢木结构建造桥头，加固维修桥身，更换梁柱，保留了原味。桥头雕梁画栋耀眼，屋顶有《海瑞罢官》《水漫金山》《孙悟空三打白骨精》等民间传说与戏剧人物彩塑，情态各异、栩栩如生。两端桥亭圆柱上均有书法对联，左右两廊内壁上，还有精绘的山水风景、书法作品。整座桥就是诗书画合璧的艺术长廊，使南桥的适用性与艺术性达到完美统一。

南桥的重建，带来了商贸的空前繁荣，桥两岸店铺林立，游人如织。"尝一尝麻辣火锅哟。""川西渣渣面，好看好吃！""刘孃①，莫错过了买蜀锦嘛。"一声声吆喝，浸透着浓浓蜀韵，尤其那悠长的尾音里，满含亲切与真诚，更为古桥增添着生机和魅力。

今天，都江堰乃至天府的交通四通八达，南桥的历史功能已经弱化。然而，桥下滔滔江水奔流不息，桥面悠悠清风长拂不止，以其别具一格的恒久魅力，吸引着堰市居民与长年不断的游客。人们伫立在这少有的避暑与赏景胜地，怀念那位督川十年、体恤民情、实心办事的好官丁宝桢。正是这位清代名臣俯下正直的脊梁，才成就天府源头、川蜀大地第一桥，因而赢得历代百姓崇仰。

注：①孃：四川话，称呼与母亲年岁相近的妇女。

写于 2016 年 10 月

亲近自然，回归质朴

——读《筲箕湖上护鱼人》有感

董双应

　　大自然除了变幻莫测令人心生敬畏之外，还蕴含着千种风情灵气四溢。"物我两忘，人书俱老"往往是中国古圣先贤追求做人、为学的至高境界，一直以来被后人津津乐道倍加推崇。如今的新生代人群中，手机随身带，游戏路上点，耳麦挂两腮，大街小巷处处张贴着支付宝、微信扫码图，城市的高楼大厦霓虹闪烁炫酷夜色中您是否因为一片随风起舞的花瓣或一声清脆的鸟鸣而怦然心动呢？东晋著名诗人陶渊明有诗为证："采菊东篱下，悠然见南山""久在樊笼里，复得返自然。"一切景语皆情语，情由心生，文章天成，大自然不仅赐予人类衣、食、住、行的基本物质生存条件，还以深邃幽远的静谧滋养着人们的精、气、神，让地球亘古悠长生生不息！

　　今天，无意中读到 2020 年 4 月 22 号第 20 版《人民日报·大地》副刊上的一篇文章，题目是《筲箕湖上的护鱼人》，作者是我不认识的人，名叫朱能毅，不是出名的大牌作家；没有什么华丽的词藻，全是家长里短、民歌俚谚；写的内容是人们耳闻日睹司空见惯的湖边人护鱼事；人物不多，就那么两三个，而且全是普通人：平凡得不能再平凡的两个文化水平不高的渔民；情节也平淡无奇，没有跌宕起伏浓墨重彩的煽情；文章结构也很简约，写了作者自己同护鱼者在一次游历中的所见、所闻、所感，一气呵成，浑然天成，毫无矫情做作之嫌。是什么让我对此文、此人、此景、此情如此痴恋呢？究其根源，乃以小见大立意深远之端也！文中点睛之笔："人类与动植物，组成这个世界的共同体，都拥有自己的生命价值。敬畏自然，友善万物，我们才能与之共生同处……对比多鸬鹚，我为这座湖做过什么呢？耳边似乎又传来他的渔谣：我劝哥哥哟莫捕三月鲤……"作者以饱含深厚哲理和对大自然质朴情感的肺腑之言传递着当今社会人类共同的心声：尊重自然，顺应自然，关爱生命，引发人们的联想与共鸣，给人耳目一新的震撼力。

长期以来，作为一名中学语文教师，总是因为不能为学生找到一条写好作文的秘笈而深深自责，习惯于在课堂上对名家名篇的思想、谋篇、布局、遣词、语法、言语进行歇嘶底里地解剖，哪知道"文章本天成"的朴素道理。本文正是在亲近自然、回归质朴的思想情感指引下，传递自然万物和不同生命共生共存的现代理念。"读万卷书，行万里路"，让我们汲取自然之灵气，养天地之正气，发现自然之美，抒胸中之臆，建设美丽中国！

（董双应，1976 年出生，供职于甘肃通渭县种子管理站。）

代后记

散文写作比拼的是细节和语言

　　对散文的喜爱与投入，已有40余年了。总体感觉是：散文入门容易，写好却难。她是小个子、大背景的艺术门类，对社会现象、对人的道德境遇和灵魂状况，除了触摸还要追问，而触摸和追问尽可能是诗意的。这就要求作者，除了需要厚实的思想沉淀、丰富的人生阅历与知识储备、必备的写作功底，最终比拼的，是对细节的积累和筛选，对语言的掌控和磨砺。可以说，这两者决定着散文的成败。

　　先谈细节。散文作者应具备洞达人情世事的诚意表达，呈现知性而深刻的芳华。有位名家说："历史就是在无数温暖的细节中暗自运行。"没有得到细节的滋润，就闻不到作品的芳香。

　　鲜活、精当、独到且传神的细节描写，在本集里还是随处可见的。如："当时他（青毛牯）赤着脚，十只脚趾比一般男人的张得开些，像锚齿抓地一样，让我记起他年轻时，脚趾稳稳钉紧龙舟头舱的情景。"（《龙舟划痛岁月》）再如："小船上放一支筠竹船篙，听说是三年前她父亲移交的，篙尾有些破损，篙柄部位却焕发亮光，可见经过了父女俩千万次的摩挲。她用这支船篙撑起了太阳，也撑远了寂寞。"（《雁儿贴湖飞》）该篇还有不少洋溢生活气息、富于阅读冲击力的细节，让人触摸到洞庭水乡新的脉动。

　　即使记叙古人，亦应描述得如临其境。又如写李白："他仰望明净月辉，聆听飞鸿啼鸣，已将头顶束发松开，宽袂一拂，拎起饮尽的空酒觞，'嗖'地向着漫天月辉掷去。那空酒觞划出一道优美弧线，'咕咚'沉入水底。"（《千年秋月一湖辉》）无疑，这些细节都具有感染性，能够在不经意中拨触读者心弦。

　　再聊语言。这本集子的语言，基本称得上简洁、流畅、富有地域色彩和文学美感。如："这些年它们（湖泊）确实累了、瘦了甚至一度失容了：累在万顷烟波被非法围垦、肆意种养以及无序放牧取代；瘦在被无节制地榨取，水质、泥质退化甚至恶化；失容在平湖锦帆、远浦白鸥、'表里俱澄潋'的诗意之美，在岁岁年年里一点点抹去。尽管湖泊宽容了我们，那是它拥有平静阔达的胸怀，而我们实在该为它修复了！"（《筲箕湖上护鱼人》）再如："我们见惯日升月落、风来雨往，见惯季节的寒暑轮回、人世的烟云聚散，我愿生命中见到的每个人、每种物，都能相亲如一家，相鸣贯时空。""我的思绪也随着万鸟，在这片天水间飞舞起来。若干年后，我愿成为一根供鹳和它的鸟伴们栖息的芦苇，白首在湿地温润的胸怀。"（《江鹳如人近屋来》）又如："有时候呀，我在微信群调侃爱嘚瑟的同学，你们晒车晒房晒爹妈甚至晒爱情，姐只在青草湖晒太阳。"（《雁儿贴湖飞》）

有些篇什里，清爽含蓄的语言中，还能给人哲理层面的思索。如："胎儿倒置母腹本属正常，倘若这种正常被意外颠倒，看似'顺'了，却难免灾难性后果！"（《杏树招手》）再如："恋旧情结，是浸润在一个人骨髓里的东西，这种情结对我而言，是比常人更多几分的；而且此处，毕竟是我来过无数次的旧地啊！天上的明月可以在望朔之间周而复始，而人间的情感一旦错过时机，只能是伴随一生的惆怅……"（《爱的蔚蓝色》）

好的散文语言犹如一道爽口美餐，令人大快朵颐，反之则令人难以下咽。我虽未做到让读者"大快朵颐"，但算咽得下去，还估计会有一些营养成分的。

2022 年 4 月写于湖南汉寿县城